U0505335

文学与恶

柏颖婷 —— 译

[法] 乔治·巴塔耶 —— 著

陶听蝉 —— 校

La Littérature et le mal

-

Georges Bataille

上海人民出版社

目 录

前 言

我所处的这一代骚动不安。

这一代在超现实主义骚动[1]的文学生活中诞生。在第一次世界大战后的几年里，有一种感觉喷涌出来。文学在自身的局限中窒息。它似乎蕴含着一场革命。

在我看来，这些研究的连贯性是显而易见的，由一个成熟男人编写而成。

但它们更深层次的含义与他青年时期的骚动有关，而这正是他青年时期的低沉回音。

对我来说意义重大的是，这些作品部分（至少，它们的初版）刊登在《批评》(Critique) 杂志上，这本杂志的严肃性是它的一大优势。

不过，我必须指出的是，如果说有时我不得不重写它们，那是因为在我思想持续不断的骚动[2]中，起初，我只能晦暗地表达我的想法。骚动是根本的，这也是本书的意义所在。但是，现在是令意识清晰起来的时候了。[3]

是时候了……有时，时间似乎很紧迫。至少，刻不容缓。[4]

这些研究是对我努力找出文学意义的回应……文学是必不可少的，否则它什么也不是。我认为，文学所表达的恶——一种激烈意义上的恶——对我们来说具有主权的价值。但这种观念并不要求道德的缺席，而是要求某种"超道德"。

文学是**交流**。交流要求正直：严格的道德是在对恶的认识的共谋基础上被给予的，这一点建立了强烈的交流。

文学并不清白，它最终不得不承认自己有罪。只有行动才拥有权利。文学，正如我想要慢慢说明的那样，最终，它是重新被发现的童年。但，童年难道没有[5]统治着真相吗？面对**行动**的必要性，卡夫卡强加给自己的真诚并没有赋予他任何权利。无论从热内的书中可以汲取什么教训，萨特为他辩护的做法都是不可接受的。最终，文学不得不认罪。[①][6]

---

① 本书缺了对《马尔多罗之歌》的研究。但它（的恶）不言而喻，以至于严格意义上而言，研究它是多余的。说洛特雷阿蒙的《诗集》符合我的立场并无大用。他的《诗集》不就是"认罪"文学吗？它们令人瞠目结舌，但假使它们是可以理解的，不正是因为是从我的角度来看的吗？

　　　　　　　　　　　　　　　　　　　　　　　文学与恶

艾米莉·勃朗特[1]

在所有女性中，艾米莉·勃朗特似乎是被优先诅咒的对象。她短暂的一生并不幸福。她道德的纯洁性一尘不染，但却深刻体验过恶的深渊[2]。尽管很少有人比她更严格、更勇敢、更正直，她还是深切认识了恶。

这是文学、想象和梦想的任务。在三十岁时结束的一生，使她远离了一切可能的事物。她出生于1818年，几乎没有离开过约克郡的教士住宅，在乡下，在荒原，粗犷严酷的景色与爱尔兰牧师的调性不谋而合，这些只给了她严格的教育，而缺乏母性的抚慰。她的母亲很早就去世了，她的两个姐姐也一样严格。唯一的兄弟误入歧途，陷入了浪漫主义的不幸之中。我们知道，勃朗特三姐妹既生活在教士住宅的庄严肃穆中，又生活在文学创作的激荡骚动中。她们每天都亲密无间地生活在一起，但艾米莉从未停止过保持道德上[3]的孤独，她想象的幻影在这种孤独中自由驰骋。她性格孤僻，但从表面上来看，她曾温柔、善良、积极、执着。她生活在一种沉默之中，只有文学从外部打破了这一寂静。临终的那天早晨，肺病短暂发作后的她像往常一样起床，下楼到家人中间，一言不发，她没有回到床上，就咽下了正午前最后一口气。她甚至没想过去看医生。

她留下了少数诗作，以及文学史上最美的书之一，《呼啸山庄》①。

或许也是最美的、最深刻暴烈的爱情故事……

因为命运显然希望艾米莉·勃朗特即使 [4] 在美的情况下，也要对爱完全不解，同时也希望她对激情有一种焦虑的认识：这种认识不仅将爱与明亮联系在一起，而且将爱与暴力和死亡联系在一起——因为死亡显然是爱的真理。正如爱也是死亡的真理一样。

直到死亡，色情也是对生命的赞许

如果我想谈论艾米莉·勃朗特的话，我必须首先做一个

---

① 《呼啸山庄》最初的法文译名为 *Les Hauts de Hurlevent*（Delebecque 译本）。呼啸山庄的实际意思是"狂风肆虐的高地" [5]，也是故事里那座与世隔绝的房子，被诅咒的房子。

初始的声明[6]。

我认为，直到死亡，色情也是对生命的赞许。性包含了[7]死亡的意味，这不仅是指新生的延续和取代死者意义上的死亡，还因为它涉及繁衍生命的存在。繁衍就是消失，最简单的无性生命在不断繁衍的同时也在不断衰弱。它们并没有死亡，如果我们所说的死亡是指从生命到腐烂的过程的话；但是，这一曾在者，通过繁衍，不再是它曾是的样子了（因为它变成了复制品）[8]。个体的死亡只是生命不断增殖的一个面向。有性繁殖本身只是无性繁殖承诺的生命不朽的一个最复杂的面向。是不朽，但同时也是个体的死亡。不沉溺于运动中，就没有动物可以进入有性繁殖，而这一运动最终的形式就是死亡。无论如何，性倾泻的基础是对**自我**孤立的否定，自我只有通过在紧拥中消除存在的孤独感，超出自我、超越自我，才能体验到眩晕。无论是纯粹的色情（爱—激情交加的），还是肉体的感官享受，只要是在存在的毁灭和死亡得以彰显的情况下，其强度就是最大的。我们所说的恶习，就源于这种对死亡的深度参与。脱离肉身的爱的酷刑更能象征爱背后的真相，尤其是他们的死亡使他们靠近的同时，又鞭打着他们。

没有什么凡人的爱情能够比拟《呼啸山庄》的主人公凯瑟琳·欧肖和希斯克利夫的结合。没有人比艾米莉·勃朗特更有力地表达了这一真相。这并不是因为她以明晰的形式思考了它，而我却沉重地把它表达了出来。而是因为她感受到了这一点，并以**致命的**，且在某种意义上神性的方式表达了这点。[9]

童年，理性和恶

《呼啸山庄》中致命的激情是如此强烈，以至于我认为，如果不能详尽地探讨它所提出的问题，那么讨论就是毫无意义的。

我曾将恶习（过去是——现在仍然是——被普遍认为的恶的重要形式）与最纯粹的爱的酷刑相比较。

这种悖论的比较会引起苦思冥想的困惑，我将尽力为它辩解。

事实上，除了凯瑟琳和希斯克利夫的恋情将感官享受搁置一旁之外，《呼啸山庄》还提出了与激情相关的恶的问题。仿佛恶是展露激情最有力的手段。

抛开恶习的施虐性形式不谈，勃朗特书中所体现的恶，也许是以其最完美的形式展现的。

我们不能将那些以物质利益为目的的行为视为恶的表达。这种利益，或许是利己主义的，但如果我们从中期待的是除恶本身之外的其他东西——一种[10]好处，那么它就无足轻重。另一方面，在施虐狂行为中，享受才是屏息凝神的毁灭，最痛苦的毁灭是人的死亡。施虐狂才是恶：如果一个人为了物质利益而杀人，这不是真正的恶；纯粹的恶，是凶手在预期的利益之外，仍享受着施暴的快感。

　　为了更好地表现善与恶的图示，我将回到《呼啸山庄》的基本情况，回到童年，凯瑟琳和希斯克利夫的爱情，从完整性的角度看，正是从童年开始的。这是两个无人照管的孩子在荒郊野外追逐中度过的野性生活，他们没有受到任何约束或传统的阻碍（除了反对感官游戏的限制；但在他们的天真无邪中，两个孩子坚不可摧的爱在于另一层面）。也许，这种爱甚至可以归结为拒绝放弃野性童年的自由，不受社交规则和传统礼仪的影响。这种野性生活（世界之外）的条件是基本的[11]。艾米莉·勃朗特使它变得可感——而这点正是诗性的条件，一种没有预谋的诗性，两个孩子都拒绝自我封闭。社会与天真烂漫的自由游戏相对立之处在于前者以利益算计为基础的理性。社会以这样一种方式来规定自己，使自己能够延续。童年的冲动活动将孩子们紧紧联系在一起，形成一种共谋的感觉，如果将这种冲动的主权性强行施加于自身，社会将无法生存。社会约束会要求野性的青年放弃他们天真的主权，并要求他们屈从于成年人的理性惯习：这种理性的、精打细算的方式最终是为了集体利益。

这种对立在艾米莉·勃朗特的书中非常明显。正如雅克·布隆代尔所说，[①] 在这个故事中，我们应该注意到的是，"在凯瑟琳和希斯克利夫的生活中，情感固定在了童年时代"。但是，如果幸运的话，孩子们是能够暂时忘却成人世界的，尽管这一世界对他们来说就在预期之内。灾难突如其来。希斯克利夫这个被捡来的孩子，被迫逃离其在荒野上与凯瑟琳肆意奔跑的美妙王国。她生性粗野，却有意否认童年的野性：她放任自己被一位年轻、富有、敏感[13]的绅士引诱，过上富足的生活。事实上，凯瑟琳与埃德加·林顿婚姻的价值是有两面性的。这并不是真正的丧权。林顿和凯瑟琳住在呼啸山庄附近的画眉田庄，在艾米莉·勃朗特的心中，那里的世界并不是一个稳固的世界[14]。林顿慷慨大方，他没有放弃童年的天性骄傲，而是保留了这一成分。他的主权性超越了他从中受益的物质条件，但如果不是因为与稳固的[15]理性世界达成了深刻的一致，他也无法从中受益。希斯克利夫衣锦还乡，他有理由认为凯瑟琳背叛了童年的绝对主权王国，而她的身

[①] Jacques Brondel, *Emily Brontë, Expérience spituelle et création poétique*, PUF, 1995, p.406.[12]

体和灵魂都和他一起属于这个王国。

我愚笨地去理解这个故事，这个故事里，希斯克利夫肆无忌惮的暴力在叙述者的平静朴实中得到了彰显……

这本书的主题是一个被命运驱赶出他王国的受诅咒之人的反抗，他被重新收复这一失去的王国的强烈欲望所牵制。

我不想细说这一系列情节是何等令人着迷[16]。我只想指出，没有任何律法或力量、惯习或怜悯能让希斯克利夫暂时收敛愤怒：除了死亡本身，因为他无悔、激情地造成了凯瑟琳的疾病和死亡，而他却将她视为己有。

我将深入探讨艾米莉·勃朗特的想象和梦想产生的反抗的道德意义。

这种反抗是恶对善的反抗。

从形式上说它是非理性的。

这一希斯克利夫恶魔般的意志[17]拒绝放弃的童年王国到底是什么呢？只能是**不可能性**，和死亡。[18]面对着这个由理性主宰、以生存意志为基础的现实世界，有两种反抗的可能性。最常见的一种，也就是目前的一种，是质疑其理性。不难看出，这个现实世界的原则并不是真正的理性，而是含有任意性的理性，而任意性又源于过去的暴力或稚气的运动[19]。这种反抗揭露了善与恶的斗争，由暴力或徒劳的运动所代表。希斯克利夫对他所反对的世界进行评判：他无法把这一世界认同为善，因为他是在与之斗争。如果说他愤怒地与之斗争，那也是出于清醒：他知道自己代表的是善与理性。[20] 他憎恨人性和善良，这激发了他的嘲讽。在故事之外——在故事的魅力之外——他的性格甚至显得不自然、矫揉造作。但他是梦想的产物，不是作者逻辑的产物。小说中没有任何一个人物能比希斯克利夫更真实、更直率地使人信服，他还体现了一个最基本的真理[21]，那就是儿童反抗善的世界，反抗成人的世界，并且由于毫无保留的反抗，他注定要献身于恶。

在这场反抗中，没有什么律法是希斯克利夫不喜欢僭越的。他发现凯瑟琳的小姑子对他倾心，为了尽可能地伤害凯瑟琳的丈夫，他立刻就娶了伊莎贝拉。他带走了她，一和她结婚，他就嘲弄她；然后他又粗暴待她，使她陷入绝望。雅克·布隆代尔将萨德和艾米莉·勃朗特的这两句话对比，① 不无道理。萨德借《瑞斯汀娜》（*Justine*）中的一名行刑者之口说："毁灭是多么令人陶醉的行为。我想不出还有什么能比这更让人心痒难耐；当你沉溺于这神性的耻辱时，没有什么能比这更让人着迷。"艾米莉·勃朗特则借希斯克利夫之口说：

----

① *Op.cit.*, p.386.

　　　　　　　　　　　　　　　文学与恶

"如果我出生在一个法律不那么严格、风俗不那么讲究的国家，我愿慢慢地活剖这两个人，作为打发夜晚时光的消遣。"

艾米莉·勃朗特与僭越

对于一个道德的[22]、缺乏经验的年轻少女来说，发明一个如此完全地[23]献身于恶的人物本身就是一个悖论。但最重要的是，这就是发明希斯克利夫令人不安的原因。

凯瑟琳·欧肖有绝对的道德感。事实上，她是如此有道德，以至于在死前都无法与她从小就深爱的男人分开。明知他内心深处充斥着恶，她还是爱他，甚至说出了如此坚决的一句话：**"我就是希斯克利夫。"**

因此，真正意义上的恶不仅是恶人的梦想，在某种程度上也是善的梦想。死亡是这一荒谬失常的梦想[24]所自找的惩罚，但没有什么能阻止它继续被梦想。不幸的凯瑟琳·欧肖就是如此，在同样的意义上，必须说它对于艾米莉·勃朗特来说也是如此。艾米莉·勃朗特死前经历了她所描述的状态，我们怎么能不怀疑她在某种程度上认同凯瑟琳·欧肖呢？

《呼啸山庄》中有一种类似于希腊悲剧的行动，因为这部小说的主题是对律法的悲剧性僭越。悲剧的作者同意他所描述的要僭越的律法，但他的情感是建立在同情之上的，通过同情，他传达了对僭越律法者的情感。在这两种情况下，赎罪也被卷入僭越行为之中。[25] 希斯克利夫临死前经历了一种奇特的至福，但这种至福令人畏惧，是悲剧性的。凯瑟琳爱上了希斯克利夫，即使不在肉体上，在精神上她也为违背忠贞的律法而死；凯瑟琳的死是希斯克利夫为他的暴力所承受的"永久的折磨"。

《呼啸山庄》中的律法与希腊悲剧中的律法一样，本身并没有被废止，但它所禁止的并不是人类无所作为的领域。被禁止的领域是悲剧领域，或者更确切地说[26]，是神圣的领域。诚然，人们把它排除在外，但这是为了使它更为崇高。禁忌使得它禁止接触的东西神化。它使接触的途径从属于赎罪——死亡，但禁忌既是一种劝诱，也是一种障碍。《呼啸山庄》和希腊悲剧——甚至所有宗教——教导我们的是，其实它是一场神性的迷醉运动，算计的理性世界无法承受。这一运动是善的反面。善建立于对共同利益的担忧之上，它以一种基本的方式[27]，涉及对未来的考虑。童年的"冲动活动"类似于神性的迷醉，它完全处在当下。在儿童教育中，对当下瞬间的偏爱定义了普遍的恶。成年人禁止必须走向"成熟"的人[28]走入童年的神性王国。但是，为了未来而谴责当下，即便它不可避免的，哪怕是没有办法的办法，也是一种谬误。不仅要禁止人们轻易地、危险地进入瞬间的领域（童年的王国），还有必要重新找回它，而这就要求 [29] 暂时僭越禁忌。

暂时的僭越更加自由，恰恰是因为被禁止的东西是捉摸不定的。因此，艾米莉·勃朗特和凯瑟琳·欧肖都彰显了僭越和赎罪，她们的行动与其说属于道德的范畴，不如说更属于超道德。《呼啸山庄》的意义是对道德的挑战，而其根源是超道德。在这里，无须借助一般性表达，雅克·布隆代尔便正确理解了这一联系，他写道 [①]："艾米莉·勃朗特显示了她自己……能够完成这一摆脱一切伦理或社会偏见的解放。于是，多重生命像多束光线一样展开，每一束光线，如果去思考小说中主要的对立面，都诠释了对社会和道德的完全解放。这是一种与世界决裂的意愿，为了更好地拥抱生命的丰盈，在艺术创作中探索现实所弃绝之物。这是真正的觉醒，真正的展露，是意想不到的潜在性。对于每位艺术家来说，这种解放都是必要的，这不容置疑；**但在那些伦理价值观根深蒂固的人中，这种解放可能被感受得更为强烈。** [②]"《呼啸山庄》的**终极意义**正是这种僭越道德律和超道德的亲

---

① *Op.cit.*, p.406.

② 强调由我所加。

密耦合。另外，① 雅克·布隆代尔仔细描述了宗教世界，即受活跃的卫理公会记忆影响的新教，年轻的艾米莉·勃朗特就是在这样的宗教环境中成长起来的。道德的紧张和严苛紧缚着这个世界。然而，艾米莉·勃朗特在态度上的严格与希腊悲剧所基于的严格有所不同。悲剧属于基本宗教禁忌的层面，如谋杀或乱伦等，并不被理性所证明。艾米莉·勃朗特已经摆脱了正统观念；她远离了基督教的简朴和天真，但她仍然秉承着家族的宗教精神。特别是基督教在很大程度上是对善的严格忠诚，而理性奠定了善。希斯克利夫违犯的律法——并且不管是不是出于意愿，由于她爱着他，凯瑟琳·欧肖也与他一起违犯了这一律法——首先是理性的律法。至少可以说这是基督教创立的集体律法，基于原始宗教的禁忌、神圣和理性的共识。② 上帝，作为神圣的基础，在某种程度上避免了在更古老的时代构建神灵世界时任意的暴力运动。在这种情况下，一种滑动已然开始：从根本上说，原始禁忌排斥的是暴力³⁰（在实践中，理性与禁忌具有相同的意义，原始禁忌本身与理性有着遥远的一致性）。在基督教中，存在着一个模糊不清的领域，介于上帝与理性之间——这种模糊不清实际上滋养了不安，这也解释了例如冉森主义

---

① *Op.cit.*, p.109–118.
② 诚然，在基督教的限制中，理性也由表现流弊的社会惯习所构成。

的反方向努力。经历过漫长的基督教模糊状态，艾米莉·勃朗特的态度绽放出一种坚定不移的道德力量，梦想着神圣的暴力，它不会被任何妥协削弱，或与有序的社会达成任何协定。

通过这种方式，我们重新找到了通往童年王国的道路——其动力来自天真和无邪。这种道路是通过**对赎罪的恐惧**³¹来实现的。

爱的纯粹在其内在的真相中被重新找回，正如我所说的，这是死亡的真相。

死亡和神性迷醉的**瞬间**都建立在与以理性算计为基础的善的意图相对立的基础上。然而，尽管与之相对，死亡和瞬间都是最终的结局，是所有算计的出路。死亡是瞬间的标志，而在它是瞬间这一层面上，死亡放弃了对延续的算计的追求。个体生命的瞬间依赖于已逝生命的死亡。如果这些生命没有消逝，新生命就无法有位置。繁衍和死亡为生命永存的新生提供了条件，它们塑造了永远新的瞬间。这就是为什么我们只能从悲剧的视角来看待生命的魅力，但也正因如此，悲剧是魅力的象征。

也许这一切都被浪漫主义所预示^①，但在所有作品中，最

---

① 雅克·布隆代尔指出，艾米莉·勃朗特受浪漫主义影响，尤其是拜伦，可以确定的是她确实看过其作品。

具人性 [32] 的莫过于较晚问世的《呼啸山庄》。

文学，自由及神秘体验

这一运动最显著的特点是，这样的教导不像基督教或古代宗教一样，面向一个特定的集体，并作为其基础。它面向的是个体，孤立而迷失的个体，除了在瞬间中，它并不给予个体任何东西：它只是**文学**。而自由的、无机的文学正是承载这一运动的道路。因此，与异教或教会相比，它所受的制约更少，因为它通常是通过惯习（或流弊）以及理性来构成社会的必要性的。只有文学才能将僭越法律的游戏抽丝剥茧，而没有这种僭越，法律将无目的，无论它**是否创立秩序**。文学不能承担规划集体必要性的任务。它不应该得出这一结论："我所说的使我们致力于遵守城邦的基本法律。"或者像基督教一样："我所说的（福音的悲剧）将使我们走上善的道路（也就是实际上的理性之道）。"文学甚至像对道德法则的僭越一样，是一种危险。

作为无机之物，它是不负责任的。没有什么依靠着它。它什么都可以说。

或者更准确地说，在某种程度上，如果文学不是（就它是**真正的**文学，并从整体上而言）"那些伦理价值观根深蒂固的人"所表达的东西的话，它将是一种巨大的危险。问题在于，反抗的一面通常是最显眼的，但真正的文学任务只有在与读者进行根本性交流的欲望中才能被设想出来。（我并不是在谈论那些旨在迷惑、廉价地取悦大众的大多数图书。）

实际上，从浪漫主义开始，使得文学与宗教的衰落更具亲缘性的（因为在某种程度上，虽然文学不如宗教重要，不如宗教那样无法避免，但文学趋向于不引人注目地承担宗教的遗产），不是宗教的内容，而是神秘主义的内容，处于边缘状态中的神秘主义几乎是非社会性的。同样，神秘主义更接近我努力阐述的真相[33]。在"神秘主义"这一概念下，我指的不是被赋予这个模糊名称的思想体系：我想到的是"神秘体验"，在孤独中体验到的"神秘状态"。在这些状态中，我们可以认识与对客体的感知（然后是对主体的感知，它最终与感知的智识性后果相关）不同的真相。但这种真相并不是形式化的。逻辑严密的言辞不能将其解释清楚。如果我们不能通过两种途径来探索它——诗歌和对通常可以让人进入这些状态的条件的描述——它可能是无法传达的。

以某种决定性的方式[34]，这些条件回应了我所谈到的主题，而后者构成了真正的文学情感。无论如何，总是死亡——或者至少是那些孤立的个体在追求持久幸福时所经历的崩溃——引入了一种断裂，没有它，就没有人能达到迷狂的状态①。在这个断裂与死亡的运动中，被找回的始终是存在的无邪和迷醉。孤立的存在**迷失**于自身之外的他物之中。"他物"的表征是什么并不重要。它始终都是一种超越一般限制的现实。即使是极度的无限，首先，它也不再是一个物：它**一无所是**。"上帝是虚无"，埃克哈特大师这样阐述。在日常生活中，"被爱的存在"本身不就是解除他人限制的途径吗？（唯有在他身上，我们不再感受到，或很少感受到，那些被困于孤立并因此衰弱的³⁵个体的限制。）尤其是神秘状态的领域，更倾向于彻底地、系统地消除世界的多重形象，在其中，个体存在追求着延续。在即刻的运动中（如童年或激情之时），努力不是系统性的：限制的断裂是被动的，不是由智识紧张的意愿产生的效果。这一世界的形象并没有一致性，或者，假使它已经找到了它的凝聚点，激情的强度也会超越它：诚然，激情追求在失去自我中感受到的享乐的延续，但它的原始运动不恰恰是为了他者而忘记自我吗？我们无法怀疑所

---

① 基督教的神秘主义建立在"自我死亡"的基础上。东方的神秘主义也有相同的根基。米尔恰·伊利亚德（Mircea Eliade）写道："对于印度来说，形而上的认知表现为断裂和死亡……而这种认知涉及……一系列神秘主义的本质……瑜伽士努力挣脱世俗状态……他梦想着'死于'这种生活。"事实上，我们目睹了一种死后**再生**的现象，一种不同的存在方式：由解脱代表的方式。（*Le yoga. Immortalité et liberté*, Payot, 1954, p.18-19.）

文学与恶

有让我们摆脱利益算计、体验当下瞬间强度的运动之间的根本统一。神秘主义既不是童年的自然反应，也不属于激情的偶然状态。但它从爱的词汇中借来神魂附体的表达，从孩童纯真的笑声中借来摆脱推断思考的沉浸。

我认为，强调现代文学传统与神秘主义生活之间的相似性至关重要，对艾米莉·勃朗特来说尤其如此。

特别是，雅克·布隆代尔的近期作品有意提及艾米莉·勃朗特的**神秘体验**，仿佛艾米莉·勃朗特与阿维拉的特蕾莎（Thérèse d'Avila）一样，都曾有过幻觉和狂喜的时刻。雅克·布隆代尔也许是在做一个毫无根据的假设。没有任何证据，没有任何实际的东西可以佐证他的理解，他所做的只是展开说明这个理解而已。在他之前，还有人认为圣特蕾莎的精神状态与艾米莉·勃朗特在诗歌中表达的精神状态相似。然而，我们怀疑《呼啸山庄》的作者是否真正经历过有理有据的坠落，即本质上定义明确的**神秘体验**。雅克·布隆代尔引述了一些诗歌中的段落。它们确实描述了激烈的感觉和混乱的心境，这些反应符合一种焦虑的灵性生活的所有可能性，直达强烈的狂热。它们表达了关于孤独的悲伤或喜悦无比深刻、无比暴力的体验。事实上，这种体验——有时是诗意的表达所铺垫和承载的——与更有序的探索——受制于宗教原则，或至少受制于对世界（正面或负面）的表征——之间并无明显区别。甚至在某种意义上，这些被偶然引导的狂热运动，它们从未摆脱碎片化思维的材料，而后者有时才是最丰富的。诗歌以模糊的方式向我们揭示的世界无疑是广阔无垠的，令人震撼。但是，我们不能把它与伟大的神秘主义者所描述的相对熟悉的世界等同起来，从而给它下定义。这是一个不那么平静，但更加野性的世界，它的暴力并没有被缓慢、持久的启蒙所缓解。简言之，这是一个更接近于以《呼啸山庄》作为表达的，难以言明的酷刑世界。

> 但我不愿失去任何痛苦，也不愿少受折磨；
>
> 焦虑越是折磨人，福祉就越快降临。
>
> 迷失在地狱的烈焰中，或是因天国的光芒而闪耀，
>
> 如果它预告着死亡，那这愿景就是神性的。①

在我看来，这些诗句描绘出了艾米莉·勃朗特诗歌的自我运动最强烈、最个人化的心灵形象。

---

① 《囚徒》(The Prison)。这首诗不完整，也没有标题，它收录在艾米莉·勃朗特的《心之暴雨》(Les Orages du cœur, traduction par Mireille Best, Segher, 1950, p.43-45)中。我没有引用这个译本，因为它的诗歌形式与文本略有出入。但它附有英文文本。我在此给出原文的最后一句，法语译文翻得有些不好："If it but herald Death, the vision is divine."

最后，艾米莉·勃朗特是否有过我们所说的神秘体验并不重要。但她显然到达了这种体验的终极意义。

　　"一切迹象都表明，"安德烈·布勒东写道，"存在着某个精神的聚点，使得生与死、真实与想象、过去与未来、可交流的与不可交流的不再被矛盾地感知。"[36①]

　　我要补充的是：善与恶、痛苦与快乐也是如此。这个点，某种暴力的文学和神秘体验的暴力都在指向着它。途径并不重要，唯独这个点至关重要。

　　但同样重要的是，我们要知道，艾米莉·勃朗特最暴力和诗意的作品《呼啸山庄》，正是真相揭露之处——"高地"的名字。它是一座被诅咒的房子的名字，希斯克利夫在这里被收养，并引发了诅咒。一个惊人的悖论是，远离了这个被诅咒的地方，"众生枯萎"[②]。事实上，希斯克利夫在那里施行的暴力支配是一种只有"暴徒才能夺走"的同时不幸和幸福的原则。艾米莉·勃朗特的这个非常灰暗的故事结尾，突然出现了一缕温柔的光。

　　在暴力的阴影笼罩着生命，存在"直面"死亡的情况下，生命就是纯粹的恩惠。没有什么能摧毁它。死亡是生命重生

---

①   *Les Manifestes du surréalisme.* «Second Manifeste» (1930).

②   J. Brondel, *Emily Brontë*..., p.389.

的条件。

恶的意义

在这种对立面的重合中，恶不再是在理性的限制中，与自然秩序不可调和地对立的原则。死亡是生命的条件，本质上与死亡相连的恶，也以一种模糊的方式成了存在的基础。存在并非注定要献身于恶，但如果可以的话，它不允许自己封闭在理性的界限之内。它要首先接受这些界限，要承认利益算计的必要性。但是，他必须知道的是，他不可还原的部分，主权性的部分，逃脱了他所承认的界限和必要性。

恶，在它表现了对死亡的吸引，且是一种挑战的意义上，就像它在色情的所有形式当中一样，从来都只是模糊的谴责对象。它是一种被光荣地承担的恶，战争所承担的恶也是如此，在现在看来，它是在无法弥补的条件下发生的。但战争的后果是帝国主义……没有必要隐瞒这样一个事实，就是恶总是向更坏的方向滑移，这正是焦虑和厌恶的理由。同样真实的是，从死亡不含利益的诱惑这一角度来看，恶不同于以私利为目的的恶。一种"下流的"犯罪与一种"激情的"[37]犯罪相对立。法律对两者都予以拒斥，但最人性化的文学却是激情的高地。然而，激情也无法逃脱诅咒：唯有"被诅咒的部分"被保留下来，作为人的生命中最具沉重意义的东西 ①。诅咒是最不虚幻的赐福之路 38。

一个骄傲的人**忠实地**接受他的挑战所带来的最坏后果，有时，他甚至不得不面对这些后果。"被诅咒的部分"是赌博、机遇和危险。它也是主权的一部分，但主权是要付出代价的。《呼啸山庄》的世界是一个粗野的、充满敌意的主权世界。这也是一个赎罪的世界。赎罪过后，与生命在本质上等同的微笑在这一世界中若隐若现。

---

① 在《被诅咒的部分》(*Le Part maudite*, Minuit, 1949) 中，我尝试着去表征这一观点在宗教史和经济史中的基础。39

波德莱尔 [1]

若人无法自我谴责，就无法自爱到底 [2]

萨特详细地定义了波德莱尔占据的道德位置 [①]。"为了恶而作恶，就是故意与人们一直笃信的善相背而行。就是要人们不想要的东西——因为人们继续憎恨恶的力量，以及不要人们想要的东西——因为善一直被定义为意愿深处的对象和目的。这就是波德莱尔的态度。他的行动区别于通俗意义上的罪犯的行动，就如同黑弥撒之于无神论。无神论者不考虑上帝，因为他认定了上帝不曾存在。但黑弥撒的神甫憎恨上帝，因为他是令人爱慕的，他讥笑上帝，因为他是令人敬仰的；他极力否认既定的秩序，但同时，他保留了这一秩序，且比以往任何时候都肯定它。只要他稍稍停止一瞬间对此的肯定，

[①] J.-P. Sartre, *Baudelaire*, Gallimard, 1946, In-16, p.80-81，正文前有米歇尔·莱里斯（Michel Leiris）的按语。这篇关于波德莱尔的研究文章写于萨特此书出版之际。

他的意识重新自洽，恶就一下子转换成了善，并超越了所有不源自它自身的秩序，恶从虚无中涌现，没有上帝，也没有辩词，只有全然的责任。"这一判断无可争议。后文中，萨特视角的意义渐渐明晰："自由要使人眩晕，就必须选择……无限地犯错。因此，在这一整个投身于善的世界中，它才是**特殊**的。但自由需要完全附着于善，维持善、强化善，以使自身能够投入恶之中。而诅咒自身的人获得了一种孤独，类似真正自由之人具有的巨大孤独感的孱弱形象……从某种意义上而言，他在创造：在每一元素为了整体荣耀自我牺牲的宇宙中，他使得独特性出现，也就是一个碎片、一场细枝末节的反叛。这样一来，从未存在的某个事物产生了，它无法被磨灭，也不是为这一世界上任何严格的经济筹划所准备的：这是无偿又无法预料的高贵事业。这里需要注意到恶与诗歌的关联：当诗歌以恶为对象时，这两种有限责任的创造互相融合，我们由此得到一朵恶之花。但是，恶蓄意的创造，也就是过错，是对善的接受和承认；这一创造向善致敬，并通过把自己洗礼为恶，承认它是相对的和衍生的，没有善，它就不会存在。"

　　萨特顺便指出了恶和诗歌之间的关系，但没有从中得出任何结论。这种恶的元素在波德莱尔的作品中非常明显。但它是诗歌的本质的一部分吗？萨特对此只字未提。他定义的自由，只是那种人们不把传统的善或者既定秩序作为支撑的状态。与这种**成年的**位置相比，诗人的位置被定义为**未成年的** [3]。波德莱尔"从来都没有跨越童年阶段"。"他把天才定义为'任由性子重获的童年'。"[①] 童年处在信念之中。但"当孩童长大，高过父母一个头，从他们的肩膀上望过去"，他会看到，"在他们身后，什么都没有"[②]。"任务、礼节、精确和有限的义务突然消失了。他突然体验到自己可怕的自由，毫无根据，也站不住脚。一切都要开始了：他突然陷入孤独和虚无。这就是波德莱尔不惜一切代价想要摈弃的东西。"[③]

在萨特陈述的某一点上 [4][④]，他批判波德莱尔"把道德生活视为某种约束……但从未视作某种哀怨的追寻"。但我们难道不能说，诗歌（不仅是波德莱尔的）就是一种哀怨的追寻吗？它是一种对道德真相的追寻而非占有，而萨特似乎错误地中伤了这点。即便萨特不是有意为之，但他把道德问题和诗歌联系起来。他引用了一个为时已晚的声明（来自 1866 年 2 月 18 日给安塞勒的信）："我必须告诉您，您没有比别人更多地猜到，在这本**残暴的**书中，我用了我所有的**心**，我所有的**温柔**，我所有（伪装）的**宗教**，我所有的**仇恨**，我所

---

① J.-P. Sartre, *Baudelaire*, p.59.
② *Ibid.*, p.60.
③ *Ibid.*, p.61.
④ *Ibid.*, p.53.

有的**噩运**。确实，我写了反话，我向上帝发誓，这是一本**纯艺术**、**装腔作势**、**充满花招**的书，我毫无顾虑地谎话连篇。"萨特将这段引文插入叙述中[①]，他指明，波德莱尔认可了那些评判者的道德性，把《恶之花》有时作为消遣娱乐（为艺术而艺术的作品），有时"作为旨在激发对恶习的恐惧的感化性作品"。给安塞勒的信可能有比伪装更多的意义。[5]但萨特简化了这个挑战了诗歌和道德的根基的问题。

　　在证明其合理性之前，我将提出一个命题：如果自由是诗歌的本质，如果只有自由和主权式的行为才值得"哀怨的追寻"，那么我马上就会看到诗歌的悲哀和自由的枷锁。诗歌可以在口头上践踏既定秩序，但不能替代它[6]。当对无力的自由的恐惧使诗人刚毅地参与政治行动时，他就放弃了诗歌。但从那时起，他就对即将到来的秩序负责，他自愿承担对活动的**引领**，**成年的态度**：我们不得不看到，诗意的存在是**未成年的态度**，在它之中，我们可以看到**主权式态度**的可能性，它不过是一种孩童的态度，无偿的游戏。自由，严格意义上便是孩童的权力：对于投身于行动强制的命令中的成人来说，自由不过是一场梦，一种欲望，一个萦绕的念头。（自由难道不是上帝所缺乏的权力，或者他只在口头上拥有的权力？因

_____

① 　J.-P. Sartre, *Baudelaire*, p.54-55.

为他不能违背他**所是**的秩序，且他正是这个秩序的保障者。从人的角度看，上帝深度的自由不存在了，只有撒旦是自由的。）"但其实，"萨特说，"撒旦不是那些不听话又赌气的孩子的象征又是什么呢？他们要求父亲的目光将他们固定在其独特的本质上，他们在善的框架内作恶，以维护他们的独特性并使之得到承认。"① 显然，孩子（或魔鬼）的自由受到成人（或上帝）的限制，成人对其进行嘲弄（将其贬低）：在这些条件下，孩子滋生了仇恨和反抗的情绪，这些情绪被钦佩和羡慕所抑制。在他滑向反叛的意义上 [7]，他承担了成人的责任。如果他愿意，他可以通过以下几种方式蒙蔽自己：假装夺得成人的主要特权，且不承担与之相伴的义务（这是天真的态度，是完全稚气的虚张声势）；以牺牲他嘲弄的人的利益来延长自由的生活（这种蹩脚的自由传统上是诗人的作风）[8]；用语词来满足他人和自己，用夸张手法来提升平庸的现实的分量。但是，欺瞒的感觉以及恶臭味是与这些可怜的可能性相关的。[9]如果说，不可能的事情，在某种程度上被选择，并因此被**承认**，这确实恶臭难闻，如果说最后的**不满**（即心灵上的**满足**）本身就是一种欺瞒，那么至少有一种特权式的痛苦，它承认自己如此。[10]

---

① J.-P. Sartre, *Baudelaire*, p.114.

这种特权式的痛苦在羞愧中承认如此。萨特提出的尴尬问题并不容易解决。如果在很多方面，波德莱尔的态度真的是不幸的，那么谴责他这一做法多少有些不近人情。然而，如果我们直面波德莱尔不可言明的态度，这一态度有意拒绝像一个完整的人一样行动，也就是说，作为一个平庸的人行动，我们还是应该谴责他。萨特是有道理的：波德莱尔选择了做有缺陷的人，就像一个孩子。但在评价他不合时宜之前，我们应该自问，他做的是什么样的选择。是否是默认的选择？它只是一个可悲的错误吗？还是相反，它是刻意为之？即便可能是以一种悲惨的方式，但却是笃定的？我自问：这一选择，从本质上而言，难道不是诗歌的选择吗？难道不是**人的选择**吗？

这是我这本书的意义。

我相信，人必然会反抗自身，如果他不是谴责的对象，他就不能自我认可，不能自爱到底。

日常活动的平庸世界和诗歌的世界

前面的一些推论把我带到了一个不能责备萨特忽视了什么的世界。这本书试图发现这个新的世界。然而，它只会在

文学与恶

漫长的过程中出现，慢慢地……

勒内·夏尔写道："如果人不主权式地闭上眼睛，他就会再也看不到那些值得被看的东西。"但"……对于我们其他人来说，"萨特肯定道[①]，"看看树和房子就够了。如果完全投入地凝神冥想，我们就会忘了自我。波德莱尔就是一个从不遗忘自身的人。他看着自己在看，他看是为了看到自己在看。这就是他对自己所凝视的树和房子的意识。这些物只通过这种意识呈现，更加平淡、更不起眼、更不动人，就像他透过观剧镜看到的那样。它们并不像箭头指向道路、书签指向页码一样互相指涉……相反，它们即刻的任务是指向自我的意识。"萨特继续说道："在波德莱尔和世界之间，有一种原始的，不属于我们的距离：在对象和他之间，一直插入着略微湿润的半透明性，有点儿过于令人喜爱了，就像夏日，热风的振动。"[②]人们无法更准确、更好地表征诗意视野与日常视野的距离了。当箭头指向道路，或书签指向书页时，我们忘记了自己：但这种视野不是**主权的**，它附属于对（我们要走的）道路的寻找，对（我们要看的）书页的寻找。换言之，现在（箭头，书签）被未来（道路，书页）所限定。据萨特所言："由未来规定现在，由尚未存在的规定存在的……而如今的哲学家称之为超越

---

① J.-P. Sartre, *Baudelaire*, p.25–26.

② *Ibid.*, p.26.

性。"[1] 就箭头和书签具有超越性意义这点来说，确实，它们会把我们废除，如果我们以附属的方式去看待它们，便会遗忘自身。当物如他告诉我们的那样"更加平淡、更不起眼、更不动人"时，波德莱尔**主权式地**睁开双眼（如果人们只想闭上）观看它们，他并没有被废除，相反，"它们的任务仅是在他观看时，给他自我凝思的机会"。[2]

我必须指出，萨特的描述虽然没有偏离主题，但在对它的解释上存在着混乱。遗憾的是，为了阐明这一点，我不得不在这里进行漫长的哲学详述。

我不会去讨论导致萨特将波德莱尔诗意视野中的"物"展现成比路标上的箭头或书签"更不动人"的思想纠结（这涉及不同的范畴，一个是唤起感性的对象，第二个是引起实践知识的对象）。但萨特设想为超越的不是箭头和道路（我不得不把引用的句子删减来用[3]），而是诗意沉思的对象。我

---

[1] J.-P. Sartre, *Baudelaire*, p.43.

[2] *Ibid.*, p.26.

[3] 这里是完整的句子（p.43）："正是这种由未来规定现在，由尚未存在的规定存在的的东西，被他（波德莱尔）称为'不满'——我们之后将回到这个主题——，而如今的哲学家称之为超越性。"事实上，萨特回到了这个主题（p.204），他说："意义，人类超越性的形象，就像对象自身的超越一样……作为支撑它的在场事物和它所指定的不在场的对象之间的中介，它在自身中保留了一点前者，并且已经预示了后者。对波德莱尔来说，它正是不满的象征。"

　　　　　　　　　　　　　　　　　　　　　文学与恶

承认这符合他所选择的词汇，但在这种情况下，词汇的缺乏使我们无法遵从一种深刻的对立。我们被告知，波德莱尔想"在每个现实中找到一种固定的不满，一种对其他事物的召唤，一种客观的超越性"[1]。因此，这一超越性不再仅仅是箭头的超越性，那种"由未来规定现在"，而是"同意以自我迷失来指向他者的对象"。确切地说："这是一个只能隐约窥见和几乎可触的词汇，却是行动无法企及的……"[2] 诚然，这种定向行动的意义是由未来决定的，但作为意义的未来并不像箭头那样，是可通达的指定路线：事实上，这种未来的意义只是为了躲避。或者说，它不是未来，它是未来的幽灵。而且，正如萨特自己所说："它的幽灵性和无法补救的特性使我们走上了这条道路：意义（这些对象的意义被它们自我溶解的缺席所精神化），这是**过去**[3]。"（我在一开始就说过，萨特充满激情的评判要求不折不扣地进行详细讨论。如果不是因为其他一些无足轻重的混乱，我也不会开始这漫长的阐释。我不懂某种形式的论战的意义：我的意图不是进行个人评判，只是为诗歌辩护。我说的是一种对立，因为如果不指出来，就不可能说明诗歌是怎么回事。）显然，在一切事物中，无论

---

[1]　J.-P. Sartre, *Baudelaire*, p.207.

[2]　*Ibid.*, p.42.

[3]　强调为萨特所加。

是在箭头还是在诗歌的幽灵形象中，过去、现在和未来共同决定着意义。但箭头的方向表明了未来的首要性。而未来在确定诗歌对象的意义时，只是通过揭示一种不可能，通过将欲望置于不满的宿命面前，进行否定的介入。最后，另一方面，假使我们意识到，诗歌的"超越性"对象的意义也是与自身平等的，我们就不得不为词汇的非精确性而烦恼。我们不能否认，这种**内在性**的特征从一开始就被萨特本人所指出，正如我们所看到的，对于波德莱尔表征的树和房子[①]，它们"没有其他的使命，而只是（给诗人）**自我凝思**的机会"。我发现在这点上，很难不强调"神秘体验的参与"以及主体和对象的认同的价值，这是在诗歌力量之中的。令人惊奇的是，我们可以看出在几行的间隔之间，在从"客观的超越性"到"这一同意以**自我迷失**来指向他者的对象等级秩序"的过渡中，"波德莱尔重新找到了**他的形象**[②]"。波德莱尔诗歌的本质以焦虑的张力为代价，实现这些对象和主体（内在性）的融合，这些对象的**自我迷失**既能引起焦虑，又能折射出焦虑。

萨特在将超越性定义为由未来决定现在的意义之后，认为超越性对象的意义是由过去赋予的，其本质与主体处于一

---

① J.-P. Sartre, *Baudelaire*, p.26.
② 强调为我所加。

种内在性的关系中。如果我们不在这些转变中，失去明确提出日常活动的平庸世界（在这里，明显外在于主体的对象从未来获得其基本意义，就如道路决定箭头的方向[11]）和诗歌的世界之间基本区别的可能性，这并没有什么不便之处（我们很快就会看到，含糊性是我们所面对的物的一部分）。事实上，我们可以通过主体对对象的**参与**关系来定义诗意，即卡西尔的**神秘主义**、列维-布留尔的**原始心智**、皮亚杰的**幼稚性**的类似物。[12] **参与**是当下的，我们这样做只是为了以一个预期的未来来决定它（同样，在原始人的魔术中，不是效果赋予操作以意义；事实上，为了让它发挥作用，它必须**首先**具有独立于效果的，鲜活的和扣人心弦的参与的意义；而相反，箭头的操作对主体来说，除了未来，除了它所通往的道路，没有其他意义）。诗意参与中对象的意义也不是由过去决定的。只有同样被剥夺了实用性和诗性的记忆对象才会是过去的纯粹给予。在诗意的操作中，记忆对象的意义是由主体**当前**所受的侵袭决定的：我们不能忽视诗歌是创造这一词源学上的指示。对象和主体的融合意味着两者中每一部分与另一部分的接触中的超越。如果仅有纯粹重复的可能性，我们就无法看到现在的首要地位。我们甚至必须说，诗歌从来都**不是**对过去抱有遗憾。不说谎的遗憾不是诗意的；它一旦成为真实，就不再是真实的了，因为那样的话，在惋惜的对象身上，过去不如遗憾的表达本身有趣。

　　这些准则，一旦说出来，就引发了一些问题，这些问题又回到了萨特的分析（毫无疑问，我偏移它只是为了表明其深度）。如果是这样，如果诗歌的创作使得对象成为主体，主体成为对象，那么它不就成了一个游戏，一个高明的魔术手法吗？原则上来说，就诗歌的可能性而言，这是毫无疑问的。但诗歌的历史不就是一系列徒劳的努力吗？[13] 很难否认的是，诗人一般都会弄虚作假！"诗人说谎太多"，查拉图斯特拉说，他还补充道："查拉图斯特拉本人就是一个诗人。"但主体与对象的融合，人与世界的融合，是无法假装的：我们可以不去尝试，但这出喜剧不会因此变得有道理。然而这种融合又似乎是不可能的。对于这种不可能性，萨特很好地表达出来了，他说，诗人的痛苦是一种让存在（l'être）与生存（l'existence）客观结合起来的荒谬欲望。正如我前面所说，根据萨特，这种欲望有时专属于波德莱尔，有时则属于"每个诗人"，但在任何情况下，诗歌所寻求的不变与易逝、存在与生存、对象与主体的综合，不可避免地定义了它，限制了它，使它成为不可能的领域，无法被满足的领域。[14] 不幸的是，对于存在来说，不可能性注定很难去谈论。关于波德莱尔，萨特说（这是他论述的主旋律），恶在他身上，就是想要成为为他之物：他因此放弃了保持悬置的生存之特权。但是一般而言，人是否可以避免他所处的意识成为物的反映，而不至于本身成为一个和其他物一样的东西呢？在我看来，不能，而诗歌，是他通常有可能（在他对萨特提出的方法并不知晓的情况下）逃离使他成为物的反映这一命运的方式。当然，诗歌想要被反映的物与反映它们的意识的一致性，它想要的其实就是不可能性。但事实上，避免成为物的反映的唯一方式不就是，欲求不可能性吗？

某种意义上，诗歌一直是诗歌的对立面

　　我认为，诗歌的不幸在萨特给出的波德莱尔的形象中得到了忠实的体现。诗歌内在的义务在于，从不满中制造一个凝固的东西。诗歌，在原始运动中，破坏了它所领悟的对象，通过破坏，它将它们恢复到诗人的生存之难以捉摸的流动性中，正是以这种代价，它期待重新发现世界和人的一致性。但在它放弃把握的同时，它又试图**把握**这种**放弃**。它所能做的就是用**放弃把握**来替代被还原的生活中**被把握**的东西：它只能让这种放弃把握不占有物本身的位置。

　　在这里，我们经历了一个与孩童相类似的困境，他的自由是以否认成人为条件的，如果不这样做，他自己就会变成

一个成人，从而失去自由。但是波德莱尔，他从来没有承担主人们的特权，他的自由保证了直到最后的不满足，但又不得不与他拒绝取代的人**竞争**。他确实在寻找自己，他从未失去过、忘记过的那个自己，他看着的那个自己；正如萨特所指出的，**复原人**的存在确实是他的天才、张力和诗意的无能的目的。毫无疑问，诗人命运的根源是对**独一性**的确信，对拣选的确信，没有这种确信，将世界还原为其自身，或在世界中自我迷失的举动，就不会有它的意义。萨特认为这是波德莱尔的缺陷，是他因母亲的第二次婚姻而孤独隔绝的结果。这确实就是"孤独的感觉，从我童年开始"，"永远注定孤独"，诗人自己也是这么说的。但波德莱尔无疑给出了同样的与他人对立的自我揭露，他说："整个童年，我的心里都有两种矛盾的感受，对于生活（vie）的恐惧和对于生命（vie）的狂喜。"我们必然要去关注对不可替代的独一性的确信，这种独一性不仅是诗性天赋的基础（布莱克在其中看到了所有人的共同点——正是这一点使他们相似），而且是每一种宗教（每一个教会）和每一个国家的基础。诚然，诗歌总是回应着这样的欲望：想要从外部以可感知的形式，来复原和凝固个人或者一个团体的独一**存在**，这一存在起初是无形的，不然的话只能在内部感知。但值得怀疑的是，我们对存在的意识里**不一定**有这种欺骗性的**独一性**价值：个人有时在归属于城

　　　　　　　　　　　　　　　　　　　文学与恶

市、家庭甚至夫妇的意义上体验它（因此，根据萨特的说法，波德莱尔作为一个孩子，与他母亲的身体和心灵相连），有时在他自己身上。特别是后者，这无疑是我们这个时代的诗意使命——它导致了一种语言创造的形式，在这种形式中，诗是对个人的复原。因此，可以说，诗人是把自己当作整体的那一部分，将个人表现为一个集体。因此，不满的状态，令人失望、揭示出缺失的对象，在某一点上是个人紧绷时能够找回其令人失望的独一性的唯一形式。城市，在其运动中，严格地凝固了独一性，但它必须做的事，它能做的事，孤立的存在也有机会去做，即便它无法做到。萨特这样说波德莱尔有些虚妄[1]："他最珍贵的愿望是像石头和雕像一样，在安详不动的休憩中**存在**"，他大可以展现诗人渴望从过去的迷雾中提取出可以石化的画面，那些他留下的具有开放、无限生命性质的画面，也就是萨特认为的在波德莱尔意义上的不满的画面。因此，说波德莱尔欲求的是不可能存在的雕像，是令人失望的，我们必须补充，比起雕像，波德莱尔更欲求不可能性。

"以此开始"，去把握独一性感受的结果（从小开始，他独自一人——没有什么可以缓解这种负担——承接生活的狂

---

[1]　J.-P. Sartre, *Baudelaire*, p.126.

喜和恐惧，以及一切后果："这悲惨的生活……"），更为合理，也更令人信服。但萨特坚信，他的**欲求**在我们看来，像是随波逐流。至少，他欲求这点，就好像注定要去欲求**不可能性**那样，也就是说，既坚定不移地，又欺骗性地，以空想的形式欲求它。因此，他那渴求工作的纨绔公子的哀怨生活，悲痛地滑入无意义的游手好闲。但是，正如萨特承认的那样，由于他拥有一种"无与伦比的张力"，他在悬置不安的位置利用了所有可能的优势：一种混合着狂喜和恐惧的完美运动给了他的诗歌一种完满，在自由①感性的**极限上**毫不示弱地维持着，令人疲惫的稀薄和贫瘠让萨特感到不自在：恶习、抗拒、仇恨的气氛，回应着意志的紧张，这一紧张是在否认善的约束，如同运动员否认杠铃的重量那样。诚然，这种努力是徒劳的，这种运动渐渐僵化的诗（把生存还原为存在）把罪恶、仇恨和**无限的**自由变成了我们所知道的温顺、安宁、不变的形式。诚然，存续着的诗歌[15]总是诗歌的对立面，因为它以易逝的东西为目标[16]，并把它变为永恒。但是，这些都不重要了，如果诗人的游戏，其本质是将诗的对象与主体不折不扣地结合在一起，将其与失望的诗人，与因失败而受辱的、不满的诗人结合在一起。以至于对象、世界、无法被还原的、

---

① 在它除了其原始运动之外不附属于任何物的意义上，它对于外部是漠不关心的。

不屈从的，在诗歌的混杂创作中体现，被诗所背叛，经由诗人不可活的生活变得不再如此。至少，只有诗人长期的苦闷才完全揭示了诗歌的真实性，而萨特，不管他说了什么，我们毫不怀疑，在荣耀之前的他的目的（只有荣耀才能让他石化）呼应了他的意志：**波德莱尔直到最后都欲求不可能性。**

波德莱尔和不可能性的雕像

由于对他自身现实的认识缺乏辨别能力，犹豫便显得有些道理。我们无法"清楚地"知道，对于波德莱尔来说，什么才是主权的。也许，从他拒绝了解这一点中，我们可以看到关于人和价值之间必然关系的提示。如果我们有可以"明确"决定的脆弱，我们可能背叛了那些于我们而言，算得上是主权的东西：谁还会惊讶于自由要求飞跃，突然且无法预料地与自身脱节，而这些东西并不会被给予那些预先决定的人？的确，波德莱尔对于他自身来说也依旧是一个谜团：直到最后，他都在各种意义上留下了敞开的可能性，他渴望石头的一成不变，渴望一首挽诗的自淫[17]。我们怎么能不在他身上看到对过去的固着，这宣告懦弱、早衰和无能的倦怠呢？《恶之花》中的内容足以证明萨特的解读，他说波德莱尔关注的不过是"无法改变和不可能完善"的过去，他选择"从死亡的角度考虑生活，仿佛早产的结局已经将其凝固"。也许，他诗歌的完满与他赋予自己的困兽般的固定形象有关，这个形象使他着迷，他无休止地重复唤起它。同样地，一个民族坚持不辜负自我赋予的理念，比起超越这一理念，它更接受其消亡。创造停止了，受到了过去给它的限制，因为它有一种不满足感，所以无法从不变的不满中脱离并得到满足。这种忧愁的享乐，在失败中延续，这种对满足的恐惧使得自由变成了其对立面。但是萨特认为波德莱尔的生命不长，青春的绽放过去之后，生命变得缓慢，无休止地衰退。"从46年开始（也就是在他二十五岁时），他已经花完了一半的财产，写完了大部分诗歌，给他和父母的关系确定了最终形式，染上了会让他慢慢腐朽的花柳病，遇到了使他生命每时每刻都感到异常沉重的女人，也完成了一些使他作品充斥异国情调的旅行。"[1] 但这一看待的方式也透露着萨特关于《私密写作》（*Ecrits intimes*）的观点。[18] 这都是一些老调重弹的东西，但是它们牵动着他的心。我的目光越来越停留在一封写于1854年1月28日的信件上[2]。波德莱尔写了一个戏剧的场景：夜

---

[1] J.-P. Sartre, *Baudelaire*, p.188-189.

[2] *Correspondance générale*, 由 J. Crépet 和 Conard 收集、分类和注解，t.I, n°161, p.249。

晚，一个醉酒的工人在一处偏远的地方，和已经离开他的妻子约会，尽管他百般乞求，她还是拒绝跟他回家。绝望中，他把她带到一条路上，他知道借着深夜的漆黑，她会掉进一口没有边栏的井里。他在这里引入的那首歌就是这个剧情的源头。[19] 他写道："这首歌是这样开始的：

没有人如此—此般—可爱
弗兰弗鲁—康克鲁—隆—拉—拉伊拉
没有人如此—此般—可爱
如同锯木工

……这个可爱的锯木工最终把他的妻子推入水中；然后他对一位塞壬[20]说：

唱啊塞壬唱啊
弗兰弗鲁—康克鲁—隆—拉—拉伊拉
因为你有那海可以喝
有我的爱人可以吃！"

这个[21]锯木工身上背负着诗人的罪恶，由于一种间离的作用，也就是通过面具，诗人的形象突然就溶解、变得面目全非了：不再是由刻板的节奏决定的形象，如此紧张以至于要提前塑造好 ①。在不同的语言条件下，被限制的过去不再令人迷惑，一种可能的无限打开了属于它的吸引力，自由和拒绝限制的吸引力。[22] 波德莱尔 [23] 把锯木工和奸女尸的想法联系在一起并非偶然。在这一点上，谋杀、淫乱、温柔和笑声融为一体（他想在剧场里加入工人强奸他妻子尸体的事，至少是通过讲述的形式）。尼采写道："看到悲剧性的东西沉沦，并且**能够嘲笑**这点，不在乎我们感受到的深层的理解、情感和同情，这是神性的。"② 也许从某种意义上说，这种非人性的感觉是不可触及的：为了达到这个目的，波德莱尔不得不通过让主角道德败坏和语言粗俗的方式。但与这些退让关联的是，**塞壬**的**高潮之处**不能被压制。这段高潮超越了《恶之花》，但后者也指向了它，赋予了它完满的意义并指明了它的出路。波德莱尔并没有继续他的剧本写作计划。[24] 这也许归因于他的懒惰，或者是他后来的无力。又或者是他向其提议的剧院经理让他知晓了公众可能的反应？[25] 至少波德莱尔在这样一个计划上走得很远：从《恶之花》一直到疯癫，他梦想

---

① 《恶之花》中的这首《杀人者的酒》，以这位锯木工为主角，实际上是诗集中最不起眼的一首。这个角色被限制在波德莱尔式的节奏中。这个不受诗歌程式限制的写作计划所暗示的东西，又回到了常轨之上。

② *Nachlass*, 1882–1884.

文学与恶

的不是不可能的雕像（l'impossible statue），而是不可能性本身的雕像（la statue d'impossible）。

"恶之花"的历史意义

波德莱尔生活的意义——或是无意义，导致他从不满的诗歌到崩塌中给定的缺席的连续运动，不止是以一首歌作为标志的。**顽固地**错失的整个人生——萨特否定地将其归结为错误的选择——表明了被满足的恐怖——拒绝利益给出的必然限制。波德莱尔的立场是如此遭谴责。在他给他母亲的一封信[①]中，有这样一段话表明了他对自己意志法则的再一次抗拒。他说："……简言之，这周，可以**证明**的是，我是真的可以挣钱的，只要我用心和继续努力，可以挣到很多的钱。但之前的那些混乱，不间断的痛苦，新的要填补的赤字，因琐碎的烦恼而消耗的精力，总之，加上我生性爱做白日梦，让这一切都作废了。"

这正是人的性格特征，如果我们想这么说的话，以及像这样的，一种无能。在时间中去看待一些事情，把它们作为

---

① *Correspondance générale*, t.I, n°134, p.193. 这封信写于 1853 年 3 月 26 日。

一个回应客观给出的要求的事件来判断，作为与诗歌如此清晰相关的对工作的恐惧来判断，也是可以的。我们知道，这种拒绝，这种厌恶，是顺从的（它不亚于一个固守的决定），甚至波德莱尔好几次都悲惨地、无情地顺从了工作的原则，他在《私密写作》①中写道："每一分钟，我们都被对时间的想法和感知压垮。只有两种方式可以跳脱出这一噩梦——为了忘记：玩乐或是工作。玩乐使我们疲惫，工作使我们增强。我们要选择。"这一立场和那本书前面提到的另一种说法很相似②："在每个人身上，每时每刻都有两种同时存在的姿态，一种面向上帝，另一种面向撒旦。对上帝或精神性的召唤，是对上升的渴望；对撒旦或动物性的召唤，是对下降的喜悦。"但只对第一个姿态有给出明确的说明。玩乐是感性生活的积极形式：如果不对我们的资源进行非生产性的消耗，我们就无法体验到它（它使我们疲惫）。另一方面，工作是日常活动的模式：它的效果是增加我们的资源（它使我们增强）。然而，"在每个人身上，每时每刻都有两种同时存在的姿态"，一个是朝向工作的（增加资源），而另一个是朝向玩乐的（消耗资源）。工作回应了明天的烦恼，而玩乐则回应了当下的烦恼。工作是有用的且让人满足，玩乐，是无用的，留下了不

---

① *Mon cœur mis à nu*, LXXXIX.
② *Ibid.*, XIX.

文学与恶

满的感受。这些考虑把经济筹划放在道德的基础上，也把它放在诗歌的基础上。在任何时刻，总需要在世俗和物质的问题上做选择："考虑到我目前所有的资源，我应该消耗还是增加它们？"从整体上看，波德莱尔的答案是奇特的。一方面，他的笔记总是充斥着工作的决议，而他在生活中却长期拒绝参与生产性活动。他甚至还写道："对我来说，做一个有用的人一直以来都是令人厌恶的事情。"① 同样地，不可能解除的对善的反对也在可以其他方面找寻到迹象。他选择上帝，就像以非常有名无实的方式选择工作一样，只是为了更加紧密地贴近撒旦。而且他甚至不能决定这样的对立是发于内心的（就像玩乐和工作的对立），还是外在的（就像上帝和恶魔的对立）。只能说他倾向于拒绝自身超越的形式：**事实上**，在他身上占据上风的是拒绝工作，从而拒绝满足；他维持在他之上的义务超越性，只是为了强调拒绝的价值，以及更有力地体验不满的生活的焦虑吸引力。

但这并不是个人性的错误。萨特分析的缺陷恰恰在于它把自己限制在这单一的方面。这就使分析沦为消极的领会，必须插入历史时间才能看到积极的一面。所有生产和耗费之间的关系都在**历史中**；波德莱尔的经历在**历史中**。只有历史

---

① *Mon cœur mis à nu*, IX.

赋予它的确切意义才有其**积极的**意味。

　　像任何活动一样，诗歌可以从经济角度来看待。而道德与诗歌也可以同时考虑。事实上，波德莱尔通过他的生活和他不幸的思考，在这些方面提出了关键问题。这就是萨特的分析所触及但又回避的问题。这些分析犯了一个错误，就是把诗歌和诗人的道德态度表现为选择的结果。假设个体有选择，那么他所创造的东西的意义是由他所回应的需求这一社会层面给定的。波德莱尔诗歌的全部意义不在它自身的错误中，而是在通常而言被历史性地决定的期待中，这些"错误"回应了这一期待。显然，根据萨特的说法，与波德莱尔类似的选择在其他时代是可能的。但在其他时代，并没有产生类似于《恶之花》的诗篇。萨特的解释性批判[26]忽视了这一真相，也引入了重要的视角，它不能解释在我们这个时代，波德莱尔的诗歌深入人心的充分性（或者它只能从反面来说明，反面的批评带来了一些意想不到的理解）。且不说恩典或运气的因素，波德莱尔的"无与伦比的张力"不仅是个人必要性的表达，也是一种**物质性**张力的结果，是外部历史性地给予的。世界，也就是诗人写作《恶之花》的社会，只要它超越了个人诉求，就必须对两种同时发生的情况做出回应，这两种情况从未停止对人类提出做决定的要求：如同个体一样，社会被要求在对未来的关注和对当下的关注之间做出选择。

从本质上讲，社会是建立在个体的弱点之上的，而其力量则弥补了这一点：在某种意义上，它是个体所没有的东西，首先与未来的首要性**相联系**。但社会不能否认当下，并将其作为有待决定的部分留给主体。这一部分就是节庆的部分，献祭是其中最重要的时刻[①]。献祭关注由当下资源决定的耗费，而原则上，对明日的忧虑决定着要保留资源。但《恶之花》的社会不再是这种模棱两可的社会，后者在深刻地维护未来的首要性的同时，允许**神圣的东西**（伪装成未来的价值，超越的、永恒的对象，善的不变的基础）拥有名义上的当下优先性。这是一个资本主义蓬勃发展的社会，将极大部分工作产品尽可能地保留，用于生产资料的增长。这个社会恐惧地认可对大人物奢侈行为的谴责，它正在背离利用原先社会的模糊性为自己牟利的种姓制度。它不能原谅他们为自己的个人荣耀攫取一部分本可用于增加生产资料的资源（劳动）。但从凡尔赛宫的喷泉到现代水坝，一个决定不仅在集体与特权者相对立的意义上起作用：本质上，这个决定将生产力的增长与非生产性的享乐对立起来。十九世纪中叶，资产阶级社会决定支持水坝：它给世界带来了一个根本性的变化。从夏尔·波德莱尔出生到去世，欧洲投身于铁路网建设，生产开

---

① "Part maudite"，我在前一章节提到过，p.187, note。

辟了生产力无限增长的前景，并把这种增长作为目的给予自身。这个蓄力已久的行动是文明世界迅速蜕变的开始，这一世界建立在明日的首要性之上，即资本主义**积累**。在无产阶级那儿，这一活动不得不被否定，因为它局限于资本家的个人利益前景：因此它引起了工人运动的反抗。在作家那儿，由于它终结了旧制度的辉煌，用功利性的作品取代了荣耀性的作品，也引发了浪漫主义的抗议。这两种性质不同的反抗可以在一点上达成一致。工人运动原则上并不反对积累，从未来的角度来看，它的目标[27]是把人从劳动的奴役中解放出来，而浪漫主义立即给那些否认、废除把人还原为实用价值的东西赋予了具体形式。传统文学只是表达了被主流社会或统治阶级接受的非功利性价值（军事、宗教、色情）：浪漫文学则表达了被现代国家和资产阶级活动所否定的价值。但更确切地来说，这种表达形式不乏疑点。浪漫主义常常局限于赞颂过去，天真地将其与现在对立。这不过是一种妥协：过去的价值观本身已经与功利主义原则融合在了一起。自然的主题，其反对似乎更加激进，但它本身只是提供了一种短暂逃避的可能性（此外，对自然的热爱很可能与功利的首要性，即明日的首要性是同步的，以至于它一直是功利社会中最普遍的、最无害的补偿形式：显然，跟岩石的粗野相比，这也是最不危险、最不颠覆、最不野蛮的）。乍一看，**个体**的浪漫

文学与恶

主义立场是一个逻辑比较连贯的立场；个体作为反叛纪律的梦幻般的激情存在，首先是反对社会约束的。但感性个体的诉求并不坚实稳定：它没有宗教道德或种姓的荣誉准则那样稳固、持久的一致性。个体中仅有的稳定成分，是由对资本主义公司有可能充分满足的资源增长总量的兴趣所给定的，以至于个体必然是资产阶级社会的目的，就像等级秩序必然是封建社会的目的一样。此外，对私人利益的追求既是资本主义活动的来源，也是资本主义活动的目的。个人主义诗意的、夸大过度的形式是对功利算计的过度回应，但它是一种这样的回应：在其被认可的形式下，浪漫主义不过是资产阶级个人主义反对资产阶级的态度。撕裂，自我否定，怀念自己没有的东西，这些表达了资产阶级的不适，它通过拒绝承担责任而进入历史，走向了自己的对立面，但设法不去承担如此做的后果，甚至从中获利。在文学中，对资本主义活动基础的否定，直到晚些时候才以妥协的形式出现。只有在飞跃突破和保证发展的阶段，在浪漫主义狂热时刻之后，资产阶级才感到安心。文学研究在这点上，不再受限于可能的妥协。诚然，波德莱尔并没有激进之处，他身上一直存在着不把不可能性作为命运、回归恩典的愿望，但，就像萨特帮助我们看到的那样，他从他努力的虚妄中汲取了他人从反抗中汲取的东西。这个原则是明智的：他没有意志，但有一种吸引力驱使他不顾自身。夏尔·波德莱尔的抗拒是最深刻的抗拒，因为它绝不是对相反原则的肯定。它只是表达了诗人受阻的心态，它表达的是这一心态的不可辩护和不可能性。恶，即便诗人作的恶远不如他所迷恋的恶，也确实是恶，毕竟只能向善的意志在其中并无作为。此外，到头来，它是恶的这点几乎不重要：因为意志的反面是迷恋，而迷恋是意志的毁灭，从道德上谴责迷恋的行为，也许在一段时间内，是把它完全从意志中解放出来的唯一途径。宗教、种姓，以及最近的浪漫主义，都在诱惑中发挥了作用，但那时的诱惑是狡猾的，它获得了一个本身就诡计多端的意志的同意。因此，为了挑逗而诉诸感官的诗歌，必须将它选择的诱惑对象限制在意志可以接受的范围内（有意识的意志，它必然设定条件，要求延续和满足）。古老的诗歌限制了诗歌所意味的自由。波德莱尔在这片骚乱中开辟了一个被诅咒的诗歌洼地，它不再承担任何东西，毫无防备地经受着一种无法满足的迷恋，一种毁灭性的迷恋。这样一来，诗歌摆脱了外界对它的要求，即意志的要求，转而对唯一的私密要求做出回应，这个要求把它与令人着迷的东西联系起来，使它成为意志的反面。诗歌的这一重大决断比一个弱者的选择更有意义。对我们来说，涉及责任的个人倾向揭露了诗人的生活环境，这并不重要，《恶之花》之于我们的意义，也即波德莱尔的意义，是我们对诗歌感兴趣的结果。如果不是因为这些诗引起的兴趣，我们对个体的命运会一无所知。因此，我们只能在我们对《恶之花》的喜爱中谈论它（不能分开来，而是与它们所进入的语境相联系）。从这个角度看，正是诗人对道德的奇特态度说明了他的断裂：波德莱尔对善的否定从根本上说是对明日的首要性的否定，同时维持着的对善的肯定是成熟感受的一部分（这也经常引导他对色情的思考），它不断地、不幸地（以一种被诅咒的方式）向他揭示关于瞬间的悖论——我们只能通过逃离它来获得它，如果我们试图抓住它，它就会逃避我们。毫无疑问，波德莱尔被诅咒的、羞辱性的地位是无法被超越的。而可能实现的超越也无法证明这会被平息。羞辱性的不幸在其他形式中出现，不那么被动，更加简化，无法逃离，如此艰难——或者说如此荒谬——我们可以说这是野性的幸福。波德莱尔的诗歌，其自身是被超越的：对善的拒绝（拒绝对延续的担忧所规定的价值）和持续创作之间的矛盾，使诗歌走上了快速分解的道路，在此，诗歌被越来越否定性地设想为意志的完美沉默。[28]

米什莱[1]

　　很少有人比米什莱更天真地依赖于[2]这几个简单的想法：在他眼中，真理和正义的进步以及对自然律的回归是保证可以完成的。在这个意义上，他的作品是一种优秀的信仰行为。但如果他很难察觉到理性的界限、妨碍理性的激情——而这是令我迟疑的矛盾之处——有时，激情便会在他身上遭遇共谋。我不知道他是如何写出像《女巫》(*La Sorcière*)那样如此有倾向性的作品的（或许是偶然的作品——显然，一些无用的文档，经过多年的收集，决定了这本书的撰写）。《女巫》使其作者成为那些最人性化地谈论**恶**[3]的人之一。

　　在我看来，他似乎误入歧途。他所追随的道路——由"不良的"好奇所偶然引导的——却通向我们的真理。可以肯定的是，这些道路是恶的道路。不是我们以牺牲弱者为代价而滥用武力的**恶**：相反，是对自由的疯狂渴望所要求的，违背自我利益的**恶**。米什莱认为这是**善**采取的一种迂回手段。如果可以的话，他试图为其辩护：女巫是受害者，死于可怖的火焰之中。颠覆神学家们的价值观是自然的。恶不是与刽子手同道吗？女巫体现了受苦的人性，被强权迫害。这些观点的一部分无疑是有根据的，理论上讲，这有阻止历史学家将目光投向更远的地方的危险。但他的辩护遮蔽了更深层的表达。感性地引导着米什莱的，是**恶**的眩晕：是一种误入歧途。

恶的深渊引诱着，无视与恶行相关的利益（至少无视其中的一些，但是，如果我们把**恶**的道路视为一个整体，它们中有多少是带来利益的？）。这种引诱，从巫魔夜会（sabbbats）的恐怖中（以其独特的鲜明）凸显，也许在其深度上定义了道德问题的难度。讨论《女巫》一书（从历史角度看，这是关于基督教社会中的魔法最好的书之一——但并不符合科学的一些要求——而且，从诗意角度看，也是米什莱的杰作），是我合理地提出恶之问题的契机。

献祭 [4]

这些问题的材料并不被排除在它们的历史渊源（由**巫术**

［maléfice］与**献祭**［sacrifice］的对立造就）之外。这一对立最鲜活的地方莫过于基督教世界，无数火刑柴堆燃烧的光辉照亮了它 ①。但它在任何时代和任何地方都是差不多的，不变之处一方面在于**社会**的主动权，它赋予**献祭**以**宗教**相关的崇高性；另一方面在于**个人**的主动权，并非是社会的，标志着**巫术**并不令人称道的意义，跟**魔法**的实施有关。这一不变之处无疑是在回应某种基本的不言自明的必然性。

以下就是关于这方面有必要讲明的内容。

就如同某些昆虫在一定条件下会集体向某一光源移动一样，我们也会远离死亡统治的区域。一般来说，人类活动的原动力，就是到达最远离死丧领域（腐烂、肮脏、不洁彰显之处）的欲望：我们以无休止的努力为代价，到处抹除死亡的痕迹、标志和象征。如果可以的话，我们甚至会在事后抹去这些努力的痕迹和标志。我们**向上**的欲望 5 只是这股将我们引向死亡反面之力的百种症状之一。一想到会陷入工人阶级状况的可能性，富工所产生的恐惧，小资产阶级所产生的恐慌，都源于这样一个事实：在他们眼里，穷人比他们更处于

---

① 虽然我们对巫术（sorcellerie）本身知之甚少（我们主要从审判中了解，而且恐怕法官会使用酷刑，让受害者说出他们被要求说的话，而非事实），但我们拥有关于巫术被镇压的精确材料，米什莱对此非常了解。

死亡的摆布之下，有时比死亡本身更令人憎恶的，是这些滑向死亡的肮脏、无能和凌乱的阴暗方式。

这种焦虑的倾向在我们对道德原则的确信中发挥的作用，也许比在我们的条件反射中更大。我们的确信无疑是遮遮掩掩的：一些大词赋予消极的态度以积极的意义，后者显然是空洞的，却被点缀着理想价值的光辉。我们只会推崇人人有利的好处——易得的利益和有保障的和平——合理的和纯粹消极的目标（因为这只关系到排斥死亡）。从谨慎克制的层面上谈，我们对生活总体的构想都可以被还原成延续的欲望。米什莱在这点上，和那些智者并没有特别大的区别。

这样的态度和原则是恒定的[6]。至少，就其本身而言，它们仍然是，且必须是根本的。但我们不能完全止步于此。就算只是追求利益，在某种意义上，违犯也是必要的。有时，生命没必要逃离死亡的阴影，而是让自身在死亡的阴影，在衰弱的极限，在死亡本身的终点发育成长。被厌恶的元素的不断折回——与生命的运动相反——在普通条件下是给定的，但还不够。至少，死亡的阴影**不理会我们**而重生是不够的：我们还必须让它们**自愿**归来，以完全满足我们需求的方式（我指的是阴影，而不是死亡本身）。艺术于我们而言就服务于这样的目的，在剧场里，艺术的效果尽可能地把我们推向焦虑情绪的顶点。艺术——至少部分艺术——会不断地在我们面前召唤我们的活动所极力避免的混乱、撕扯和衰颓。（即便在喜剧艺术中，这一提法也得到了验证。）

这些我们想要在我们的生命中抹除的元素，无论它们有多少分量，艺术兜兜转转又重新带回了它们，它们仍是死亡的标志：如果我们笑了，如果我们哭了，那是因为在这一刻，作为入局的受害者或秘密的保存者，死亡对我们来说似乎**很轻**。这不意味着由它激发的恐惧已经外在于我们，而是在某一瞬间，我们克服了它。以这样的方式激荡起来的生命运动似乎是没有实际意义的：它们没有那种源于厌恶、可以给人以工作的必要感的令人信服的力量[7]。但它的代价也不小。笑教导我们的是明智地逃离死亡的元素，我们仍把**保存生命**当作唯一的目的：当我们进入明智告诫我们要远离的领域，**我们也是在经历它**。因为笑的疯狂也仅是表象。在死亡的触碰下灼烧，从其空虚的标志中汲取出对存在加倍的认识，重新引入——以剧烈的方式——必须要被推远的东西，它把我们暂时拉出僵局，在那里，只知道保存生命的人将生命锁闭于此。

在我**理性地**提出恶的问题的有限意图之外，对于我们的**存在**，我想说，它首先是一个有限的存在（一个必死的个体）。限制对于存在无疑是必要的，但后者并不能忍受它们。正是通过超越这些必要的限制，存在肯定了自己的本质。我们要承认，如果不是因为其极端的不稳定性而得到缓解，唯一已知的存在的**有限性**特征将与存在的其他特征相悖。这其实并不重要：我仍然要提醒你们，这些使我们保持焦虑并超越焦虑的艺术是宗教的后继者。我们的悲剧和喜剧是古代献祭的延伸，其规范与我的描述更加吻合。几乎所有的民族都非常重视隆重地毁灭动物、人或植物这一问题，有时是真的付出了巨大的代价，有时这个巨大的代价被认为是虚构的。这些毁灭从原则上来说是犯罪性质的，但族群有完成它的义务。明面上看，献祭的目的是多种多样的，我们需要自己深入探寻这一普遍做法的起源。最合理的观点认为，献祭是建立社会纽带的制度（确实，它没有说为什么要通过流血，而不是其他手段，以产生社会纽带）。但是，如果我们有必要尽可能密切和经常地接近我们恐惧的对象，如果**尽可能多地把阻碍生活的东西引入我们的生活，并尽可能少地危害它**这一事实，定义了我们的本性，那么献祭的操作就不再是一直持续到现在的难以理解的人类基本行为。（最终，一种如此出众的社会惯习"不得不去回应某些基本的必要性，其表达是不言自明的"。）

　　当然，**尽可能多的数量**总是不太常见的，而且为了把损失减到最小，人们采取了很多欺骗手段。这取决于相关的力量：如果一个民族有这个心，就会把事情推进得更远。阿兹

特克人的大祭祀 ① 显示了恐怖可以达到怎样的境地；阿兹克特数以千计的恶的受害者不仅仅是俘虏：祭坛是由战争喂养的，战斗中的死亡明确地将部落的人和被献祭的他人的死联系在一起。在某些节日，那些墨西哥人甚至还献祭自己的孩子。这一行动的特征就是要求它可以达到恐怖的最高可容忍程度，在主体身上痛苦地显现出来。有必要制定一项法律，惩罚那些看到这些孩子被领到圣殿而转身离开队伍的人。限制，到达极端，就是衰退。

人类的生活包含着这一暴力的运动（否则的话我们也可以不要艺术了）。

生活中的这些剧烈时刻对于建立社会纽带而言是必需的，这一事实其实是次要的。毫无疑问，这一纽带如果要建立起来——我们很容易理解——它是建立在献祭之上的：因为强度的时刻是存在过度和**融合**的时刻。但是，人类并没有被带到融合点，**因为**他们已经形成了社会（就像我们把一整块金属的碎片锻造成一个新的整体）。当我们通过焦虑和对焦虑的超越，达到那些融合的状态时（笑或泪是其特有的情况），在我看来，我们是根据人自身的手段，对有限存在的基本要求做出回应。

---

① 阿兹特克是 14—16 世纪存在于墨西哥的古代文明。阿兹特克人尚武，会利用战争获取战俘，作为宗教仪式的祭品。在一般祭祀中，会屠杀千人；而在大祭祀中，被献祭者数以万计。——译者注

巫术与黑弥撒

社会纽带制度远非献祭的起源，它甚至有可能削弱献祭的功效。献祭在城邦中占有很高的地位，它与最纯洁、最神圣和最具保存功能的事务（在维持生命和工作的意义上）联系在一起。在现实中，它所建立之物尽可能排斥最初的活动，这就是它的意义。**巫术**则不然。献祭者意识到宰杀实际上是一种犯罪。但他们此举的目的是一种善。善仍然是献祭的最终目的。因此，献祭活动是有污点的，甚至是失败的。**巫术**的起源显然不是献祭的失败，其失败的原因也不尽相同。巫术的目的与善相异，甚至是相对立的（这是它与献祭不同的地方，而不是因为其他任何本质特征）。在这种情况下，作为其基础的僭越几乎不可能减弱。它甚至可能被谴责。

如果可能的话，献祭可以减少干扰因素[8]的侵入：它反对效果是通过标示出受害者和地点的纯洁和高贵而获得的。相反，对于巫术而言，坚持这些重要元素是可能的。即便它不是魔法的基本部分，也仍可以在那里找到自己的领域。中世纪时，巫术成了与道德混淆的宗教的反面。我们对**巫魔夜会**知之甚少——只有镇压者的调查提供了信息，而厌倦了这场斗争的被告可以对调查人员的想法供认不讳，但我们可以说，像米什莱那样，这是对基督教献祭——对我们叫作**黑弥撒**的东西的戏仿。即便传统故事有一部分是想象出来的，它们在某种程度上仍然与真实的材料相吻合：它们至少具有神话或梦想的重要价值。人的精神听从于基督教的道义，在此发展出可能的新对立面。所有的道路都有其价值，使我们更接近我们恐惧的对象。米什莱从一份教会报告中，令人不安地唤起了这种精神的运动，它前进着、颤抖着，一种宿命使它迎面撞上最坏的结果，他说："有些人，只在其中看到了恐惧；而另一些人，则被永久的流放者似乎全神贯注的忧郁式的骄傲所感动。"这个被信徒们"偏爱"的神，他并不为确保共同的事业而服务，却往黑夜的方向迈出了坚定的一步[9]。上帝之死的恶名，这一于献祭理念的顶点处最矛盾、最丰富的形象，在这种颠倒中被超越了。不受责任和分寸限制的魔法[10]的特殊性，给了**黑弥撒**尽可能极端的意义。

这些污秽仪式最不为人所知的伟大意义在于对污秽的无限追忆，这点再怎么被夸大也不为过。它们具有寄生的特征：它们是基督教的颠倒。但这一颠倒从已然过度的大胆出发，完成了一个运动，其目的在于重新发觉持久的欲望迫使我们逃离的东西。在中世纪末期，**巫魔夜会**的普遍发展或许是在回应教会的衰落，或者说，它是教会濒死的微芒[11]。教士们对抗这场运动的焦虑，所使用的无数火刑木柴、各样酷刑，都在申明它的意义。人们从此失去了以仪式来实现梦想的能力，这一事实进一步凸显了它的特殊性。因此，**巫魔夜会**可以被视为最后的话语。神话人物死了，给我们留下了最后的信息——简言之，就是黑色的笑声。

米什莱的功劳在于他赋予了这些无意义的节庆它们该有的价值。他重建了人性的温热，而这种温热与其说是身体的，不如说是心灵的。不确定他把巫魔夜会与中世纪那些"伟大而可怕的反叛"，与扎克雷起义 ① 联系在一起是否有道理，但巫术仪式确实是那些被压迫者的仪式。被征服人民的宗教往往成为因征服而形成的社会的魔法。中世纪之夜的仪式无疑在某种意义上延续了古代宗教的仪式（同时保留了可疑的方面：撒旦在某种意义上是**狄俄尼索斯的翻版**）：这是异教徒、农民、农奴的仪式，是统治秩序和统治宗教权威的牺牲品的仪式。对于到底是什么影响了这样的底层世界，我们还不清楚，尽管如此，米什莱一定很荣幸能够将其称为**我们的**世界——它因我们内心的颤抖而充满活力 12——它承载着我们命运的希望和绝望，在其中，我们认出自己。

米什莱在这些被诅咒的作品中强调了女性的卓越，这似乎也很正确。女性的任性和温柔照亮了黑暗的帝国；另外，女巫的某些东西与我们因诱惑而形成的观念相关。这种对女性和爱

---

① 最初指 1358 年发生于法国北部的扎克雷暴动，后引申为中世纪旧制度下欧洲众多农民起义的象征。——译者注

文学与恶

情的推崇是我们如今道德财富的基础，它不仅源于骑士传说，也源于女性在魔法中扮演的角色："男巫有一个的话，女巫就有一万个……"①，以及她们所面临的酷刑、钳子和火焰。

米什莱将这个充满人性意义的沉重世界从耻辱中解救出来，这无疑是一桩荣耀。帝国时期，《女巫》第一版引发丑闻，警方禁止了该书的销售。这本书由拉克鲁瓦和维博克霍文（Lacroix et Verbœckhoven）出版社在布鲁塞尔出版（几年后，这家出版社还出版了《马尔多罗之歌》这一恶之史诗）。而米什莱的短处——这不就是人类才智的短处吗？——也就是，为了让女巫摆脱耻辱的罪名，而让她成为**善**的屈从者。他想通过证明她是**有用的**来使她合法化，而其事业的真实部分却将她置于此外。

米什莱的善、恶、"价值"和他的生活

现在我来为恶之问题的阐述给出结论。

---

① 这是米什莱在 1862 年出版的《女巫》一书的序言中提到的一点，表明巫术在传统上是与女性联系在一起的，甚至是与女性的性表现形式联系在一起的。——译者注

在我看来，这一结论从我的概括中清晰可见。人类追求两个目标，一个是消极的，即保存生命（避免死亡），另一个是积极的，即增加生命的强度。这两个目的并不矛盾。但强度的增加从来都不会没有危险；大多数人（或社会团体）所追求的强度从属于对维持生命及其相关工作的关注，后者具有无可争议的优先性。但当这一强度被少数个人或少数群体所追求时，它可能是无望的，超越了延续的愿望。自由的程度不同，其强度也不同。强度和延续之间的这种对立在整体上是有价值的，并保留了许多共识（宗教禁欲主义；在魔法方面，对个人目的的追求 ①）。对善恶的思考应根据这些材料来重新审视。

强度可以被定义为**价值**（它是唯一积极的价值），延续可以被定义为**善**（它是德性的一般目的）。强度的概念不能被还原为快乐的概念，因为正如我们所看到的，对强度的追求首先要求我们跨过不适的边界，达到虚弱的极限。因此，我所说的**价值**既不同于**善**，也不同于快乐。价值有时与善重合，有时则不然。价值有时还与恶重合。**价值超越善与恶**，但以两种对立的形式存在，一种与**善**的原则相联系，另一种与**恶**的原则相联系。对**善**的渴望限制了我们追求**价值**的运动。相

---

① 诚然，这些目的通常指向过度，不是纯粹和简单的善，而是遵从强度。

文学与恶

反，当自由走向恶时，就会产生过剩的**价值**形式。然而，我们不能从这些事实中得出结论，认为真正的**价值**在**恶**的一边。**价值**自身的原则要求我们"尽可能地走向远方"。从这点上看，与**善**的原则的关联，就衡量了社会群体要走到的"最远的地方"（极点，超越了这一点，构建的社会就不能再往前走了）；与**恶**的原则的关联，就衡量了个人，或者少数群体能够**暂时**够到的"最远的地方"——"再远"，就没有人可以去了。[13]

还有第三种情况。有一些少数群体，在它历史上的某一刻，可以超越纯粹和简单的反叛，逐渐承担起社会群体的义务。这最后一种情况，混杂了转变的可能性。

在此，我认为需要承认的是，米什莱的态度模棱两可。他赋予了他所呈现的世界更多的反叛特性：更多的对确保未来和延续的关注！因此，他限制了规定世界走向的行动自由。顺便说，我并不想贬低（相反，我想暗示一种力量感），米什莱的生活本身就回应了这种模棱两可。当他写一本动荡不安的激情之书时，焦虑显然引领着他，甚至让他误入歧途。他的《日记》中有这样一段话（我没能阅读，因其目前还无法查阅，但就这一点，我已经从第三方获得了足够的细节），他说，在他工作缺乏灵感的时候：他就从家里出来，去一个气味令人窒息的街边公厕，深吸一口气，"尽可能接近他恐惧的对象"，然后回到工作中。我只能回想起这位作者的脸，高贵，消瘦，鼻孔发颤。

威廉·布莱克[1]

　　如果让我给出英国文学中对我来说最具震撼力的名字[2]，我会毫不犹豫地说出约翰·福特、艾米莉·勃朗特和威廉·布莱克①。这排列没有什么意义，但这些名字合在一起却有着一致的力量。[3] 他们从幽暗中重新走出，过度的暴力在他们身上宣告的是恶的**纯粹**。

　　福特的"犯罪之爱"留下了[4]无法比拟的形象。艾米莉·勃朗特从一个弃儿的邪恶中感受到了对消耗她的苛求唯一明确的回应。布莱克用简洁有力的语句[5]，将人还原为诗歌，将诗歌还原为恶。

---

① 在法国，幻视的画家与诗人威廉·布莱克直到最近才为少数人所认识和欣赏。他的作品很少能打动那些已经参与了坚定不移的自由运动的人。他生活和思想的宗教特性无疑对他不利。也许在法国，他没有找到能够领会他深刻内涵的读者。布莱克与超现实主义之间的亲缘关系如此罕见，如此不明，这令我感到惊讶。像《月亮上的小岛》(*Une île dans la lune*) 这样奇异的作品几乎无人知晓。

威廉·布莱克的生活与作品

威廉·布莱克的一生也许是平凡、规律和无惊无险的。然而，打动人的是这一绝对例外的特质：它在很大程度上摆脱了生活的一般局限[6]。与他同时代的人并没有真正忽视他：在他有生之年，他享有一定的声誉，但还是处在边缘。华兹华斯和柯勒律治欣赏他，但并非毫无保留（柯勒律治至少对他作品的不雅感到遗憾）。人们总是远离他："这是个疯子"，人们说。他们甚至在他死后都不断重复这话[①]。他的作品（他

---

① 他随口谈论的幻象，他过激的语言，他的画作和诗歌中特有的谵妄氛围，没有任何东西不会让人把布莱克看成个疯子，但这只是表面。我们有一些人的特别证词，他们认识布莱克，起初觉得他精神错乱，但很快就意识到事实并非如此，又乐意重新认识他。然而，就在这些人还活着的时候，却出现了一个传说，说这位幻视者曾在疯人院里度过了三十年。这个传说最初是根据 1833 年发表在巴黎《不列颠杂志》(*Revue britannique*) 上的一篇文章 (3ᵉ série, t. IV, p.183-186) 改编的："贝德兰医院最有名的两个人，一个是纵火犯马丁……"一位匿名作者说，"另一个是绰号'通灵者'的布莱克。当我巡查、研究完这群罪犯和疯子之后，我来到布莱克的隔间。他身材高大，面色苍白，能说会道，口若悬河；在所有恶魔学史册中，没有什么比布莱克的幻象更非凡的了。他不是简单幻觉的受害者，他坚信自己的幻象是真的，他与米开朗基罗交谈，与沙米拉姆共进晚餐……他把自己当成了幽灵画家……当我走进他的隔间时，他正在画一只跳蚤，他声称跳蚤的幽灵刚刚在他面前出现……"事实上，布莱克的确画过跳蚤的幽灵：这幅名为《跳蚤的幽灵》的画作现藏于泰特美术馆。如果不是因为我们对布莱克生平详细而持续的了解——其中不包括他在贝德兰的停留，这可能是真的，不管是否短暂——我们很可能会认真对待《不列颠杂志》的这一说法。但是，莫娜·威尔逊（Mona Wilson）找到了它的来源。《不列颠杂志》的专栏作家剽窃了 1833 年 3 月发表于（转下页）

的写作、他的画作）并不和谐，它们对一般规则的漠视令人吃惊。高高在上、对他人的责难充耳不闻的态度，将这些充满暴力色彩的诗歌和人物升华到崇高的境界。布莱克是一位幻视者，但他从未赋予他的幻象任何真正的价值。他没有疯，他只是把它们看作人类的幻象，在它们身上看到了人类精神的创造。

有人曾奇怪地说："许多其他人同样陷入了无意识的深渊，而他们再也没有回来。精神病院里到处都是这样的人，因为现代人对疯子的定义是被无意识的符号所吞没的人。布莱克是唯一一个像他们一样大胆冒险却又保持理智的人。与上层世界除了诗歌之外，并无其他连接的纯粹诗人都被击倒了——就如尼采、荷尔德林。"① 也许这种理性表述的合理之处在于，诗歌似乎与理性相悖。完全符合理性的诗人生活，就与诗歌的真实性背道而驰。至少，这一表述从作品中提取出

（接上页）《月刊》（*Monthly Magazine*）的一篇文章。与《不列颠杂志》一样，《月刊》也写到了幻视者布莱克和纵火者马丁，但只有马丁的部分是与贝德兰有关的。《不列颠杂志》的作者没有只把这一个人放在贝德兰，而是如他的剽窃文章中所写的，把两个人都放在了那里。我们可以在莫娜·威尔逊的《威廉·布莱克的生活》（*The Life of William Blake*, Londres, Hart-Davis, 2ᵉ éd., 1948）中找到这两篇文章的英语版和法语版。这次，我们可以了结一个信源已被完全解释清楚的传说了。然而，1875 年，《康希尔杂志》（*Cornhill Magazine*）上的一篇文章还是提到了布莱克在疯人院度过的三十年。7

① W. P.Witcutt, *Blake. A Psychological Study*, Londres, Hollis and Carter, 1946, p.18.

一种不可还原的特性，一种主权式的暴力，没有这种特性，诗歌将被肢解。[8]真正的诗人处在这个世界上，就像一个孩童：他可能像布莱克或者孩童一样，不可否认地拥有理智，但却不能把管理事务交给他。在这个世界上，诗人永远是个未成年人：其结果就是布莱克的生活与作品造成的撕裂。布莱克没有疯，却站立在疯癫的边缘。

他全部的一生，只有一个意义：将诗性天赋的幻象置于外部世界的平庸现实之上。这一点极为突出，因为他属于穷人阶层，而且一直都属于穷人阶层，对他们来说，这种倾向是困难的：对富人来说，这种倾向有时是装腔作势，失去了财富后便不再存在。而穷人则会把受苦之人的抱怨看得比什么都重要。威廉·布莱克 1757 年出生于伦敦，是一个普通针织商（毫无疑问是爱尔兰人）的儿子。他只接受过最基本的教育，但由于父亲的悉心照料和自己出众的天赋（他十二岁就写出了出色的诗歌，并表现出罕见的绘画天赋），他在十四岁时进入了版画工坊。他靠这个职业艰难谋生，他异想天开的作品让买家感到震惊。他得到了挚爱的妻子凯瑟琳·布歇的支持。凯瑟琳·布歇的女性形象对他有着长久的诱惑力。她知道如何在他发烧时安抚他。她陪伴了他四十五年，一直到他 1827 年去世。他有种超自然的使命感，他的尊严也使得身边的人心生敬佩。但他的政治和道德思想却招人反感。在

文学与恶

伦敦将法国雅各宾派视为最大敌人的时候，他却戴着一顶红帽子①。他主张性自由，有传闻说，他想强迫妻子和情妇住在一个屋檐下。事实上，平淡无奇的生活完全发生在他的内心世界中，而构成这个世界的神话形象则是对外部现实、道德法则及其所宣示的必要性的否定。在他的眼中，当凯瑟琳·布歇柔弱的身影与他幻象中的天使们交融在一起时，就产生了某种意义，但有时他又否定她所接受却限制着她的惯习⁹。至少看起来是这样的。即便是他的朋友们也必须——同他那个时代的历史事件一起——改头换面，与过去的神圣人物重聚。在1800年9月写给雕塑家弗拉克斯曼（Flaxmen）的信中附有一首诗，就描述了这种由外到内的转变。布莱克写道：

> 当弗拉克斯曼去意大利时，菲斯利②陪伴了我一段时间。
>
> 现在，弗拉克斯曼又给了我海利，是他的朋友，也是我的朋友，我在世上命中注定如此。
>
> 而我在天上命中注定的人就是。弥尔顿，在我童年时，他爱我，让我看到了他的脸。
>
> 以斯拉带着先知以赛亚来找我；但当我成熟时，莎

---

① 又称弗里吉亚帽，法国大革命的标志物之一。——译者注
② Fuseli，苏黎世画家。

士比亚牵起了我的手。

在地狱深处，一场可怕的变革威胁着地球。

美洲开始了战争。所有凶险的恐怖都在我眼前掠过，

从大西洋到法国。法国大革命就这样在浓重的云层中开始了，

而我的天使告诉我，面对这样的景象，我无法忍受继续活在这个世上，

只要和弗拉克斯曼在一起就行，他能原谅我的神经质恐惧。[1]

诗歌的主权

有人试图将威廉·布莱克归入 C. J. 荣格的"内倾性"（introversion）范畴来解释他的"心理学"（或神话学）。荣格认为："内倾性直觉感知意识后台的所有过程，几乎与外倾性感觉感知外部对象一样清晰。因此，对于直觉来说，无意识中的意象并不比物或客体少半点重要性。"[2]W. P. 威卡特引用布莱克的话十分有道理，后者说："人的感知不受感知器

---

[1] 由 M.-L. Cazamian 翻译，出自 William Blake, *Poèmes choisis*, Aubier, 1944, p.17。
[2] *Les Types psychologiques*, 引自 Witcutt, *Blake. A Psychological Study*, p.23。

　　　　　　　　　　　　　　　　　　　　　　文学与恶

官的限制：人的感知超越了感官（无论多么敏锐）所能发现的。"①但荣格的术语还包含了一个转变：感知不能简化为感官的材料，它不仅仅告诉我们内在的东西（我们身上内倾性的东西）。它是一种诗意的感觉。[10] 诗歌不接受不经修饰的感官材料，但它并不总是，甚至很少蔑视外部世界。诗歌抗拒的是客体之间的精确界限，但承认它们的外部特征。它否定并摧毁临近的现实，因为它把后者视为向我们遮蔽世界真实面貌的屏障。诗歌并没有不承认器皿和墙壁**相对于我**的外在性。布莱克的教导甚至基于诗歌本身的价值——外在于我的价值。一篇重要的文章说："诗性天赋，就在于真正的大写的'人'，而身体或人外在的形式来自诗性天赋……正如所有的人都有相同的外在力量，他们在诗性天赋方面也是类似的（以及同样无限的真相）……所有民族的宗教都源于对每个民族独特的诗性天赋的接受……正如所有的人都类似（尽管有无限的差异），所有的宗教也是如此；如同所有与它们相似的东西一样，它们只有一个源头。真正的人，即诗性天赋，就是这源头。"②人与诗歌的这种同一性，不仅可以将道德与宗教对立起

---

① *There Is No Natural Religion*（2d. Series），出自 William Blake, *Poetry and Prose*, edited. by G. Keynet. Londres, Nonesuch Press, 1948, p.148。

② "所有的宗教都是一个"，写于 1788 年左右，*Ibid.*, p.148-149。"由于诗性天赋，所有人都是相似的"："诗歌应当是所有人创作的，而不是一个人。"洛特雷阿蒙如是说。

来，使宗教成为人的作品（而不是上帝的作品，不是理性超越性的作品），而且把我们生活的这个世界还给了诗歌。这个世界不能被还原为**物**，因为物对我们来说既陌生，又受控制。诚然，这个世界不是凡俗的、平庸的、毫无诱惑的工作世界（在"内倾者"的眼中，他们在外部寻找不到诗性。世界的真理被还原为**物**的真理）：诗歌否定并摧毁了物的界限，唯有诗歌才能够将我们带回到界限的缺席；总之，当我们所拥有的世界之意象是**神圣的**，世界便被赠予我们，因为一切神圣的东西都是诗意的，一切**诗意的东西都是神圣的**。

因为宗教只是诗性天赋的效果。宗教中没有任何东西不是诗歌的，没有任何东西不是将诗人与人类、将人类与宇宙联系在一起的。通常情况下，一种形式上的、固定的、方便一个群体的特质（以这种方式，它也从属于道德的功利性俗务 [①]），会使宗教的形象与其诗歌的真理拉开距离；同样地，诗歌在形式上也会遭受奴性生命的无力。同样的困难存在于各个方面：每一个普遍真理总有特定的谎言的表象。没有一种宗教或诗歌不说谎。没有一种宗教或诗歌不会有时被**外部的乌合之众**误解 [11]：然而，宗教和诗歌从未停止过让我们激情地跳脱**出自我**，在巨大的飞跃中，死亡不再是生命的对立面。

---

① 屈从于那些往往是自私个体的物质性目标。

确切地说，诗歌或宗教的贫乏取决于内倾者在多大程度上将其归结为个人情感的萦绕。布莱克的优越之处在于，他剥离了宗教与诗歌的个体形象，还它们以清晰：让宗教拥有诗歌的自由，让诗歌拥有宗教的主权。

荣格精神分析所阐释的布莱克的神话学

布莱克并没有真正的内倾性，或者说他所谓的内倾只有一种含义：这与他所创造的神话的特殊性和任意的选择有关。他世界中那些战斗不休的长诗里的神性人物，对于除他之外的另一个人来说意味着什么？

布莱克的神话学通常都引入了诗歌的问题。当诗歌表达传统向它提供的神话时，它并不是独立自主的，它本身并不拥有主权。诗歌谦卑地阐释传说，而传说的形式和意义存在于诗歌之外。如果说它是一个幻视者自主的作品，那么它定义的则是转瞬即逝的幻影，它们没有说服力，只对诗人来说才具有真正的意义。因此，独立自主的诗歌即使表面上创造了神话，归根结底也不过是神话的缺席。

事实上，我们生活的这个世界不再产生新的神话，而那些看似是由诗歌创作的神话，若不是信仰的对象，最终揭示的也不过是虚无：谈论伊尼瑟蒙[1]并没有揭示伊尼瑟蒙的真相，甚至承认了伊尼瑟蒙在这个诗歌徒劳地呼唤她的世界中的缺席。布莱克的悖论在于，他将宗教的本质还原为诗歌的本质，但同时又通过无能揭示了诗歌自身不可能同时自由又享有主权价值。换句话说，诗歌不可能既是诗歌又是宗教。它所表明的是它本应成为的宗教的缺席。它是宗教，意味着它是对所爱之人的回忆，唤醒了缺席的不可能性。就它作为欲望，而非作为对对象的占有而言，诗歌或许是主权式的。诗歌宣示其统治的疆域是有道理的，但我们不能只接受沉浸在其中，而不去了解这里涉及的一个难以捕捉的诱饵。这并不是它的统治，而是诗歌的无能。[12]

在诗歌的源头，枷锁掉落，只剩下无能的自由。谈到弥尔顿，布莱克说，他"像所有诗人一样，站在魔鬼那边却不自知"。享有诗歌纯洁性的宗教，对诗歌有所要求的宗教，其力量不可能超过恶魔，而恶魔正是诗歌的纯洁本质：即使它想，诗歌也无法感化人，它只会破坏，它只有反抗时才是真实的。罪恶和诅咒激发了弥尔顿的灵感，而天堂却收走了他

---

① 伊尼瑟蒙（Enitharmon）是威廉·布莱克神话中的一个重要女性角色，她代表着女性统治和限制艺术想象力的性约束。她是地球掌控者尤尔托纳（Urthona）的堕落形态洛斯（Los）的流溢，作为第一个女性诞生，她和洛斯一起生下了一些孩子。——译者注

文学与恶

诗歌的进步。同样地，布莱克的诗歌在远离"不可能性"后也日渐消亡。在他的众多诗歌中，不存在的幽魂骚动着，它们没有充实精神，而是让它空虚、挫败。

这些诗歌让他挫败，并为了让他挫败而存在，是对他的集体性要求的否定。布莱克的幻象在创作过程中是主权式的：任性的想象拒绝回应利益的诉求。尤里森（Urizen）和卢瓦（Luvah）并非毫无意义。卢瓦是激情之神，尤里森是理性之神。但这些神话人物的存在并非源于其意义的逻辑发展。因此，细致地研究它们毫无意义。对这些形象进行有条不紊的研究，或许能够详细揭露"布莱克的心理"，但这首先会让我们忽略一个最为显著的特征：驱使布莱克的迫切运动无法被还原为逻辑实体的表达，它就是任性本身，而实体的逻辑与它毫无关联。试图将布莱克的创造归结为可理解的命题，归结为共同尺度，都是徒劳的。W. P. 威卡特写道："布莱克的四天神并不是他所独有的。它们构成了贯穿整个文学的主题，但只有布莱克把它们刻画得像是粗略的神话一样。"的确，布莱克本人赋予了其中三个幻想人物以意义：尤里森，在形式上，既是"视野"又是"理性"，是光之王子：他是上帝，"是可怕的毁灭者，而不是救世主"。卢瓦的名字与"Love"相近，令人联想到爱，他就像古希腊人的爱若斯一样，是火之子，是情欲生动的表达。"他的鼻孔喷出燃烧的火焰，他的头发卷曲，就像野兽丛生的森林，那里闪烁着狮子愤怒的目光，那里狼嚎虎啸，那里雄鹰把小鹰藏在深渊的岩壁中。他的胸膛像星空一样敞开……"洛斯，"预言之灵"，他之于卢瓦就像阿波罗之于狄俄尼索斯，他非常清晰地表达了想象的力量。只有第四个天神，塔玛斯（Tharmas）的含义没有明确给出，但 W. P. 威卡特毫不犹豫地认为，除了才智、情感和直觉这三种功能外，还有第四种功能，也就是感觉。布莱克说，实际上，四天神就是"人类身上四大永恒的官能"：他在我们每个人身上看到**四种能力**（*four Mighty Ones*，四大能者）。事实上，W. P. 威卡特说的这些功能，就是荣格心理学的那些功能：它们是最基本的，我们不仅在圣奥古斯丁的思想中找到它们，而且在埃及的神话中，甚至在《三个火枪手》（他们有四个人），或是埃德加·华莱士的《四义士》中都有！这些评论没有看上去那么疯狂，但正是它们的有理有据，甚至合情合理，才使它们处于布莱克想要传达的无形感情之外和之内。这种感情只有在过度时才能被捕捉到，因为它越过了界限，不再依赖任何事物。

威廉·布莱克的神话史诗，他幻象的敏锐，其必要性、丰富性，其撕裂、其世界的分娩、其主权神或反叛神之间的战斗，似乎一开始就已呈现给精神分析。我们可以轻易看到

　　　　　　　　　　　　　　　　　文学与恶

父的权威和理性，以及儿子们纷乱的反抗。我们自然会寻找一种调和对立面的努力，一种赋予战争的混乱以最终意义的安抚意志。但是，从精神分析出发——不管是弗洛伊德的还是荣格的——我们能试着找到的不就是精神分析的材料吗？[13] 因此，从荣格的角度来阐释布莱克的尝试，更多的是告诉我们荣格的理论，而不是布莱克的意图。讨论随之而来的阐释的细节毫无意义。即使是一般性的论述，似乎也并非毫无根据。在伟大的象征主义诗歌中，关键无疑在于体现灵魂功能的神灵之间的斗争；最后，在斗争之后，也就是平缓的时刻，每个被撕裂的神灵都将在功能的等级秩序中找到命运赋予它的位置。但这样的真相，含义模糊，使人产生怀疑：在我看来，这样一来，分析就将一部不同寻常的作品引入了一个框架，这个框架将前者取消，昏昏欲睡的沉重代替了唤醒。肯定又平和的回答，确实始终是布莱克达成的和谐，但它是撕裂的，而对于荣格，或者对于 W. P. 威卡特来说，一段旅程的终点——和谐，比一段动荡的路途有更多的意义。

将布莱克还原为荣格世界的表征是可以接受的，但仍然让人感到不满。而相反，阅读布莱克开启了一种希望[14]，那就是世界可以不被这些封闭的框架所缩减和还原，在那里，一切都已预先上演，没有研究，没有躁动，没有觉醒，我们必须循规蹈矩，沉睡不醒，将我们的呼吸与沉睡时时钟的普遍杂音混合在一起。

凌驾于恶之上的光明[15]：《天堂与地狱的婚姻》

　　布莱克的幻视写作如梦境般的不连贯性，与精神分析最终要引入的清晰性并不对立。然而，这种不连贯性应该得到明确的强调。玛德莱娜·L.卡扎米安写道："在这些情感丰富、错综复杂的叙事中，同样的人物在不同的情况下死去、复活和重生了好几次。洛斯和伊尼瑟蒙由塔玛斯和他的流溢伊昂（Eon）所生，而尤里森是他们的儿子，在别处，他是伐拉（Vola）所生；所以，世界的创造并不归因于他，而只是他根据法则和理性所进行的组织——之后在《耶路撒冷》中，世界的诞生成了埃洛希姆（Élohim）的作品，他是另一个永恒的神；或者，世界的诞生又完全流溢自'普遍的人'。在《四天神》中，尤里森被称为尤尔托纳，并成为洛斯的幽灵；在另一首诗《弥尔顿》中，他扮演着同样的角色，同撒旦一样。来自别处之光的黑暗怪物；在充满阴影和寒霜的北方之后，根据他所化身的象征性目的，其他的基本方位也被分配给了他。而他曾是，也始终是，《圣经》的耶和华，摩西宗教善猜忌的创造者，律法的缔造者。但《耶路撒冷》中的耶和华被称为宽恕之神，是'神的羔羊'或基督到处施予的特殊恩典。而在别处，当布莱克将想象中的幻象人格化时，他又称其为：耶和华—埃洛希姆。——在这里，我们不可能试图做出完整的解释。诗人似乎生活在噩梦或缭乱中……"①

混乱兴许是通往可被定义的可能性的途径，但如果我们回顾他早期的作品，这一点正是在**不可能性**这一意义上昭示的——也就是在诗意暴力的意义上，而非算计的秩序。精神的混乱不可能是对宇宙天意的回应，而是黑夜中的**觉醒**，在觉醒中，只有焦虑和放纵的诗歌可以回应。[16]

布莱克的生活和作品中令人印象深刻的是对于世界所呈现的一切的**在场**。与被认为借以阐明了布莱克的荣格的内倾人格假设略微不同的是，他对任何诱人、简单或幸福的事物都充满向往：歌声、童年的笑声、感官享受的游戏、酒馆的温暖和醉意。[17]没有什么比禁止狂欢的道德律令更让他恼火：

> 但如果他们在教堂给我们麦芽酒
> 用美丽的火光照亮我们的心……②

---

① William Blake, *Poèmes choisis*, Introduction, p.76-77.
② «Le Petit Vagabond», W. Blake, *Poetry and Prose*, p.74.

这份天真充分暴露了这位年轻诗人对生活没有算计的开放态度。一部充满恐怖的作品，在"芦笛声"的欢快中开始（在布莱克描绘"孩子们不无喜悦地听到欢乐歌曲"的时候）。

这种喜悦宣告了一场婚姻，一场由"芦笛声"所宣告的最奇特的婚姻。

诗人的青春大胆让他面对所有的对立面：他想要庆祝的婚姻是天堂与地狱的婚姻。

我们必须注意威廉·布莱克奇特的诗句。纵观历史，它们具有最强烈的含义：它们所描述的是人类最终与自己的撕裂达成的和解，最终与死亡、与驱使他走向死亡的运动达成的和解。它们极大地超出了诗句的范围。它们充分准确地反映了人类命运不可避免地向着全体性的回归。布莱克后来以一种混乱无序的方式表达了他的躁动，但他处于他所拥有的无序的顶峰：从这个顶峰望去，在其完整和暴力中，他瞥见了运动的延展，它驱使我们走向极恶，又将我们提升至辉煌。布莱克绝非哲学家，但他表达本质的力量和精确度使哲学家都羡慕。[18] 他写道：

没有对立便没有进步。吸引与排斥、理性与激情、爱与恨，对人类生存来说都是必需的。

从这些对立中产生了修行者称之为善与恶的东西。

善是被动的，它服从理性；恶是主动的，它来自激情。

善就是天堂；恶就是地狱……

上帝将在来世折磨那凭激情行动的人。

激情是唯一的生命，它来自肉体，而理性是激情的束缚或外围。

激情是永恒的快乐。①

这就是大约在 1793 年，著名的《天堂与地狱的婚姻》所有的独特形式，它并不提议人类结束对恶的恐惧，而是用清醒的凝视取代对恶的逃避。永恒的快乐同时也是永恒的觉醒：也许这就是地狱，天堂只能徒劳地抗拒它。

布莱克生命中的试金石，就是感官的愉悦。感官享受使他反对理性至上。他以感官享受的名义谴责道德律令。他写道："就像毛虫选择最美丽的叶子产卵一样，牧师也对最美丽的愉悦下了诅咒。"② 他的作品坚定地呼吁感官的幸福，呼唤身体的丰盈。他说："公羊的淫欲是上帝的仁慈。"或者进一步说："女人的裸体是上帝的杰作。"③ 然而，威廉·布莱克所谓

① 《Mariage du Ciel et de l'Enfer》, *Op.cit.*, p.181–182.
中译参见威廉·布莱克：《天堂与地狱的婚姻——布莱克诗选》，张德明编译，中国文联出版公司 1989 年版，第 12—13 页。诗中的"激情"（Énergie），正文其他地方译作"能量"。——译者注
② William Blake, *Poème choisis*, p.184.
③ *Ibid.*, p.183–184.

的感官享受不同于否认真实感官、只关注身体状况的逃避观点。他的这种感官享受朝向能量，也就是恶，这使得它具有深刻含义。[19]如果说裸体是上帝的杰作，如果公羊的情欲是他的仁慈——那这就是地狱的智慧所宣告的真理。他写道：

> 在一位妻子身上，我渴望
> 总是能在妓女身上找到的东西——
> 能使欲望饱食的特征。[①]

在其他地方，他也准确地表达了恶对他来说是一种能量的喷发——一种暴力。下面这首诗有一种梦境叙事的感觉：

> 我看到一座金碧辉煌的小教堂，
> 没有人敢进去，
> 外面站着哭泣的人群，
> 哭泣、哀悼、顶礼膜拜。
>
> 我看见一条蛇从
> 门上的白柱间窜出

---

① «Poèmes mélangés», W. Blake, *Poetry and Prose*, p.99.

它不断地逼近，不断地逼近，

拔掉金色的铰链。

在光滑的石板上

镶嵌着珍珠和闪亮的红宝石，

它伸展黏稠的身躯

爬上白色祭坛的顶端，

把毒液吐在

面包和酒上。

我于是走进猪圈，

躺在猪群的中间。①

---

① «Poèmes mélangés», W. Blake, *Poetry and Prose*, p.87. 除了把性行为描述为对禁
令的亵渎性僭越之外，很难给出比这个更好的描述了。诗集中紧接着的一首
诗揭示了引文的确切含义：

我让一个小偷给我偷一个桃子：
他抬眼望天。
我让一位轻佻的女士躺下：
她哭了，圣洁而顺从。
我刚走，天使就出现了：
他对小偷眨眨眼睛
对女士微笑
一言不发
从树上摘下一个桃子，
半严肃半开玩笑地，
享受着与女士做伴。

布莱克当然知道这首诗的意义。金色的小教堂无疑就是《经验之歌》中的"爱情的花园"，其拱形楣上写着："你不可以。"[①]

在感官享受和与之相关的恐怖感之外[20]，布莱克的精神对恶的真理持开放态度。

他用老虎这一物种描绘了恶，这些诗句已成为经典。有些句子是逃避的对立面。眼睛从未如此有神地盯着残酷的太阳：

老虎，老虎，你炽烈地发光，

照得夜晚的森林灿烂辉煌；

是什么样不朽的手或眼睛

能把你一身惊人的匀称造成？

什么样的铁锤？什么样的铁链？

什么样的熔炉将你的头脑熔炼？

什么样的铁砧？什么样惊人的握力，

竟敢死死地抓住这些可怕的东西？

---

① W. Blake, *Poetry and Prose*, p.87.

文学与恶

当星星射下它们的万道光辉

又在天空上洒遍了点点珠泪，

看见他的杰作他可曾微笑？

不就是他造了你—如他曾造过羊羔？ [①]

在布莱克坚定的目光中，我窥见的不是恐惧，而是决心。
同样，我发现很难有比这样的恶的表征更加深入人类自身的
深渊：

残忍有一颗人的心，

嫉妒有一张人的脸；

恐怖，披着神圣的人形，

而隐私却穿上了人的衣衫。

人的衣衫，是用铁铸成，

人的外形，是一个炽烈的熔炉，

人的脸，一座封住的炉灶，

---

① «Chants d'Expérience», W. Blake, *Poetry and Prose*, p.72–73.
中译参见威廉·布莱克：《老虎》，出自《天真与经验之歌》，杨苡译，译林出
版社 2002 年版。——译者注

人的心，是它饥饿的吞咽之物。①

布莱克和法国大革命

这样的过度并没有揭示与之相关的奥秘。没有人能够阐明它。在其精确性中，支撑它的情感也随之隐遁。留给我们的是一个无法解决的矛盾。恶的意义是对自由的肯定，但恶的自由也是对自由的否定。这样的矛盾超出了我们的理解范畴——威廉·布莱克又为什么能够理解它呢？反抗²¹，布莱克把大革命叫作人们的权力。然而，他赞颂力量盲目的爆发

---

① W. Blake, *Poetry and Prose*, p.81. 这两个诗节的标题是《一个圣像》(«Une Image Divine»，中译参见杨苡译本）。该诗第一节是由意思完全相反的另一节组成的（这让人想起洛特雷阿蒙《诗集》中的方法，但洛特雷阿蒙是从其他作家的诗句开始的，布莱克则从自己的诗句开始）：

> ……仁慈有一颗人的心，
> 怜悯有一副人的脸，
> 爱有神化身的人形，
> 而和平有人的衣衫。

最后这几句出现在题为《神像》(«L'Image Divine»，中译参见杨苡译本）的诗中，这首诗收录在《天真之歌》(«Chants d'Innocence», *Prose and Poetry*, p.58-59）中，在《经验之歌》(«Chants d'Expérience», 1794）之前。在布莱克看来，两组诗歌在 1794 年的结合展现了"人类灵魂的两种相反境界"。

（而盲目的元素对他而言似乎回应了神指明的过度）。²²《地狱箴言》写道："狮子的愤怒是上帝的智慧。"以及："狮子的咆哮、狼的嚎叫、惊涛骇浪的狂怒，都是永恒的一部分，对于人类的眼界来说，过于伟大。"①23

"狮子的咆哮"唤醒了对不可能性的感受，没有人能赋予它人类精神可以接受的意义。我们所能做的，只是清醒地认识到其所是，而一旦清醒，就再无安息的希望。自此，不仅史诗的错综复杂不再重要，而且在努力摆脱它的过程中，我们从错综复杂的觉醒进入了逻辑解释的沉睡。对布莱克来说重要的是（即"对于人类的眼界来说，过于伟大"，但如果不是"对**不可能性**感受的**唤醒**"，那么**上帝**在布莱克心里又意味着什么呢？）²⁴，对他来说重要的正是，消除了被还原为**可能性**的共同尺度的东西。如果我们想谈的话，谈论狮子、狼或老虎并不算什么，但布莱克在这些野兽身上看到了"永恒的一部分"，它们昭示了什么会被唤醒，什么会被语言（它用解决的表象代替了无法解决的问题，用遮蔽的屏障代替了暴力的真相）的运动所窃取，使人们沉睡。总之，当评论不局限于说评论是无用的、不可能的，远离了真相，尽管它本身就接近真相的时候：它插入了²⁵"屏障"，而"屏障"至少可以

---

① «Le Mariage du Ciel et de l'Enfer», W. Blake, *Poetry and Prose*, p.181-191.

让光线柔化。（我所说的仍是一种障碍，如果我们想要**看清**，就必须清除它。①）

布莱克在 1794 年发表的《老虎》等诗歌表达了他对恐怖时期（La Terreur）②的反应。《一个圣像》③正是在人头落地时被刻成的。《欧洲》（«Europe»）中这段文字的写就日期与其相同，更直接地唤起了人们对恐怖时期的回忆。以半兽人之名，与卢瓦融为一体，化身革命的激情之神，最终在烈焰的爆发中被唤醒：

---

① 让·瓦尔（Jean Wahl）在其杰出的《关于威廉·布莱克的笔记》（载 *Poésie, Pensée, Perception*, Calmann-Lévy, 1948, p.218）中，关于《老虎》这首诗写道："老虎是神圣的火花，是被善恶纠缠的森林所包围的野生的个体性。但是，我们对可怕之美的认识是否会让我们接受恶而不去改变它呢？如果改变是可能的，我们又该去哪里寻找，又该如何去改造呢？这就是最后几句诗行回应的问题。这种火花甚至是结合和治愈的伟大之光的绽放，神圣人性的绽放。在那些可怕的事物里，不仅有美，还有善。"这种绽放，在瓦尔的句子中柔化了。这最后几行不就是在说："老虎，老虎，你炽烈地发光，/ 照得夜晚的森林灿烂辉煌；/ 是什么样不朽的手或眼睛 / 能构你一身惊人的匀称造成？"在后面，第 19—23 页，让·瓦尔自己也说这些评论的合理性在他看来是值得商榷的：他谈到"非布莱克的艺术，甚至是被布莱克所诅咒的智力分析"。[26] 他最后写道（«William Blake païen, chrétien et mystique», *William Blake, 1757–1827*, 来自德鲁安画廊［Galerie Drouin］布莱克展品名录，1947）："雾气熄灭了光，又彼此拥抱，却不问对方的名字。"布莱克自己说过："愤怒的虎比说教的马更聪明。"（«Le Mariage du Ciel et de l'Enfer», W. Blake, *Poetry and Prose*, p.184. 中译参见张德明译本。）
② "恐怖时期"通常指法国大革命时期的 1793—1794 年，其间，罗伯斯庇尔的雅各宾派取得统治权，大规模处决"革命敌人"，将上万人送上断头台。——译者注
③ 与同名诗歌对应的版画。——译者注

文学与恶

……它愤怒的微光在红色法国的葡萄园中闪烁。

太阳闪耀着火一般的光辉！
狂热的恐怖在周围升起，
金色的战车被暴力凌驾，红色的车轮滴着鲜血！
狮子用愤怒的尾巴鞭打空气！
老虎趴在猎物身上，舔着赤红的血潮……①

在这种死亡的眩晕和闪烁中，没有任何东西是一种非诗意的语言所能表达的。言辞充其量只能是陈词滥调。最坏的事物被诗歌避开，只有精神的消沉才能抵达它。但是，诗歌——诗意的幻象——并非只是普通的还原。[27]此外，在布莱克那里，革命思想将爱与恨、自由与权利和义务对立起来：他没有赋予它象征理性与权威、表达爱的缺席的尤里森的特征。这并没有导致任何连贯的态度，而是保留了诗意的无序。[28]如果法国大革命遵循理性行事，它就会与这种无序拉开距离，但同时也会与布莱克的性格所宣示的那种不合时宜的、挑衅性的天真拉开距离，这一天真表明了对立面的骚动。

在历史将人类组织起来的时代，这种骚乱尽管具有无限

---

① «Europe», W. Blake, *Poetry and Prose*, p.219.

的意义，却什么都不能做，只具有转瞬即逝的微光的效果，处在真实的运动之外。但这一丝微光，透过天真的矛盾，刹那间将这些运动与所有时代的深刻性联系在一起。如果它不是革命性的，没有闪电般的迅猛，它就不会响应当下的晦暗，但它不能被禁锢在革命改变世界这一严格意义上。这种必要的保留，会抵消我所说的意义吗？确实，它是转瞬即逝的，如果说这就是布莱克的意义，那它便意味着人拒绝强加给他的限制。在时间的长河中，人类难道不能在刹那间找到一种超越不幸的自由运动吗？在一个雄辩的世界中，逻辑将一切还原为指令，威廉·布莱克仅用《圣经》或《吠陀经》的语言，就在瞬间赋予了原始能量以生命：因此，从本质上而言，拒绝奴性的态度，就是恶的真理，就是他的真理。他是**我们中的一员**，在酒馆里歌唱，与孩子们欢笑；他绝不是"无足轻重的可怜虫"，充满道德和理性，却没有**能量**，保留气力，吝啬，慢慢屈服于逻辑的悲哀。

卫道士谴责他缺乏能量。毫无疑问，人类需要他。如果人类没有揭露干扰自身的能量的过度，换言之，如果缺乏能量的人没有使能量过剩的人恢复理性，人类又从何处获得生命力呢？但是，要想使一切回归正轨，归根结底就必须回归天真[29]。威廉·布莱克令人惊叹的冷漠和孩子气，他面对不可能性的从容，他因焦虑而保留完好的胆量——在他身上，这一切都是更加年轻化的表达，都标志着回归已然失去的质朴。甚至连矛盾的基督教也指出了这一点：他是唯——个双臂极度伸展，将所有时代之轮转攥在手里的人。他的一切都在支配着工厂劳动的必要性面前封闭起来。他无法回应那张因纪律的愉悦而生动起来的冷漠面孔。这位睿智得近乎疯狂的智者，没有被他的自由所依赖的工作所打倒，也没有像那些表示"理解"者一样淡忘，他们屈服了，放弃了战胜。他的能量拒绝向工作精神让步。他的写作充满了节庆的喧哗，使他所表达的情感饱含放纵的欢笑和自由。这个人从不紧抿嘴唇。他的神话诗中的恐怖是为了解放，而不是为了压制：它向宇宙的伟大运动敞开。它呼唤的是能量，而不是消沉。

他在这首无与伦比的诗歌（他把这首诗献给了他所鄙视的克洛普施托克［Klopstock］，在这首诗中，他以第三人称指代自己）中，忠实地描绘了这一由所有时代的能量所激发的、不合时宜的自由：

> 当克洛普施托克向英格兰发起挑战时，
>
> 威廉·布莱克骄傲地站立起来；
>
> 因为那上面的无名老爹 ①

---

① Nobodaddy，由无名之辈（nobody）和爹地（daddy）缩合而成的词，这里用来嘲讽式地指代天父上帝。——译者注

放屁、打嗝、咳嗽；

然后，他大声地咒骂，震动了大地，

疾呼英国人布莱克。

布莱克在兰贝斯的白杨树下

正在解手。

然后他从位置上站起来

自转三次，转了三圈。

看到这一幕，月亮面色绯红，

星星扔下酒杯，撒腿就跑……①

---

① 《Poèmes mélangés», W. Blake, *Poetry and Prose*, p.103.

萨 德[1]

　　在喧嚣的帝国史诗中，可以看到那颗耀眼的被雷劈中的头颅，和闪电在其上留痕的宽阔胸膛，男性—生殖器——有着庄严高贵又玩世不恭的形象，可怖又崇高的泰坦鬼面；可以感受到那些遭受诅咒的篇章上书写着无尽的寒战，那些烧焦的嘴唇上燃起暴风骤雨一样的理想呼声。请靠近，您将会听到在那些沾满泥泞和鲜血的尸体上，宇宙灵魂的动脉和圣血肿胀的静脉还在颤动。这污秽之处由天蓝宝石镶嵌而成；在这茅坑之中有属于神的东西。掩上耳朵不去听那些刀枪挥舞，枪炮轰鸣；将目光在这胜败之战的波澜起伏中转移，您就会看到阴影中清晰地显现出的巨大幽魂，光鲜夺目又难以形容；您会看到在这一群星荟萃的时代，萨德侯爵巨大又阴森的形象。

——斯文伯恩（Swinburne）

为什么革命年代会赋予艺术和文学夺目的魅力呢？武装暴力的爆发与丰富某一只有和平才能保证其享用的领域的担忧互相冲突。于是报刊开始描绘人的命运：是城市本身，而非那些悲剧和小说中的英雄，给我们带来灵魂的震撼，而以往这是由那些虚构的形象提供给我们的。与那些历史学家精心撰写的看法和巧思相比，这一对生活的即时看法是贫乏的。对于爱来说也是如此，爱情中清晰易懂的真相存在于记忆当中（因而，在大多数时候，神话英雄的爱情对我们而言，比我们自己的更具真实性），我们是否可以说，即使我们仅有的意识遮蔽了这一点，动乱年代也并没有完全把我们吞噬殆尽？况且，从原则上来说，动乱时期不利于文学的诞生。乍一看，大革命标志着法国文学史上的贫乏期。有人提出了一个重要的例外，涉及的是一个不被关注的人（他生前确有名气，只不过是臭名昭著）。即便如此，萨德的例外情况也不能反驳这一有待确认的看法。

首先，应该说，萨德作品的天才、重要价值和文学之美得到承认，还是最近的事情。让·包兰（Jean Paulhan）、皮埃尔·克洛索夫斯基和莫里斯·布朗肖的写作便认可了这一点：在一些名人给出宽泛且日益变得明确的看法 [1] 之前，可以确定

---

[1] 应该要提及斯文伯恩、波德莱尔、阿波利奈尔、布勒东和艾吕雅的名字。莫里斯·埃纳（Maurice Heine，1940 年 5 月去世）耐心的研究和执着值 （转下页）

的是，关于这一点并没有不用证明、不言而喻的清晰表示。

萨德及攻占巴士底狱 [3]

再者，应该提及萨德的生活和作品是与一些事件相连的，只不过是以一种奇特的方式。萨德的思想并没有给革命定义；无论在何种意义上，他的思想都不能被化约为革命。这两者的联系，非要说的话，就好比某些完成的形象中不太协调的部分，有如废墟上的岩石之于黑夜的寂静[4]。这一形象的特点依然模糊不清，但是时候把它们分辨出来了。[5]

像攻占巴士底狱这样具有象征意义的重大事件并不多。

（接上页）得特别关注：这是一个有魅力、特别和有远见的人，他把一生都献给了萨德。这就是为什么这里需要提及他性格上的一些特点。这个嗜书如命、一丝不苟的学究（如此一丝不苟以至于他几乎没有发表任何作品）在图尔大会（在第一次世界大战之后，其完成了法国共产党和社会党的分裂）上发言时，掏出了一把左轮手枪，枪走火，导致他妻子的手臂受了轻伤。然而，在我认识的人中，埃纳是最温柔、最有涵养的人之一。这个萨德的热切捍卫者，和他的偶像一样难打交道，在造成这些后果之后，推崇和平主义。1919年，他曾支持列宁，但在1921年，因为托洛茨基镇压喀琅施塔得水兵的无政府主义叛变，他又退出了共产党。他把钱财都挥霍在了对萨德的研究上，而在拮据中死去，因为要喂养无数的猫，他不得不节衣缩食。他憎恨死刑——这是他与萨德的共同点——甚至还谴责斗牛。总之，他是他的那个时代最不引人注意，却最当之无愧得到尊敬的人。我因曾是他的朋友而感到自豪。[2]

在纪念这一事件的庆典中，有许多法国人，在夜间看到火炬游行中的人提灯前行时，感受到了与国家主权的连接。这一人民的主权，整体上就是骚动、反叛，像一声呐喊一样无法抵御。没有比起义摧毁监狱更加标志性的庆典了：庆典，如果说并不是主权性的，那本质上而言也是**一种爆发**（déchaînement），不可变更的主权就来源于此。但是如果没有偶然的元素，没有**任性**（caprice），事件的意义就会不一样了（正由于这点，它才成了象征，由于这点，它才与其他抽象的形式区分开来）。

有人说，攻占巴士底狱事实上并不具备它被赋予的意义。这是有可能的。在 1789 年 7 月 14 日，监狱中仅有几个不太重要的囚犯。这一事件，归根结底存在着误会。照萨德所说，它实际上就是一次误会：一次由他本人引起的误会！但我们可以说，误会的部分给历史赋予了盲目的成分，[6] 如果没有这一点的话，历史就成了对必然性统治的一个简单回应（就像在工厂一样）。还要补充的是，对于 7 月 14 日的事件来说，任性揭穿的不仅是其部分重要意义，亦是其偶发的意义。

当人们在心中仅是模糊地决定发动将会撼动，甚至有那么点可能解放世界的事件时，巴士底狱的高墙里被关着的不幸的人之一，就是《瑞斯汀娜》的作者（这本书由让·包兰

文学与恶

作序 ①，他肯定**此书提出了一个重大的问题，以至于需要一个世纪来答复都不为过**）。从 1784 年起，他在巴士底狱被关了十年：他是谈论反叛和暴怒（rage）的人中，最具反叛精神、最性情暴烈（rageurs）的一个：用一句话说，他是一个极为怪异的人，对**不可能的**自由的激情占据着他。7 月 14 日，《瑞斯汀娜》的手稿还在巴士底狱，被丢弃在空无一人的牢房里（同时还有《索多姆的一百二十天》[*Cent vingt journées de Sodome*]）。可以确定的是，在动乱的前夕，萨德曾对众人发表过讲话：好像他将一根用来排放污水的水管作为传声筒，喊出了一些挑衅的话，包括"割了那些囚犯的喉!"②。这寥寥几笔正符合他一生和作品中表现出的挑衅的性格。这个男人，由于放纵不羁（déchaînement）被囚禁（enchaîné）十年，十年来一直等待着释放的一刻，却没有在动乱"爆发"（déchaînement）时获释。通常，在焦虑中，美梦会让人模糊地看到在最后一刻逃离的绝佳机遇：就好像混乱的回应要足够**任性**，才能够填满被激化（exaspéré）的欲望。⁷ 囚犯的激

---

① 这本书的初稿，于 1787 年在巴士底狱写成，原名为《美德的不幸》，让·包兰作序的正是这本（Sade, *Les Infortunes de la Vertu*, Éd.du Point du Jour, 1946. 莫里斯·埃纳作注，罗贝尔·瓦伦萨伊编辑参考目录，让·包兰作序）。

② *Le Répertoire ou Journalier de la Bastille à commencer le mercredi 15 mai 1782*（部分由 Alfred Bégis 发表在 *La Nouvelle Revue*, nov. et déc. 1882 中）描述了这一情况。Cf. Apollinaire, *L'Œuvre de Sade*, Paris, 1909, p.4-5.

怒（exaspération）使他的获释推迟了九个月：司令官要求把性情与事件吻合的人物转移走①。8 当门被撞开，前来解放监狱的动乱者挤满走廊时，萨德的牢房空无一人，当时的混乱情况造成了这一后果：侯爵的手稿散落一地，《一百二十天》的手稿不翼而飞（这本书对于所有书来说都起着决定性作用，因为这本书是放纵的真相，人在这一放纵的深处，他必须抑制它，并对此保持沉默）：光这一本书，至少可以说明，首要的全然是自由的恐怖，巴士底狱的动乱没有解放作家，反而使得手稿丢失。7 月 14 日的事件 9 是解放性的，却是以美梦破碎的形式。之后，手稿又被重新找到了（已经在我们这个时代出版）——但是侯爵本人却没有拥有它：他以为手稿永远丢失了，让他难

---

① 在萨德侯爵写给公证人高弗里迪的一封没有日期的信（逻辑上来说应该是 1790 年 5 月）中，他自己谈及了这一点："7 月 4 日，当我在巴士底狱因为有人对我不满而惹上一小撮麻烦的时候，司令官对着部长抱怨，说我煽风点火，怂恿人来把这座可怖的纪念性建筑给推倒……这些都是真的……"（*Correspondance inédite du marquis de Sade...*, publiée par Paul Bourdin, Paris, 1929, in-4°, p.269.）还有 1792 年 4 月 19 日的一封致雅各宾俱乐部主席德·拉科斯特的信："您去了解一下，就会有人告诉您，这是不是尽人皆知，是不是确实被刊印出来，说是我把人群召集起来，到巴士底狱我的窗子下面，他们把我视为一个危险人物，突然要把我带走，还提议纵火烧了这个恐怖的纪念建筑。您要是拿到了巴士底狱司令官致部长的信，您就会在其中读到这句话：'如果今晚不把萨德侯爵从巴士底带走，我无法向国王交差。'您看，先生，要粗暴处理的，是不是就是这个人。"（*Ibid.*, p.314-315.）最后则是 1793 年的《致国民公会立法者》的请愿："……1789 年 6 月 3 日，我还在巴士底狱。在那里，我向驻防官兵普及、向巴黎的居民揭露在这个城堡中酝酿的针对他们的暴行。洛内认为我很危险；我这里有那封他写给维勒德耶部长的信，他请求部长把我从这个我想要不惜一切代价阻止其背信弃义的要塞中转移出去。"（*Ibid.*, p.348.）

以忍受的是，他写道，这是"老天留给他的最大的不幸"①。他去世时并不知道，事实上他以为就此丢失的东西会在之后，在那些"过去的不朽杰作"中占据一席。

自我毁灭的意愿

可以看到，作者和书都不是和平时代必然产生的顺利结

---

① 关于这一话题，萨德是这样表达的："……我的手稿，我为失去它们留下血泪！……我永远无法为您描述失去它们的绝望，这对我来说是难以弥补的……"（*Correspondance*, p.263.）以及："……我每天流着血泪痛惜的手稿……请原谅我没有强调这一情况；它以如此残酷的方式撕裂着我的心，我所能做的最好的事情就是努力忘记这一不幸，不再向任何人提及。我确实在巴士底狱里掉落文稿的地方找到了一些东西，但都不是什么重要的东西……不值一提的东西，没有一件有意义的作品……这是老天留给我的最大的不幸！"（*Ibid.*, p.270.）萨德找到了《瑞斯汀娜》相对正式的第二版，并于1791年出版。莫里斯·埃纳于1930年首次出版了第一版，这也是最为晦涩的一个版本，该版被直接收入了国家图书馆，黎明出版社（Point du Jour）也刚刚对其进行了再版。显然，正是《一百二十天》的遗失促使萨德采用了第三版——瑞斯汀娜耸人听闻的故事，以及与此相关的对于丽埃特（Juliette）故事的延续：因为他不再拥有他想要提供的基本证词，他不得不考虑用一部同样完整的作品来取代它。但不得不说的是，即便是最后一部作品，也缺乏《一百二十天》所具有的里程碑意义。我们知道，这本书奇怪的手稿（十二米长的一个卷轴）是一个叫阿尔努·圣-马克西曼（Arnoux Saint-Maximin）的人在萨德的囚室里发现的，一个世纪后被巴黎书商卖给了一个德国的业余爱好者。1904年，杜伦（Dühren）医生在柏林出版了这本书，但这是一个充满错误的版本，只印了180册。最后，莫里斯·埃纳于1929年将其带回巴黎，订立了示范文本（Paris, 1931-1935），之后又修订了1947年和1953年的版本（重新纠正了拼写，并避免了埃纳严格复制的手稿中的错误[10]）。

果。在这个例子里，一切都与革命的暴力相关联。萨德侯爵的形象只是以一种边缘的方式被纳入文学史。确实，他想要作为另一个人进入文学史，并且对手稿的丢失感到十分绝望。但任何人都无法明确地欲求或是期望萨德晦涩地要求的和他得到的东西。因为他作品的本质就是毁灭：不仅是被搬上舞台的对象和受害者（他们在此只是为了回应否定的暴怒），还有作者和作品本身。有可能是命中注定，萨德写作，但又无法拥有自己的作品，这种命运和作品有着同样的真理：它带来了关于生者与杀死他们的人之间的一致、善与恶之间的一致的**坏**消息，我们甚至可以说：最强烈的呐喊与寂静的一致。我们无法知道，像他这样多变的人在立遗嘱时，指示要在他的土地上一处不起眼的地方立墓，是出于什么动机。不过，无论是出于什么偶然原因，这一段不可挽回的话决定并**了结**了他的一生：

> 墓穴重新合上后，在这上面会撒下橡树的种子，等之后墓穴上的土地重新长满植物，像它过去那样茂盛，我坟墓的痕迹就会在土地的表面消失，就像我相信，我的记忆也会从人们的记忆中消失。①

---

① 引自 Apollinaire, *op.cit.*, p.14-15。

实际上，从为《一百二十天》留下的"血泪"，到这种虚无的要求之间，只不过是箭与靶之间的距离。我将会在下文中说明，一部无限深刻的作品的意义就在于作者想要**消失**的欲望（下定决心不留任何人间的痕迹）：因为没有其他与其相称的方式。

萨德的思想

要理解：没有什么比**按字面意思**严肃地理解萨德更徒劳无用[11]了。无论从哪个角度谈论他，他都能事先避开。他给角色设定的那些哲学观，我们无法吸纳任何一个。克洛索夫斯基的分析很好地证实了这一点。借助小说创作出来的角色，时而，他发展一种**以邪恶为至高存在**的神学；时而，他又是无神论者，但并不冷静：他的无神论蔑视上帝，享受着亵渎神灵。他通常用**处于恒动状态的自然**来取代上帝，但他时而信奉这自然，时而又厌恶它："它野蛮的手，"化学家阿勒玛尼说，"只会塑造恶：恶让它开心；而我，我只爱一个相似的母亲！不！我会模仿，但同时厌恶它：我要仿效它，它也想要这样，但只是憎恨它[12]的同时仿效。①"这些矛盾的关键，

---

① *La Nouvelle Justine*, t.III, 引自 Pierre Klossowski, *Sade, mon prochain*, Éd. du Seuil, 1947, p.72。

或许就是（1782年1月26日从文森城堡主塔顶层寄出，署名为德祖尔内的那封信——好像他真名的印章和其道德确信并不相容）这一句直接表现他思想的话："啊，人啊！"他写道，"是你来宣告什么是善，什么是恶……你想要分析自然法，和你的内心……那个深藏谜题，你无法找到出路的内心……"①事实上，在他看来，没有可以想象的休憩，也没有可以一直坚守的思想。可以肯定的是，他曾是唯物主义者[13]，但这并不能断然解决**他的**问题：他所爱的恶的问题，和谴责他的善的问题。萨德，事实上，**爱着恶**，他所有的作品都让恶变得令人欲求，他不能对其加以谴责，但也不能为之辩护：他描绘的放荡的**哲学家们**，每一个都在用自己的方式尝试这一谴责或辩护，但他们都没有找到，也没法找到，从他们所赞赏的行动中剔除被诅咒的本质的原则。他们所找寻的被诅咒的要素，实际上就在他们的行动当中。阿勒玛尼发出的痛苦的喊叫证明[14]他只能给自己的思想带来不确定性和困扰。他可以确认的只有一点，即没有什么可以将惩罚正当化，至少是对人类的惩罚，他说："法律，自身是冷酷无情的，对于那些使残忍的谋杀行为合法化的激情来说是无法靠近的。"②在这一

---

① *Correspondance...*, p.182–183. 这封信没有收件人的名字，但应该是写给鲁塞小姐的，她是一位极为别致的美丽女子，他对她的爱并不长久。

② *La Philosophie dans le boudoir*, 1795："法国人，想成为共和主义者[15]，还得再努力。"

意义沉重的问题上¹⁶，他没有改变观点，早在 1782 年，他就在一封 1 月 29 日的信中说道："你想要整个宇宙都合乎道德，你没有感受到，如果地球上只有美德，所有的一切都将转瞬即逝……你不愿意听到，既然必须有罪恶，对于你而言，惩罚它们就像嘲讽独眼人一样不公平……"还有下面的："……享受吧，我的朋友，享受，且不要评价……享受吧，我对你说，纵容自然对你的任性而为，纵容永恒对你的惩罚。"^①如果激情的"放纵"会受诅咒，至少，想要制止这些的惩罚，有着犯罪所没有的特点¹⁷。（现代人关于这方面的说法有其不足，但是较为精准：激情促使的犯罪，即使是危险的，却并不缺少半点真实¹⁸；但对于压抑来说并非如此，压抑服从于这一条件：不再寻找真实性，而是追求有用性。）

关于这一点，许多人都同意：审判者的行为有着冷酷的特点，远离所有欲望且不冒风险，并封闭内心。但这也说明，萨德决意处在审判者的对立面，要承认，在他身上，没有那种可以使得他的生活遵循某一原则的克制和严谨。他无比宽宏大度，我们知道他从绞刑架上救下蒙特勒伊家族，他的岳母德·蒙特勒伊夫人，曾经让人把他写在了请求监禁的国王密札里，但他和她意见一致——甚至还催促她——让她用同样的方式除掉她的仆人，过于了解这件事的拿侬·萨布洛尼

---

① *Correspondance...*, p.183.

埃①。1792 年至 1793 年间，他在皮克区任秘书和主席，表现出极大的共和主义热情：应该考虑到 1791 年的这封信，他在里面说："您问我什么是我思考的真正方式，好进一步跟上。可以肯定的是，没有什么比您信中的这一条更加微妙的了，但我真的很难回答您这个提问。首先，作为一个文人，我必须每天有时候为一个政党工作，有时为另一个，这种义务在我的意见中建立了一种流动性，我内在的思考方式也因此受到影响。我真的想要探究到底吗？我的思想不属于任何党派，它是所有一切的融合。我是反雅各宾派的，我恨他们到死；我崇拜国王，但我厌恶旧有的流弊；我喜欢宪法中的不少条款，但其他的条款让我反感。我希望贵族能重获荣光，因为把它夺走无济于事；我希望国王是国家的领袖；我不想要有一个国民议会，而是像英国那样有两个议院，这使得国王的权威有所削弱，由必然分为两个等级的国家的协作来平衡，第三等级是无用的，我并不想要它。这是我信仰的公开声明。我现在是什么人？贵族还是民主党？请您告诉我……因为，我的话，我一点都不知道。"② 显然，除了"神圣的侯爵"可以奉行的

---

① 见致高弗里迪的信，写于 1775 年 6 月 15 日之前（*Correspondance...*, p.37）。

② 1971 年 12 月 5 日写给高弗里迪的信（*Ibid.*, p.301-302）。从 1776 年的一封同样写给高弗里迪的信里也得不出什么结论："我不会在一个一开始就羞辱我的人面前卑躬屈膝，这将会在之后树立一个坏的典型，尤其是在我的土地上，在像这样的土地上，最关键的是要使仆从保持该有的尊敬，而他们却时时刻刻想要从中摆脱。"（*Ibid.*, p.67.）

"意见的流动性"，"我是谁？"……之外，从中得不出什么结论（信是他写给一个他需要向其收年金的有产者的）①。

在我看来，在皮埃尔·克洛索夫斯基关于"萨德和革命"的研究中，或者在他的《萨德体系概要》中，他给《瑞斯汀娜》的作者塑造了一个有点虚构的形象：他不过是错综复杂的系统的一环[19]，在这一系统中，一个精妙的辩证法把上帝、神权社会和大领主（想保持他的特权，否认他的义务的人）的反抗连在一起。从某种意义上而言，这颇有黑格尔的意味，但并不是严格意义上的黑格尔。《精神现象学》的运动——这种辩证法与之相似——构成了一个循环的整体，包含了历史中精神的全部发展。克洛索夫斯基有点轻率地从《闺房里的哲学》（La Philosophie dans le boudoir）中的一个精彩段落里得出了一个结论：萨德想要在犯罪的基础上建立共和国。有意思的地方在于，由此出发，可以从处死国王（上帝之死的替代品）推导出一个由神学建立、由精神分析（与约瑟夫·德·迈斯特［Joseph de Maistre］的学说[20]有关……）引导的社会学观念。这些是经不起推敲的。萨特通过多尔曼斯说出的话，不过是一种逻辑上的指示，是人类未能区分破

---

① 这些保留意见并不涉及对教士阶级的根本厌恶（"第三等级是无用的"）。

坏与恶的错误的无数证明之一。克洛索夫斯基最后甚至说，多尔曼斯的推论可能只是想要展现共和原则的虚假：对于如此明智的预言，侯爵的反应仅是毫不在意。这又是另一个问题了。

让·包兰说："我自问，当我看到我们时代的这么多作家，如此自觉地为了一个难以描述的，并且我们无法忽视它既色情又令人惊愕的事件，而万般抵制文学上的巧计和手法，急于在所有情况下都站在创作的对立面，努力在卑贱中寻找崇高，在颠覆中寻找伟大，还苛求所有作品都绝不牵扯和连累它的作者……我自问，在这种极度恐怖中，不应该承认的是否不是创造，而是回忆，不是理想，而是记忆。总之，如果，我们的现代文学，在我们看来是最有生气的——无论如何也是最挑衅的——是否不会整个朝向过去，而绝对受到了萨德的决定性影响？……"① 在今天来看，包兰或许是错误的，他给萨德创造了一些**模仿者**（人们谈论他，崇拜他，**没有人**觉得自己和他相似：人们所考虑的，是另一些"恐怖"）。但他很好地定义了萨德的立场。语言的各种可能性以及危险没有触及他：他无法想象到作品与其所描绘的客体的脱离，因

---

① *Les Infortunes de la Vertu*, Introduction, p.11-12.

文学与恶

为客体**附身**于他——在魔鬼使用这个词的意义上。他写作时迷失在对这一客体的欲望之中，并像虔诚的信徒一样全神贯注。克洛索夫斯基说得很对："萨德不再是仅仅做梦，他利用静修士让灵魂在神圣奥秘前祈祷的方法，引领他的梦走向作为他幻想源头的客体。基督徒的灵魂在上帝面前意识到了自身。但如果说，浪漫主义灵魂无非是一种对信仰的怀旧状态，它通过将激情视为绝对而意识到自身 [①]，从而使悲怆的状态成为生存的功能，那么萨德式的灵魂，则只有通过激化阳刚之气，并将自己建构为被激化的阳刚状态的客体，才能意识到自身，这也成了悖论性的生存功能：它只有在被激化时，才感觉到自己活着。" [②] 针对这一点需要说明：这里涉及的客体，是可以与上帝相提并论的（这一对比首先由一个基督徒——克洛索夫斯基——提出），但并不是像上帝一样**被赠予**虔诚的信徒的。**像这样的客体**（一个人类存在）还是无足轻重的：应该改变他，以便从他身上得到想要的痛苦 [22]。改变他，也就是，毁坏他 [23]。

我在下文还要指出，萨德（和轻率的普通**虐待狂**不同 [24]）的目的是清醒地意识到只有"放纵"才能达到的结果（但"放纵"带来的是意识的丧失），也就是消除主客体之间

[①]　我并不是克洛索夫斯基，对此持保留意见。[21]

[②]　*Sade, mon prochain*, p.230.

的差别。因此，他的目的和哲学的目的的不同仅在于其采取的路径不同（萨德从他想要使之变得可理解的事实的"放纵"出发，而哲学是从冷静的意识出发的——一种清晰的可理解性——为的是将其带向某种意义上的融合）。之前，我一直在谈论萨德作品明显的单调，这源于 [25] 将文学游戏局限于对**无法言说的事件**的表达。诚然，这些作品与人们通常情况下所认为的**文学**的区别，不亚于一片荒芜的、贫乏的、暗淡的岩石与人们热爱的各种风景、溪流、湖泊和田野的区别。但我们难道已经能够完全衡量出这样一片景观的伟大了吗？ [26]

萨德式的狂热

将自身排除在人性之外，在萨德漫长的一生中只有一件事让他上心，那就是列举无数毁灭人类、毁坏并以他们的死亡和痛苦为乐的可能性，直到枯竭。在他看来，最优美的示范性描述没有一点意义。只有无休止的、令人生厌的列举才能在他面前展开他的暴怒所渴望的空虚与**荒芜**（他的作品也在翻开书的读者面前展开了这些）。

厌恶源于萨德作品的残酷，但这种厌恶自身有其意义。

　　　　　　　　　　　　　　　　　　　　　文学与恶

就像基督徒克洛索夫斯基说的[①]，[27] 他那无止境的小说，与其说是供人消遣，不如说更像虔信之作。用以整合这些作品的"完善的方法"，是那些"静修士让灵魂在神圣的奥秘前……"的方式。应该用这一方法去阅读它们：就像它们是以探索奥秘的用意写就的，这一奥秘不亚于神学的深邃，甚或"神性"。在他的文字中，这个男人变化无常、诙谐戏谑[28]，富有魅力而又暴躁易怒，情难自禁而又玩世不恭，擅长温情，也善于悔恨，在书中，他把自己局限于一成不变的练习，在此，一种剧烈的张力自始至终都保持不变，一开始就从限制着我们的忧虑中摆脱出来。从一开始，我们就迷失在无法企及的高处。那些犹豫不决的、隐忍克制的，什么都没有留下。[29] 在无法平息和没有尽头的龙卷风中，一场运动不变地将欲望的客体引向酷刑和死亡。唯一可以想象的结局是，刽子手本人可能会有成为酷刑牺牲品的欲望。在之前引用的遗嘱中，这一运动达到顶峰状态，要求坟墓本身都不存在，它引向了连名字都该"从人们的记忆中消失"的意愿。

如果说这种暴力被我们视为难以获得的真理的标志，它使追寻其意义的人深陷其中，以至于把它说成是一个奥秘，

---

① *Sade, mon prochain*, p.123.

我们需要立即引证萨德本人赋予暴力的意象来与此对照。

"读者朋友，现在是时候了，"他在《一百二十天》的开头写道①，"你必须把你的心和精神放置在自世界伊始所有过的最不纯洁的叙事上，这样的书在古代人和现代人那里都找不到。想象一下，所有真正的享乐，或你并不认识却不断谈论，且称之为自然的，牲畜所要求的享乐，我说，这些享乐将被明确地排除在这个集合之外，只有在它们伴随着某种犯罪或带有某种无耻下流的色彩的情况下，才会被你偶然碰见。"[30]

萨德的离经叛道甚至导致他不光把所有的主角塑造成无赖和懦夫。[31]以下是其中最完美的描述之一：

"天生虚伪、无情、专横、野蛮、自负，在享乐方面也挥霍无度，而在做'有用的人'方面却吝啬无比，是个骗子、饕餮、酒鬼、胆小鬼、鸡奸者、乱伦者、杀人犯、纵火犯、小偷……"这就是《索多姆的一百二十天》中的四大刽子手之一，布朗吉公爵。"一个坚定果断的孩子会吓倒这个巨兽，一旦他不再能使用他的诡计或背信弃义来打败他的敌人，他就会变得胆小和懦弱……"②

在这四个无赖中，布朗吉还不是最卑鄙下流的。

"居瓦尔院长是这里面年纪最大的，年近六旬，由于纵

---

① Éd.1931（由莫里斯·埃纳编辑的版本），t.I, p.74; éd. Pauvert, 1953, t.I, p.99。
② Éd.1931, t.I, p.11 et 17; éd.1953, t.I, p.21 et 27.

文学与恶

欲过度，看上去跟骷髅差不多。他个子高挑精瘦，深陷的眼睛毫无光泽，嘴巴苍白病态，颔高鼻长。他就像萨提尔（Satyre）一样多毛，背脊平坦，松垂的屁股毋宁像是块肮脏的抹布一样垂在大腿上……居瓦尔无可救药地陷入恶行和浪荡的泥淖，几乎无法思考、谈论别的东西。他心里想着的最恶毒的话从嘴里源源不断地冒出来，并且起劲地在中间夹杂着对神灵的亵渎，这是出于他对任何涉及宗教的东西真实的恐惧，而且是效仿他的同伴的做派。本就头脑混乱，外加他自始至终沉醉于他的那些嗜好里，近年来便总是一副低能、迟钝的样子，而他还宣称，这是他最心爱的乐事。"①

居瓦尔院长"全身上下都很邋遢"，首先甚至是"臭烘烘的"，而且"完全是一副蠢样"，而布朗吉公爵，相反，则是光鲜和暴力的化身³²："如果他在其欲望中就这般暴力，天哪，当他喝了酒淫性大发时，又是什么样子！简直不是人了，而是盛怒的老虎。让侍奉他激情的人倒霉吧，公爵肿胀的胸脯中爆发出可怕的呐喊、下流的亵渎，他双眼似乎冒出火焰，口吐白沫，如公马般嘶鸣，堪称淫欲之神。"②

---

① Éd.1931, t.I, p.20–22; éd.1953, t.I, p.31–33.

② Éd.1931, t.I, p.15–16; éd.1953, t.I, p.26.
  这两段引文的中译参见萨德：《索多玛120天》，王之光譯，商周2004年版。
  译文有所改动。——译者注

萨德没有这种无边际的残忍。他经常与警察发生争执，警察对他很是怀疑，但无法指控他犯有任何真正的罪行。我们知道，他用小折刀割伤了一个年轻的女乞丐罗斯·凯勒（Rose Keller），并将热蜡倒入她的伤口。普罗旺斯的拉科斯特城堡显然是有组织的狂欢的场所，但并没有像所描述的偏远岩石孤岛上西林城堡的发明那般荒淫无度。有一种激情——他或许也咒骂过这点——希望别人的痛苦场面可以让他心醉神迷。罗斯·凯勒在一份官方证词里谈到他在享乐中会爆发出极为可憎的叫喊。这一特点至少说明了他与布朗吉有共通之处。我不知道把这些放纵只叫作享乐是否更为合理。在某种程度上而言，这种过度超过了通常的概念。有人提过野蛮人把钩子挂在绳的末端、插入胸膛把人吊起来围着柱子旋转吗？马赛的证词 ① 提到侯爵被带刺的鞭子抽得满身是血。还需要更进一步：萨德的想象力总是如此丰富，以至于最老练的江湖骗子都自愧不如。如果有人羡慕西林城堡里四个无赖的生活，他会引以为傲的。除了他们以外，圣徒本尼迪克特·拉布尔 ② 的

---

① 1772 年，一个马赛的妓女控告萨德用掺了麻醉药的糖水迷倒她们，继而进行群交和肛交。——译者注

② 据说，圣徒本尼迪克特·拉布尔（Saint Benoît Labre）邋遢到吃自己身上的虱子的地步。克洛索夫斯基曾把这句话作为他的书的题词：**如果有哪个不受世俗约束者敢问圣拉布尔他对同代人萨德侯爵怎么看，他应该会毫不犹豫地回答："那是我的同类。"**[33]

　　　　　　　　　　　　　　　　　　　　　　　　文学与恶

情况比较微妙：没有一个苦修者能如此恶心，乃至无以复加。[34]

从放纵到意识清醒

然而，萨德就处于这样的道德境况中。与他笔下的主角迥然不同，他总是表现出人情味，他经历了许多放纵和狂喜的状态，在他看来，这些对于共同的可能性来说，有着重大的意义。这些无法克制的欲望导致的危险状态，他并不觉得应该或者能够把它们同生活割离开来。他没有像往常一样把这些都忘记，就好像这是种习惯，而是敢于直视它们，自问一些深不可测的问题[35]，但实际上这些问题应该是抛给所有人的。在他之前的其他人也有过误入歧途的经历，但在激情的放纵和意识之间仍然存在着根本的对立。人的精神从未停止过对导致虐待狂的要求的回应。[36] 但它是悄无声息地发生的，是在盲目的暴力和清醒的意识无法相容的夜晚发生的。狂热使得意识远离。意识则在其焦虑的谴责中，否认和忽视了狂热的意义。萨德，在被囚禁的孤独中，第一个对这些无法控制的运动[37]进行了理性的表达，否定了是由意识奠定了社会结构——以及人的形象[38]。为此，他必须扭转、质疑别人认为不可动摇的一切。他的书给人这样的感觉：他以激烈的决心欲求**不可能性**和生活的**反面**：他有家庭主妇干练地剥掉兔子那样的坚定决心（家庭主妇也揭示了真相的反面，在这种情况下，反面也是真相的核心）。萨德将自己建立在一个共同的经验之上：感官享受——它使寻常的约束解除——被唤起，不仅是因为客体的在场，而且是因为对可能的客体的**修改**。换句话说，色情冲动是一种**放纵**（对于劳动行为而言，以及一般情况下，对于礼节而言），由与其对象和谐一致的**放纵**所触发。"不幸的是，秘密太过于确凿无疑了，"萨德观察到，"没有一个长恶不悛的放荡者不知道谋杀对感官有着多么恶劣的影响……""确实，"布朗吉写道，"犯罪本身就有着这样一种吸引力，无须其他任何快感，它就足以燃起所有的激情。"**放纵**，并不总是由激情的对象主动导致的事实。毁灭一个存在也是使它**释放**（déchaîne）。此外，**放纵**往往是为礼节所限制的存在之废墟。单是裸体就已经使这些限制破裂了（它标志着耽于其中的客体所要求的混乱）。性方面的混乱使得确立我们、为了我们自己和为了他人而作为确定存在的连贯形象解体[39]（混乱让这些形象滑入无限，也就是死亡）。在感官享受中，有一种不安和被溺死的感觉，类似于尸体散发出的不适感。与此相应，在死亡的不安中，有些东西遗失、从我们身边溜走，我们身上开始有了混乱和空虚的感受，我们进入的状态接近于感官欲望产生之前的原初状态。[40] 年轻人但凡看到安葬的场面，没有一个不会感受到肉体上的刺激：他想必会出于这个原因，远离他父亲的送殡队伍。他们的行为会一反常态。但无论如何，我们不能把性冲动还原为令人愉快且有益的事。[41] 在它之上，有混乱、过度的元素，甚至会影响到追逐性欲者的生命。

萨德的想象力把这种混乱和过度推向了最恶劣的程度。除非是充耳不闻[42]，没有人可以看完《一百二十天》而不犯病的：最病态的是阅读本身所带来的肉欲刺激。被砍断的手指、被挖出来的眼睛、被掰下来的指甲，这些酷刑的道德恐怖加剧了其痛苦程度，那位被诡计和恐惧支配而杀死自己儿子的母亲，那些尖叫和臭气熏天的血，所有一切总之都让人恶心。[43] 这使人瞠目结舌，无法呼吸，如同一阵剧痛，分裂人[44]——以及，扼杀人。他怎么敢呢？特别是，他为什么**必须**这样？写下这些反常片段的人知道，他已经走到了想象的极限：对于别人尊重的东西，没有什么他不嘲讽的，对于纯洁之物，没有什么他不玷污的，对于令人愉快的事物，没有什么他不以恐惧覆盖的。我们每个人都是被攻击的对象：只要还有一点儿人性的东西存在，这本书就像对神灵的亵渎，像面部的疾病，直击我们最宝贵、最神圣的东西。但，除此之外呢？[45] 事实上，这本书是唯一与人类精神**之所是**相称的，

《一百二十天》的语言是属于迟缓世界的语言，它必定会堕落，并折磨和摧毁它所创造的生命全体。

在感官享受的迷乱[46]中，人展开了一场**等同于其所是**的精神运动。[47]

人类的生活过程使我们依附于简单的想法：我们将自己表象为定义明确的实体。在我们看来，没有什么比这个作为思想基础的**自我**更安全。当他触及**客体**时，是为了使其为自己所用而改变它们，他永远都不会等同于其所不是者。外部的东西对我们有限的生命来说，有时是使我们处于从属地位的、不可穿透的无限，有时是我们所支配的、从属于我们的**客体**。让我们补充一点：通过将自己与所支配的事物同化，个体仍然可以使自己从属于一个有限的秩序，这个秩序将他**束缚**（enchaîne）在一种广阔无垠（immensité）之中。在此基础上，如果他试图用科学法则**束缚**这种广阔无垠（把世界**等同于**有限的事物），那么，他只有把自己**束缚**在一个压制他的秩序之中，才能与他的客体等同（这种秩序否认他，否认他与有限的、处于从属地位的事物之间的区别）。他只有一个办法可以摆脱这些不同的限制：毁灭一个与我们相似的存在（在这种毁灭中，我们的相似者的限制被否定了；我们确实不能毁灭一个无生机的物体，它会改变，但不会消失，只有一个与我们相似的存在会在死亡中消失。[48] 我们的相似者所遭受的暴力规避了有限的、可能有用的事物的秩序：暴力将使这一秩序回归那广阔无垠）。

这在献祭中已然是事实。在对神圣事物充满恐惧的理解中，精神已经开始酝酿这场等同于**其所是**（等同于我们无法了解的无限定的全体）的运动。但献祭不是对放纵的畏惧[49]，而是放纵本身。那是清醒活动的世界（世俗世界）借以摆脱可能使之毁灭的暴力的行为。如果说在献祭时，注意力确实维持在从一个孤立的个体向无限的滑动上，[50] 它也还是会转向不可捉摸的解释，清醒的意识完全的反面。此外，献祭是被动的，它建立在一种基本的畏惧之上：只有欲望是主动的，只有欲望可以让我们在场。[51]

只有当精神被阻碍，将其迟钝的注意力转向欲望的客体时，才有机会获得清醒的意识。这预设了激怒和餍足，前提是要求助于越来越遥远的可能性。[52] 最后，它还预设了对满足欲望的暂时的不可能性进行反思，以及更有意识的对满足欲望的趣味。

"被真正的放荡者所接受的看法是，"萨德指出，"听觉器官传递的感觉最为强烈。因此，我们这四个无赖希望快感可以和以前一样深深地浸润到他们心里，为此，他们构想出了一个奇异的方法。"这里涉及的是一些"史学家"，在西林狂欢的间隙，通过讲述所有她们知道的罪恶，使得精神更加亢奋：她们是一些老妓女，长期以来肮脏不堪的经历是完美图式的参考标准，这一经历先于临床的观察，而临床观察证实了它。但从意识的角度看，[53] 这些"史学家"只有一种意义，她们给予详细的展示方式，高屋建瓴，在萨德想要阐明到底的迷宫中被另一种声音客观化。最重要的是：这一奇异的发明是从单人囚室的孤独中诞生的。事实上，这一清晰分明、不断更新、反复思索是什么造就了性冲动的意识，需要在囚犯的非人待遇中形成。萨德在自由的时候，是可以满足刺激他的情欲的，但监狱让他无计可施。如果说被激起的情欲没有干扰到激起它的人，那么客观的、外部的认识就是有可能的，但却无法达到完全的意识状态，因为完全的意识状态需要欲望能够被体验。克拉夫特-埃宾（Krafft-Ebing）著名的《性病理学》(*Pathologia sexualis*)，或其他同类型的著作，在人类行为的客观意识方面有其意义，但是不包括由这些行为所揭露的深层真相的体验方面。这一真相，是属于构成这些行为之根基的欲望的真相，与克拉夫特-埃宾推论的列举无关。我们可以看到，对欲望的意识是不可通达的：光是欲望自身就可以改变意识的清晰性，而满足的可能性又尤其会消除它。就整个动物性而言，性满足似乎是在巨大的"感官混

　　　　　　　　　　　　　　文学与恶

乱"中实现的。抑制是人性的目标，它与人的特性相关，至少与和清醒意识相去甚远的无意识相关。这种意识，萨德本质上思辨的个性为它铺好了路：萨德从未停止过耐心的推理，这与他为吸收他那个时代的大部分知识所做的努力有关。但如果不是因为监禁，他本来会过着混乱的生活，不会有可能滋养出一种无穷无尽的欲望，这种欲望在无法满足的情况下使他开始反思。

为了进一步强调这个困难，我要补充的是，萨德只宣告了意识的达成：他无法实现完满的清晰性。精神即使没能达成欲望的缺席，至少也会感到失望，这一失望是萨德的读者经由萨德所体验到的欲望和他自己的欲望最终相似的感觉所带来的，这些欲望并没有这样的强度，也比较正常。

萨德的命运之诗

我们不必惊讶：如此奇特和难以接近的真理是以一种引人瞩目的形式揭示的。意识的可能性就是它最基本的价值，但是它无法停止指涉它作为其标志的深处。诗意的光辉怎么会缺席于新生的真理呢？这一真理，如果没有诗意的光辉，就不会有它人性方面的意义。让我们感到惊讶的是，神话的虚构与最终揭示了神话本质的东西是相关的。需要一场革命——在巴士底狱大门被攻破的嘈杂声中——在混乱的偶然性中，来向我们传递萨德的秘密：遭遇的不幸使他梦想成真，对此的执念正是哲学的灵魂，主体与客体的统一；是在对存在者限制的超越中，欲望的客体与欲望着的主体的同一性。莫里斯·布朗肖很中肯地评价了萨德，说他"知道如何让他的监狱变为宇宙之孤独的图像"，但从他"将所有创造物都驱逐和排除在外"这点来看，这座监狱，这个世界并没有拘束他。因此，萨德在其中写作的巴士底狱是一座熔炉，在那里，存在的意识的限制被因无能而经久不息的激情之火，慢慢毁灭。

普鲁斯特 [1]

对真理和正义的热爱与马塞尔·普鲁斯特的社会主义 [2]

对真理和正义的热情常常让那些体验过它们的人感到震惊。[3]

那些体验过它们的人？

但是，做人与欲求真理和正义难道不是一回事吗？这种激情在人与人之间的分量是不一样的，但是实际上它标志着衡量每个人的人性和属于他的尊严的尺度。马塞尔·普鲁斯特在《让·桑德伊》（*Jean Santeuil*）中写道 [4]："我们总是怀着一种喜悦和强有力的感情听到科学家嘴里说出的一些奇异和大胆的发言，他们出于纯粹职业荣誉的考量说出了真理，一种他们关心的真理，只因为这就是真理，是他们必须在自己的技术领域里珍视的真理，而这会毫不犹豫地让一些认为真理是以另一种方式表现出来的人不快，在这些人眼里，真理只是他们漠不关心的事情的一部分而已。"① 这句话的风格和内容与《追忆似水年华》的截然不同。即便在同一本书中，风格也有所变化，但思想没有变："《斐多》使我们震撼的是……当我们追随着苏格拉底的推论时，我们会突然有一种奇特的感觉，感觉听到了没有任何个人欲望可以改变其纯粹性的论证，就好像真理高于一切一样：因为，实际上我们意识到，苏格拉底从这一论证中得出的结论就是，他必须死去。"②

马塞尔·普鲁斯特在 1900 年左右写了关于德雷福斯事件（Affaire Dreyfus）③ 的东西。他对德雷福斯事件的情感是众所周知的，但是自十年后撰写《追忆》开始，这些情感就失去了那种具有攻击性的天真。今天，我们自己也失去这种质朴。有时我们心中也产生了同样的激情，但我们又厌倦了。德雷福斯事件，在我们这一时代，并没有掀起多大的波澜……⁵

阅读《让·桑德伊》一书，我们惊讶于普鲁斯特思想中政治的重要性⁶：那时候他三十岁。许多读者会为年轻马塞尔

---

① Marcel Proust, *Jean Santeuil*, Gallimard, 1952, t.II, p.156.
② *Ibid.*, p.145.
③ 或称"德雷福斯冤案"，是发生在 19 世纪法国的一桩重大政治社会事件。1894 年，犹太裔法国军官阿尔弗雷德·德雷福斯被误判叛国罪，在当时反犹主义盛行的法国激起了大量冲突和争论。经过十年的社会政治环境变化和案件重审，德雷福斯于 1906 年 7 月 12 日获得平反，被宣告无罪。——译者注

的热忱而感到震惊，因为在出席议院会议时，他竟能为饶勒斯（Jean Jaurès）① 的发言鼓掌。在《让·桑德伊》中，饶勒斯的名字变成了库宗（Couzon）。他的黑发卷曲，但没有一丝疑虑：他是"社会党在议院的领袖……是当今唯一伟大的雄辩家，与过去最伟大的雄辩家不相上下"。提到他，普鲁斯特说，"正义感像某种神启一样攫取了他全身"；② 他描绘了"可憎的蠢货"——众议院多数党——"极为可笑，用尽了他们人数上的优势以及他们愚蠢的力量，企图压制颤抖着准备一展歌喉的正义之声"。③ 这些情感的表达令人吃惊的地方在于，它来自一个在政治上终究不温不火的人。7 他陷入冷漠有几个原因：暂不论他在性方面的困扰，他所属的资产阶级受到工人暴动的威胁，但在革命激昂的热情逐渐消退的过程中，清醒的神志发挥了其作用。

首先，应该说这种热情建立在与政治无关的性情之上：是"他父母的敌视使他投入了对他（饶勒斯）行动的热情支持"④。诚然，讲话的是让·桑德伊，但他的性格就是《追忆》

---

① 让·饶勒斯是法国社会主义领导人，是最早提倡社会民主主义的人物之一，因宣扬和平主义并预言第一次世界大战而闻名。饶勒斯亦是德雷福斯的积极辩护者。一战前夕，饶勒斯的和平主义立场为其招致了杀身之祸。——译者注

② Marcel Proust, *Jean Santeuil*, Gallimard, 1952, t.II, p.316–317.

③ *Ibid.*

④ *Ibid.*, p.318.

作者的性格。我们现在知道了，没有《让·桑德伊》的出版，我们可能会一直忽视，普鲁斯特在年轻时有社会党的情结。但他也不是毫无保留的："在他独自思考的时候，让·桑德伊感到惊讶的地方在于，（饶勒斯）在他的报纸上采取宽容的态度，但在他打断多数党某些人发言时的那些攻击是如此猛烈，甚至是恶意中伤、近乎残忍的。"[①] 这些并不是在日常政治中真理遭遇到的主要障碍。但这些障碍早就为人所知了。这些表达，在普鲁斯特的语言中，如果不能说有多笨拙，也至少是平平无奇的："生活，尤其是政治，不就是一场斗争吗？既然恶人使尽浑身解数把自己武装起来，那么正义者也有责任这样做，哪怕只是为了防止正义的消亡。也许可以说……它消亡的方式恰恰是把自己武装起来，却不关心用了何种方式。但有人会对您说，如果伟大的革命家们过于关注这一点，正义就不会赢得胜利。"[②]

从一开始，他就因犹豫不决而感到侵扰。况且，我们也不能怀疑他的担忧在他身上没有一致性。担忧只是使他心烦意乱而已。如果他能把这些都忘却，也不能说他没有衡量过其意义，没有给出过他的理由。在《让·桑德伊》的第五部

---

① Marcel Proust, *Jean Santeuil*, Gallimard, 1952, t.II, p.318.

② Marcel Proust, *Jean Santeuil*, t.II, p.322–323.

文学与恶

分，饶勒斯首先就"因为把手放在一个不公正的人手上而羞得脸涨红"①，在叙述的正文中，他"是让（书中主角）衡量正义的标尺"，有一天，"当想到作为政党领袖的义务使他不得不牺牲时，他竟无法控制自己哭泣了起来"。②这本书的情节安排，从原则上来说，是使饶勒斯-库宗能够反抗一场针对让的父亲的诽谤性活动。但无论作家如何偏袒这个政治家，后者都无法"让所有为他斗争过的人转过来反对他，毁掉他一生的事业，并危及他理念的胜利，而去尝试——尽管徒劳无益，而且，当只有他一个人时，必然会遭遇失败——给一个被毫无根据地怀疑的温和派恢复名誉"。"对公正的激情，公正获胜遇到的重重险阻迫使他在行动上认同更为强大的党派，而且，为了换取后者可以提供给他的帮助，他不得不抛弃个人特色。"③让的声音，来自一个反对自有其意义的时代，以一种对我们的时代而言古怪陌生的质朴得出结论[8]："您牺牲所有人的好处，不是为了某种特殊的友谊，而是为了某种特殊的利益，即您的政治立场。是的，所有人的好处。因为对我父亲不正义的记者不仅仅是不正义。他们让阅读报道的人也变得不正义。他们让读者变得卑鄙。那些读者受到驱使，马

---

① Marcel Proust, *Jean Santeuil*, t.II, p.94.
② *Ibid.*, p.102−103.
③ *Ibid.*

上就宣称，他们原以为是同伴的好人是个坏人……我相信他们的声音总有一天会占据统治地位。而这个统治将是不正义的统治。直到政府变得不正义，法律变得不正义，事实上也存在不正义之前，他们都在为那一天做准备，通过使诽谤、丑闻和残忍深入人心。"[1]

僭越道德律的相关道德

这样天真的口气出自一个很少这样说话的作家，确实让人震惊。我们是否会任由自己采纳这段看上去是他当时的思想根基的话呢？留给我们的，只有本能反应下的供词……没有人会对《让·桑德伊》第三卷中的这句话感到惊讶[9]："我们不知道写了多少信，在其中，我们说：'只有一件事是真正无耻的，它让上帝按自己的形象捏出的创造物失去了名誉，那就是谎言。'意思就是，我们最期望的事，就是她不对我们撒谎，而不是我们想到这点。"普鲁斯特随后写道："让没有（对他的情妇）承认他拆开信封看过她的信，但由于他又忍不住对她说，一个年轻人曾过来看她，他就对她说是从那个来见她的人那儿了解这件事的：谎言。但这并不妨碍

---

[1]　Marcel Proust, *Jean Santeuil*, t.II, p.102–103.

当他跟她说最残酷的事就是撒谎时，眼眶里泪水打转。"① 在妒忌的作用下，指控饶勒斯的人是厚颜无耻的。¹⁰ 但这种原初的天真公正感值得引起注意。《追忆》积累了马塞尔厚颜无耻的一些证据，是妒忌导致了这些不正当的行为。但这些起初似乎相互排斥的行为，却融为了一体。如果没有顾虑——如果我们并不注意对沉重的禁忌的遵守——我们就不会是人类。但这些禁忌，我们也不会一直遵守它们——如果有时候我们没有**勇气**触犯它们的话，我们就走投无路了。还需要补充的是，如果我们从未撒过谎，如果我们一次都没有动过非正义的念头，我们也不会是人类。我们嘲笑战争和谴责杀人的普遍禁忌之间的矛盾，但和禁忌一样，战争也是普遍的。谋杀处处都带着恐怖色彩，而战争行为则处处被认为是骁勇善战。谎言和不正义的情况也是如此。诚然，在一些地方，禁忌得到了严格的遵守，但那些从来不敢触犯法律，并转移视线看向别处的胆小者，在任何地方都是被蔑视的对象。在男子气概这一概念中，总有着男人的形象，他在自己的界限中，恰如其分地，但又不畏惧、不加以三思地，知道如何凌驾于法律之上。饶勒斯向正义屈服，不仅有害于他的追随者：他们把他视为无能为力的人。男子气概充耳不闻的那一面使他拒

---

① Marcel Proust, *Jean Santeuil*, t.III, p.143.

绝回应和解释。我们应该是诚实、审慎、无私的，但在这些特质之上，我们应该是主权性的。[11]

打破一次禁忌的必要性，无论它多么神圣，也远不会使其原则失效。那个撒了严重的谎的人，那个即便撒谎，也称"最残酷的事"莫过于"撒谎"的人，直至死亡都怀着对真理的激情。埃马纽埃尔·贝尔（Emmanuel Berl）在谈及他感受到的震惊时说："有天晚上，凌晨三点左右离开普鲁斯特的家（那是在战争期间），由于谈话超出了我的体力和智力，我比平时更加疲惫，整个人心烦意乱，当我发现自己独自在奥斯曼大道上时，我有一种自己已濒临极限的感觉。在我位于博瓦勒普雷特的陋室倒塌后，我想我也是这般惊惶。我无法再承受任何东西了，首先是从我自己开始，精疲力竭，又对我自己的疲惫感到羞耻，我想到那个连吃饭都十分勉强的人，他饱受哮喘的折磨和失眠的痛苦，但他还是不停歇地与谎言做斗争，同时也在抵御死亡。不管是面对分析，还是面对得出结论的困难，他从来都没有表现出不满，而且还做出了额外的努力，试图减少我思想上的一些混乱。我的惶恐还不如我的懦弱让我反感……"相反，这种渴望并不与在某一点上僭越它所奉行的原则相悖。它是如此强烈，以至于使原则都面临威胁，而犹豫不过是种软弱。[12] 德性的根基是我们以之打破枷锁的力量。传统教育误会了道德隐蔽的原动力：道德的观念已变得索然无味。在德性层面，道德生活有一种怯懦的因循守旧；另外，对枯燥平庸的不屑一顾被视为伤风败俗。传统教育徒劳地要求由逻辑形式主义构成的表面的严谨：而它却背离了严谨的精神。尼采谴责被教给人们的道德，即认为犯了罪就无法再生存下去。如果有真正的道德，它的存在总是处于危险之中的。真正憎恨谎言的人会承认，特定的谎言所承担的风险，不免让人感受到盘踞其上的恐怖。面对这一风险时的漠然，不过是表面上的游刃有余。它是色情的另一面，它认可谴责，如果没有谴责的话，它将会平淡无奇。法律是不可触犯的这一观念，使得我们坚持认同但不受其束缚的道德真相失去了力量。在色情的过度中，我们崇尚我们所违反的规则。反复回弹的对立游戏就是信守和反抗交错运动的基础，这也是人的本质。在这一游戏之外，我们会在法律的逻辑中窒息。[13]

建立在色情的犯罪意义上的享乐 [14]

对于这一系列令人着迷的对立游戏，普鲁斯特传达给了我们他的色情生活的经验，也提供了一个清晰易懂的观点。

有人 ① 可以武断地，在谋杀和对母亲绝对圣洁的形象的亵渎的联想中，看出一些病理学上的迹象。"当快乐一步又一步地占据我时，"《追忆》的叙述者写道，"我感到内心深处有无限的忧伤和愁绪涌起；我觉得是我在让母亲的灵魂哭泣……"感官享受的快感从属于这种恐怖。在《追忆》的某处，马塞尔的母亲去世了，他并没有在之后谈论到她的过世：只有祖母的死亡被提及了。就好像母亲的死亡对于作者来说意义过于强烈了：他跟我们谈论的是他的祖母："把我外祖母之死和阿尔贝蒂娜之死联系起来，我感到我的一生似乎被我犯下的双重谋杀罪玷污了。"除了谋杀的污点之外，还有另外一个更大的污点，那就是亵渎。有必要留意《索多姆和戈摩尔》中的某一段落，他说："由于儿子不一定总像父亲，他们在自己的脸上刻上了对自己母亲的亵渎。" ② 有必要留意这里，因为作者的总结道："但这需要另写一章：受凌辱的母亲们，这里暂且按下不表。" ③ 事实上，这一悲剧标题的关键在于这一情节：凡德伊女儿的不检点使其父死于悲痛，但她却在几天之后，穿着丧服享受同性恋人的爱抚，后者还向死者的照片吐

---

① André Fretet, *L'Aliénation poétique. Rimbaud, Mallarmé, Proust*, Janin, 1946.
② *Ibid.*, p.239.
③ 此处两句中译参见普鲁斯特：《追忆似水年华IV：索多姆和戈摩尔》，许钧、杨松河译，译林出版社 2012 年版。——译者注

唾沫。① 凡德伊的女儿象征着马塞尔，而凡德伊就是马塞尔的母亲。② 凡德伊小姐在她父亲生前，把情人安置在家中，就像阿尔贝蒂娜被安置在叙述者的公寓里一样（阿尔贝蒂娜，实际上是司机阿尔贝·阿戈斯蒂耐里③）。关于母亲对于这一女闯入者（或是男闯入者）的反应，书中只字未提，这让人感到困惑。我想，没有一个读者看不到故事在这点上是有缺陷的。相反，凡德伊的痛苦和死亡却得到了强调。普鲁斯特把可以从关于凡德伊的段落还原出来的东西留白了，把名字更换后，阅读这些段落会让人心碎④："那一阵，我们发觉（马塞尔的母亲）遇到熟人便躲避，只要远远瞅见熟人，（她）就绕道走开；几个月里（她）明显地老了许多，愁眉苦脸。凡跟（她儿子）的幸福没有直接关系的事，（她）一概无心过问；（她）经常整天整天徘徊在（亡夫）的坟前。显而易见，（她）内心痛苦得要死；谁都不难推测，（她）对于流言蜚语并非一

---

① *Swann*, t. I.

② 玛丽-安娜·科歇（Marie-Anne Cochet）和亨利·马西斯（Henri Massis）很早就提出了这一人物的身份认同，这点现在被认为是成立的。

③ Albert Agostinelli，此处疑为巴塔耶笔误，应为阿尔弗雷德·阿戈斯蒂耐里（Alfred Agostinelli），即普鲁斯特的司机和后来的秘书，他是阿尔贝蒂娜的原型之一，后死于飞机失事。——译者注

④ *Swann*, t. I.
下面两段引文中译参见普鲁斯特：《追忆似水年华 I：在斯万家那边》，李恒基、徐继曾译，译林出版社 2012 年版。在此基础上，根据巴塔耶对角色、性别进行了替换。——译者注

无所闻。（她）全都知道，还甚至相信这是事实。对于一般人来说，无论（她）的德操有多么高洁，遇到纠缠不清的情况，也许只能安之若素地同（她）一向深恶痛绝的劣迹朝夕相处，因为（她）无法识破那些披着伪装的劣迹，因为它们都是以特殊的形式出现在（她）的眼前的，（她）感到难受，却又无法判定：例如，某天晚上，（她）耳闻一些莫名其妙的话，目睹一些难以理解的举动，而说这些话、作这些举动的人，偏偏是（她）有种种理由应予以爱怜的人。但是，要逆来顺受，处于一般人错误地认为唯独吉卜赛人才有的那种处境，对于像（马塞尔的母亲）这样的人来说，会比别人更感到痛苦得多。癖好是自然天性在孩子身上诱发出来的东西，……每当这种癖好需要必不可少的场合和起码的安全时，就会出现吉卜赛人那样的处境。不过，（马塞尔的母亲）或许对（她儿子）的行为有所了解，（她）对于（儿子）的宠爱却并不因此而稍减。事实钻不进我们的信念的领域，既不会产生信念，也不会摧毁信念……"我们应该以同样的方式重读这一段落，把《追忆》描写凡德伊的段落看作是说马塞尔的："……在（马塞尔）的心中至少一开始善恶并不混淆。像（他）那样的施虐狂都是作恶的艺术家；彻头彻尾的下流坏成不了这样的艺术家，因为对于他们来说恶不是外在的东西，而是天生的品性，同他们无法分离；他们决不会把品德、悼亡和孝

　　　　　　　　　　　　　　　　　　文学与恶

顺父母之类看得神圣不可侵犯，所以当他们亵渎这类东西时也感觉不到大逆不道的痛快。而类似（马塞尔）那样的施虐狂，则是一些单凭感情用事的人，生来就知廉耻，他们甚至对感官享受都视为堕落，当做只有坏人才能享受的特权。他们一旦在操行方面对自己作出让步，一旦放纵自己贪欢片刻，他们也总是尽量让自己和自己的对手钻进坏人的躯壳里去，甚至产生一时的幻觉，以为自己已经逃出拘谨而温顺的灵魂，闯进了一片纵欲的非人世界。"普鲁斯特在《重现的时光》中还说道："另外，在性虐待狂者——不管他如何善良，不管他如何之好——身上，都有一种对恶的渴望，这种渴望是那些为了其他目的而作恶的人无法满足的。"①就像恐怖是爱的尺度一样，对恶的渴望也是善的尺度。

这种画面的易读性是令人着迷的。它的晦暗之处在于，可能在没有捕捉到互补方面的情况下仅把握住了一个方面。

恶似乎是可以把握的，但这是就善是恶的关键这一尺度而言的。如果善的光亮强度没有赋予恶之夜以黑暗，恶将不具诱惑力。这一真理是很难理解的。听到这句话的人会心生怒意。然而，我们知道，对感性最强的攻击来自对立。在它的运动[15]中，感官享受的生活建立在男性在女性身上唤起的

① 中译参见普鲁斯特：《追忆似水年华 VII：重现的时光》，徐和瑾、周国强译，译林出版社 2012 年版。——译者注

恐惧之上，建立在双方交尾时剧烈的撕裂之上（它与其说是一种和谐，不如说是一种暴力，它也许会通向和谐，但会过度）。首先，有必要破坏，结合会在性命攸关的对抗之后出现。爱撕裂人的一面，以某一种形式，从它的多种变体中凸显出来。如果说，爱有时候是粉色的，粉色与黑色相互和谐，如果没有黑色，爱就会成为乏味无奇的标志。如果没有黑色，粉色会有触及感性的特性吗？如果不幸不像阴影之于光明一样之于幸福，回应幸福的则只会是片刻的漠然。小说无限地描绘着痛苦，而几乎没有写到满足，这是如此的真实。归根结底，幸福的德性就在于它的稀有。如果得来容易，幸福就会受到轻视，被认为无聊至极。对于规则的僭越有持久的幸福所缺少的无法抵御的诱惑力。

如果核心观点没有一个对等物，《追忆》中最有力的场景（相当于最阴郁的悲剧的场景）就不会有我们赋予它的深层含义。如果为了暗示欲望，粉色需要黑色作为对比，如果我们一开始没有那么渴望纯洁，黑色会足够黑吗？如果**它不顾我们的意志**，并没有使我们的梦失去光泽呢？对于那些认为自己离不开不洁的反面——纯洁的人，不洁仅仅通过其对立才得到认识。萨德人为构想的对不洁的绝对欲望，使他进入了餍足的状态，在这种状态下，所有的感官都变得迟钝，快感的可能性被消除。文学（小说中的虚构场景）提供给他的无限资源并不能满足他，道德感至高的乐趣是他所缺少的，而这一至高的乐趣给重罪添加了犯罪的意味，没有这层意味，那重罪看起来就是自然的，**它们就是自然的**。比萨德更加狡猾的普鲁斯特，渴望享乐[16]，他让恶习保留了其令人憎恨的色彩，和德性的谴责。但如果说它是德性的，这并不是为了挫伤快乐，如果说它挫伤了快乐，是因为之前它想要损害道德。恶人只认可恶的物质利益，他们寻求他人的恶，只是因为这恶最终会给他们带来自己的利益。我们只有在看到其与对立面无法脱离彼此的联系时，才能走出恶掩藏于其中的迷宫。我首先提出的是，幸福[17]本身并不是令人渴望的，如果不幸，或是恶的体验没有给予我们渴望的话，幸福只会带来无聊。反之亦然：如果我们没有像普鲁斯特那样（以及，或许事实上像萨德本人那样）渴望善，那恶给我们提供的，就只是一系列漠然的[18]感受。

正义、真理和激情

在这一系列出人意料的想法中，最突出的就是修正了把善与恶对立起来的不加注意的普遍判断。如果说善与恶是互补的，那它们就不是对等的[19]。我们把行为从人的角度区分为有非常意义的和可憎的，这并非错误。但这些行为的对立不是理论意义上的善与恶的对立。

传统的可悲之处在于依赖软弱，软弱则会投向对将来的关心。对将来的关心会激发吝啬；它谴责导致浪费的短视。有远见的软弱是与及时行乐的原则相对立的。传统道德接受吝啬，它在对及时行乐的偏爱中看到了恶的根源。[20] 吝啬的道德是司法和治安和谐的基础。如果我喜欢享乐，我也会讨厌压抑。正义的悖论在于，吝啬的道德将正义与密不透风的压抑联系在一起；慷慨的道德在正义之上看到希望每个人都能得到他们应得之物的本能冲动，也就是帮助不正义的受害者。如果没有这种慷慨（générosité）[21]，正义能**生机勃勃**吗？谁能说它已经**准备一展歌喉**了？

同样，如果真理不**慷慨地**主张反对谎言，它还会是其所是 [22] 吗？通常情况下，对真理和正义的激情会远离政治群众的呼声，因为被慷慨激发的群众，有时也会接受相反的倾向。慷慨总是与吝啬的活动相对立，就像激情与理性算计相对立一样。我们不能盲目地依赖激情，后者也掩盖了吝啬，但慷慨超越了理性，总是充满激情。在我们身上有一些激情、慷慨和**神圣的**东西，超越了智能的表象：正是这种过度使我们成为人类。在一个由智能机器人组成的世界里，我们谈论正义和真理只会是徒劳的。[23]

仅是因为马塞尔·普鲁斯特期待一些神圣的东西，所以真理才激起了他的怒火，这吓坏了埃马纽埃尔·贝尔。贝尔用一些激烈的字眼①描绘了普鲁斯特叫喊着"出去！出去！"把他从家中赶走的场景。贝尔已经做好了结婚的准备，在普鲁斯特看来，他错失了真理。这是谵妄吗？或许，但真理会将自身赠与不爱它到谵妄程度的人吗？我再次回到这一激情的描写[24]："他的脸色已经很苍白，"贝尔写道，"愈发苍白。他的眼睛闪烁着怒火。他站起来，在盥洗室里整理好衣着。他不得不出去。我这才注意到这个病人活力充沛。之前，我都没有注意到。他的头发比我的黑得多，也厚得多，他的牙齿更结实，他沉重的下颌似乎可以大开大合，他的胸膛，毫无疑问地因哮喘而隆起，因此显得双肩更宽②。如果要打起来的话，正如我某一瞬间相信的那样，我没把握我会赢。"真理——以及正义——要求平静，但又只属于暴力的人。[25]

诚然，我们的激情时刻让我们远离了政治斗争的卑劣事实，但我们怎么能忘记，有时这一切的根源是，一种慷慨的愤怒激发了人民。它出人意料，但意义重大：普鲁斯特有一种于治安和人民的慷慨之间不可调和的突出性格。普鲁斯特，

① 出自 *Sylvia*, p.152。
② 我认为马塞尔·普鲁斯特的相片中最近的一张和这一令人有些困惑的描述非常相符。见 Georges Cattaui, *Marcel Proust*, Julliard, 1952, p.177。

带着对真理的狂热，表达了对正义的狂热，有一次，这一狂热攫住了他：当时，他想象自己"凭借着愤怒，全身心地回击最弱的人所受到的打击，就像那天他得知一个盗贼刚刚被告发，然后就被包围，经过拼死抵抗，被警察铐住，他希望自己足够强大，把那些警察杀了……"。① 这种反叛的运动，是普鲁斯特身上出人意料的部分，让我大为感动。我在其中看到了愤怒和明智之间的紧密相连，前者被长期的思考所扼杀，而后者没有愤怒也是徒劳的。如果愤怒的黑夜和明智的光亮没有最终重合，26 我们如何知悉这个世界？但所有这些碎片在顶峰聚合：我们把握了真理，它是由对立面，由善与恶共同构成的。27

---

① *Jean Santeuil*, t.I, p.318.

文学与恶

卡夫卡 [1]

要焚毁卡夫卡吗？

二战后不久，一份共产主义周刊（《行动》[*Action*]）发起了一项主题出人意料 [2] 的调查。要焚毁卡夫卡吗？他们问道。这个问题异常疯狂 [3]，因为在这一问题之前，他们并没有引入其他的问题 [4]，比如：要焚毁书籍吗？或是，笼统来说，焚毁哪类书籍？无论如何，编辑的选择是微妙的。我们不必再次强调《审判》的作者，就像有些人说的 [5]，是"我们这一时代最伟大的天才之一"。[6] 大量的回答表明这种大胆提问确有回音。甚至，在这份调查发布之前，《行动》早就收到过一个他们并没有公布的回答，那就是作者自己的，卡夫卡生前，或者至少在临终之时，被焚毁自己书籍的欲望搅得心神不宁。

在我的理解中，卡夫卡直到最后都没有从犹豫不决中走出来。首先，他自己写了这些书；我们必须想象从他开始写书到决定焚毁它们之间的那段时间。然后，他停留在了一个模棱两可的决定上，把焚烧的执行工作委托给了他的一个朋友，而这个朋友曾告诉过他：他拒绝这样做。然而，不表明这样一个表面坚决的意愿——要把他留下的都付之一炬——他是不会死的。

无论如何，焚毁卡夫卡作品的想法，不管是不是一种挑衅，都符合共产主义者的逻辑。[7] 这些假想的火焰可以帮助我们更好地理解这些书：这些是为火而生的书，是事实上注定要被焚烧的东西，它们存在就是为了**消失**，就好像它们已经化为乌有。

卡夫卡，应许之地与革命社会 [8]

在所有作家之中，卡夫卡可能是最机敏的那一个：他至少没有上当受骗！……首先，与很多现代作家相反，当一个作家正是他想要的。他明白**他想要的东西**，也就是文学，会拒绝给予他所期待的满足，但他仍没有停止写作。[9] 甚至无法说文学使他失望了。无论如何，与其他可能达成的目标相比，文学没有让他失望。我们可以认为，文学之于卡夫卡，就像应许之地之于摩西。[10]

关于摩西，卡夫卡这样说："……他在临终之时可以看到应许之地的说法是不可信的。这超凡的景象，除了表明人的生命在何种程度上只是不完整的一瞬之外，没有其他的意义，因为这种生命（等待应许之地）可以无限延续下去，除了一瞬之外，不会产生任何其他结果。不是因为摩西生命太短暂了，他才没有到达迦南，而是因为人的生命就是如此。"[①] 这不仅仅揭露了这一善行的虚妄，也揭露了所有无意义的目标的虚妄：**在时间之中**，目标并不会携带希望，就像鱼在水中，只是宇宙运动中的任意一点：**毕竟这涉及的是人的生命**。[11]

没有什么比这更有悖于共产主义立场了吧？关于共产主义，我们可以说，它是典型的行动，它是改变世界的行动。它的目标就是，在时间中，在将来的时间中，使被改变的世界服从于生存，服从于除了**这个世界应当被改变**这一目标以外没有别的意义的当下活动。就此而言，共产主义并没有引起任何原则上的困难。所有人都愿意使当下的时间服从于这一目标的强制力，没有人怀疑行动的价值，也没有人质疑行动的最终权威性。

严谨地看，还有一个微不足道的思考余地：我们暗自思

---

① *Journal intime.* 后附 *Esquisse d'une Autobiographie. Considérations sur le Péché. Méditations*，由皮埃尔·克洛索夫斯基译介，Grasset, 1949, p.189-190（19. 10. 1921）。

忖，行动不会妨碍生活……因此，行动的世界除了所瞄准的目标之外别无其他担忧。意图不同，目标也就不同，但目标的多样性，甚至对目标的反对，都会给个人留出一条合适的道路。只有脑子古怪，甚至近乎疯癫的人，才会抗拒目标，又不赞成另一个更正当的目标。卡夫卡自己首先想表达的是，摩西之所以成为嘲弄的对象，是因为根据预言，他在达成目标的那一刻就会死亡。他还合乎逻辑地补充道，令他感到沮丧的深层原因 [12] 是拥有"人的生命"。目标在时间中被推迟，而时间确实是有限的：这一点使卡夫卡把目标自身视为诱饵。

这显得十分悖论——并且完全与共产主义的态度背道而驰（卡夫卡的态度不光与那种如果革命没有发生，那就什么都不重要的政治关切相反）——因此我们应该再三考虑。[13]

卡夫卡纯粹的稚气

这一任务并不容易。

卡夫卡一直都在表达他的思想，当他明确地决定（在他的日记或是他记录想法的页面上）表达时，他会把每一个词都构建成陷阱（他建造了危险的建筑，在其上，词语并不根据逻辑组织起来，而是一个接着一个勇攀高峰，就好像它们只想要令人震惊、迷失，就好像它们是说给作者本人的，从震惊到错乱的过程似乎从不会让他厌倦）。

最徒劳的事莫过于给纯文学的写作赋予意义，在这些作品中，我们通常经历那些不存在的事，在最好的情况下，我们经历的是，一旦被勾勒出来就会退避，哪怕是以最羞怯的方式被肯定的事。[1]

我们首先要表达这样的保留意见。我们跟随的，不过是在迷宫中的一种普遍的指向，直到我们走出这迷宫之前，这一指向都不会显而易见：我认为可以简单地说，卡夫卡的作品展现出的，整体上是一种全然孩子气的态度。

在我看来，我们的世界的缺陷在于把孩子气视作单独的领域，这一领域在某种意义上而言，对我们来说并不陌生，但仍然存在于我们之外，它既不会自己构建，也不会自己宣告它的真相：它真正所是的东西。同样，通常而言，没有人会把错误视为真实的构建成分……"这是孩子气的"和"这是不严肃的"是同样的想法。但是说到孩子气，从一开始我们谁都是孩子气的，这话绝对毫无保留，甚至应该以最令人

---

[1] 我无法对向我提出疑问的约瑟夫·加贝尔（Josef Gabel）做出其他回应（见 Critique, n°78, nov.1953, p.959）。《俄克拉荷马露天剧场》（Cirque d'Oklahoma）*并不足以在卡夫卡的作品中引入一个历史性角度。

* 此处应指卡夫卡第三部未完成的长篇小说《美国》的最后一章。这一故事引发了许多关于《圣经》与犹太法典的、形而上学的问题。——译者注

惊讶的方式说：正是这样（通过孩子气），在新生的状态中，人类显现出其本质。严格来说，动物从来都是不是孩子气的，但年轻的人类不无激情地把成年人启发他的意义附加在另一个根本无法被归类的存在之上。这就是我们所依附的世界，最初，我们沉醉于它的纯真，直到享受乐趣：在其中，每一个事物都一度被中止赋予（在成年人追随的意义系统中）使其为**物**的存在之理由。

卡夫卡留下了编辑称之为"自传作品梗概"（«Esquisse d'une Autobiographie»）^①的东西。这些碎片仅限于童年和特定的痕迹。"一个在晚上正津津有味阅读故事书的小男孩，光讲道理无法让他明白应该停止阅读去睡觉。"[14]卡夫卡继续说："……这一切中最重要的是，对于疯狂阅读所遭受到的惩罚，我用自己的方式把它延伸到偷偷不做作业之上，正因如此，我走向了最令人沮丧的后果。"这位成年的作者坚持认为，惩罚施加于那些形成了"孩童特殊性"的爱好上：这种强制要么使得他"憎恨压迫者"，要么让他认为被禁止的特殊性毫无意义。他写道："……我对自己那些特殊性之一避而不谈，于是结果就是，我厌恶自己和自己的命运，我把自己视为坏的或是被诅咒的。"

---

① 发表于 *Journal…*, p.235–243。

《审判》(*Le Procès*)和《城堡》(*Le Château*)的读者不难识别卡夫卡小说创作的氛围。在他成年之后，紧接着阅读之罪而来的，是写作之罪。当涉及文学时，他身边人的态度，尤其是他父亲的，同对他看书的谴责相似。关于这点，米歇尔·卡鲁日（Michel Carrouges）所言极是："最令他难以忍受的，是对他最为深刻在意的事物采取轻蔑的态度……"卡夫卡谈及身边人残忍的蔑视时写道："我坐着，就如同过往那样关心家人……，但事实上，我被一下子驱逐出了社会……"[①]

孩子气状态的维持

卡夫卡性格中令人奇怪之处在于，他本质上渴望父亲理解他、认同他的阅读和之后好写作的孩子气，而不是把他自童年开始就与本质，与其存在之特殊性[15]相混淆的东西，逐出唯一不可摧毁的成人社会之外。对他来说，他的父亲代表着权威，只关心有效行动的价值。他的父亲象征着服从于当下生活的目标是至上的，大多数成年人的看法也是如此。卡夫卡，**稚气地**活着[16]，就像所有真正的作家一样，生活在与现

---

① Michel Carrouges, *Franz Kafka*, Labergerie, 1949, p.83.

实欲望相悖的至上论之下。诚然，他经受着办公室工作的折磨，但并不是没有怨言，即便不是针对那些迫使他这样的人，也至少是针对他的厄运。他一直感到被社会排除在外，这一社会雇佣他，却对他内心深处抱之以一种特殊激情的东西视若无睹——视作儿戏。父亲的回应显然表明他对卡夫卡投身的世界 [17] 完全不理解。1919 年，弗兰茨·卡夫卡写了一封信给父亲，但或许幸运的是，他并未寄出，我们只知道这封信的一些片段。[①] 他说："我曾是一个焦虑的孩子，但非常固执，就像所有孩子一样，我的母亲可能也溺爱我，然而，我不觉得我是很难对付的人，但我不认为亲切的只言片语、不声不响地表示'你牵好手'、善意的目光就可以从我这里得到所有他们想要的东西。你，你只会根据自己的秉性对待一个孩子，强力、暴怒、发脾气……你依靠自己的强力到达了一个你自己也无限确信的高位……你在场时，我就开始结巴……在你面前，我失去了自信，还反过来承担了无限的负罪感。某天，正是当回忆起这无限的负罪感时，我写下了某个人：'他害怕耻辱于他身故之后，尚可苟且偷生……' [②] 是你，我写作的所有内容涉及的都是你，不然的话，我该如何发泄我本应该倾

---

① 发表于 *Journal...*, p.39-49。

② 《审判》的主人公约瑟夫·K 很明显是作者本人的化身。

　　中译参见卡夫卡：《审判》，文泽尔译，天津人民出版社 2019 年版。——译者注

泻给你的埋怨？这是我一直自愿拖延的，对你的告辞……"

卡夫卡想把他整个的作品命名为："逃离父系控制范围的企图"。① 我们不要弄错了：卡夫卡从未想过要真正逃离。他想要的，是生活在这一范围之内——**作为被排除者**。从根本上说，他知道他被放逐。我们不能说他是被别人放逐的，而只能说，他自己放逐了自己。他放任自己成为利益活动、工业化和商业化的世界所无法忍受的存在，他想要存在于梦境般的稚气中。[18]

这里涉及的逃离与文学专栏所期望的逃离有着本质的区别：这是一次失败的逃离。甚至是一次必然失败，也欲求失败的逃离。通俗意义上的逃离所欠缺的，也就是将它限制在妥协、"装腔作势"中的，是一种深深的负罪感，是对不可摧毁的律法的触犯，是自我意识的无情的清醒。文学专栏的逃离者只是文学爱好者，他满足于娱乐；在自由即主权的严格意义上来说，他远未自由。要自由，他就得让统治他的社会承认自己如此。

在奥地利这一封建制度下的陈旧世界中，唯一会认可这位年轻的犹太人的社会是父亲的商业领域，这一领域排除了爱好文学的附庸风雅者的把戏。卡夫卡父亲的势力所在的领

---

① Carrouges, *op. cit.*, p.85.

域，毫无争议地证实了这一点，它宣称工作上严峻的竞争，并不容许任性，这种反复无常的孩子气在童年时还算可以忍受，甚至会被喜爱，但在原则上仍然受谴责。卡夫卡的态度现在可以明确了，他极端的性格会被指责。他不仅要被一个没可能认可他的权威认可（因为，他对此毫无保留地下定决心，绝不让步），并且他从来都没有意向要打败这个权威，甚至连反对它的想法都没有。他并不想反对这个把他生活的可能性抽走的父亲，他也不想自己成为**成人和父亲**。他以自己的方式，为进入这一父亲的社会，并享有充分的权利而殊死斗争，但他只有以这样的方式才能被这一社会准入：**让自己仍然是那个不负责任的孩子**。

他毫不退让地继续着一场绝望的战斗，直到生命的最后一口气。他从未抱有希望：唯一的出路就是全然抛弃特殊性（任性、孩子气），通过死亡来回归父亲的世界。他自己在1917年时提出在他的小说中也不断提及的解决方案："所以，我把自身托付给**死亡**。信仰的剩余。**回归父亲**。伟大的和解之日。"[1] 在他看来，[19] 至少轮到他做出父亲的行动的方式就是结婚。然而，他尽管有理由十分正当的愿望，却依旧逃避：他曾两次解除婚约。他"与过往的几代人隔绝"地活着，"他

---

[1]　Carrouges, *op. cit.*, p.85. 强调为我所加。

无法……成为几代人新的起始"。

"我结婚的主要障碍,"他在《致父亲的信》中说道,"是我坚信,要保障一个家庭的存在,尤其是要领导这个家庭,就必须要有我在你身上看到的一些品质……"用我们的话说就是,要成为你,背离我。

卡夫卡在丑闻——稚气的、隐秘的——这些任性、极端的脾气的丢人之事,无视一切,不属于任何被承诺的幸福——和被实际地承诺给勤劳工作和男性气质权威的对幸福的追寻中做选择。他做出选择,因为他亲身检验过;他知道,即使不自我否定,也不在徒劳无益的工作机器中迷失,他至少也会有意识地维持它的运转。他选择的是他小说中的主人公抑制不住的任性,是他们的孩子气,他们惶惶不安的无忧无虑,他们令人不齿的行为和他们显而易见的谎言。总之,他想要一个没有理性的世界的存在,在这一世界中,意义失序,并成为主权性的存在,只有当它召唤死亡时才可能的存在[20]。

没有脱身之计,也没有缺点,他想要这样的世界,拒绝以伪装为代价给予他的选择的主权价值任何好运。他从不迂回地为只有在无权时才是主权的东西争取严肃的特权。律法和权力所保障的任性,不是动物园里的猛兽行为又是什么呢?他感受到,任性的真相与真实性,要求的是病痛,直至死亡的混乱失常。当莫里斯·布朗肖谈及权利时,他说,权利是关于行动的事，"艺术（任性）无权反对行动"。^① 世界不可避免地是属于那些被赋予了**应许之地**的人的财产，如果需要的话，他们会一起工作和斗争，使之到来。是卡夫卡沉默和绝望的力量——他并不想反对否认他生存的可能性的权威，他远离了集体的错误——使得他在面对权威时也参与竞争。如果说他是最后的胜利者，那么那个拒绝压迫的人会反过来，对于他自己和别人而言，变得和他要打倒的人，也就是那个负责压迫的人相似。²¹ 在他们胜利之后，稚气的生活，以及主权式的、毫无算计的任性就无法存续了。主权仅在这一种情况下才存在：没有权力的效率——效率也就是行动，也就是将来之于当下的优先性，应许之地的优先性。诚然，并不以摧毁残忍的敌人为目标的斗争是最艰难的，这等同于献身赴死。为了坚持下去且不背叛自己，就要毫无保留地展开一场严峻且令人焦虑的斗争：这是保持谵妄的纯洁性的唯一机会，这一纯洁性与逻辑的意图毫无关联，在行动的系统里显得不合实际。这一纯洁性让他小说中的主人公陷入日益增长的负罪感的泥潭当中。还有人比《城堡》中的 K 和《审判》中的约瑟夫·K 更加稚气、更加不言而喻地不合时宜吗？这两个双面一体的人物，"两本书里的同一个人物"，在暗中挑

① *La Part du feu*, Gallimard, 1949.

　　　　　　　　　　　　　　　　　　　　　　　　文学与恶

衅，毫无算计、毫无理由地挑衅：脱离常轨的任性和盲目的固执使他们一败涂地。"他期待冷酷无情的权威良心发现，他在旅舍的大厅（接待官员的旅舍）、在校园正中、在律师事务所……在法院庭审席上表现得像最胆大妄为的放荡者。"① 在《判决》(Le Verdict) 中，父亲沦为儿子奚落的对象，但他始终确信，严重地、越界地、致命地、不由自主地破坏他目标的权威性，是要付出代价的；混乱的引入者，放出猎犬而不给自己找好藏身之处，自身便也会在黑暗中被打败，且首当其冲。或许这就是所有主权之人的命运，所有主权性的东西都无法持续存在，除非是在自身的否定（最精细的算计和一切都被推翻，有的只是奴役以及算计对象的当下优先性）或死亡持续的瞬间中。死亡是唯一避免主权废止的方法。在死亡中没有奴役；在死亡中，**空无一物**。

弗兰茨·卡夫卡的欢乐天地

卡夫卡没有谈及过主权性的生活，相反，即使在最任性的时候，这种生活也是持续忧伤的。[22]《审判》与《城堡》中

---

① Carrouges, *op. cit.*, p.26.

的色情是一种没有爱情、没有欲望、没有强力的色情，一种无论如何都要极力避免的荒漠般的色情。① 但是一切都错综交杂。1922 年，卡夫卡在《日记》中写道："当我还感到满足时，我想要变得不满，我会用尽各种可以接触到的本世纪的或是传统的办法把自己推向不满：目前，我想要回到我最初的状态。因此，我永远感到不满，甚至不满于我的不满状态。奇怪的是，伴随着相当的系统化，一些现实仍然从这一喜剧中诞生出来。我精神的衰弱是从孩子气的游戏中开始的，而且是刻意的孩子气。比如，我模仿面部的抽搐，我双手交叉放在脑袋后面散步，令人厌恶的孩子气，但很成功。我文学表达的变化同样如此，这一变化后来不幸中断了。如果说迫使不幸发生是可行的，那就应该能够迫使它发生。"② 不过在另一处，还有这样一个没有日期的片段："……我期待的并不是胜利，使我愉悦的也并非斗争，只有当它成为唯一要做事情时，才使我愉悦。像这样，斗争使我充满喜悦，这种喜悦溢出了我的享乐能力或天赋能力，或许，最终使我屈从的是喜悦，而非斗争。"③

总之，他希望通过不幸来自我满足：这不幸最大的秘密

---

① Carrouges, *op. cit.*, p.26–27.
② *Journal...*, p.203.
③ *Ibid.*, p.219–220.

　　　　　　　　　　　　　　　　　　　　文学与恶

就是一种如此强烈的快乐，以至于他说，可以因此而死。[23]
我把后面的片段摘录下来："他把头靠在一边：在脖子上，一
处伤口绽开，血肉沸腾，那是被一道仍在持续的闪电所击中
的。"[①] 这耀眼的闪电——持续的闪电——或许比之前凝沉的氛
围更有含义。[24] 这个令人意外的问题被嵌在（1917 年的）日
记中："我从未……能明白，任何会写作的人，是如何可能在
痛苦中把痛苦客观化的，比如说在不幸中，即便我的头脑因
不幸而烧灼，我仍可以坐下来，用写的来告诉任何一个人：
我很不幸。我甚至可以更进一步，发挥和不幸没有什么共通
之处的天赋，使用各种华丽的辞藻，以简单或反衬的方式，
或是用联想的交相配合在这一主题上即兴发挥。不过，这并
非谎言，也不是在缓和痛苦，而是力量的过度，被恩赐的过
度，即使在某一刻，痛苦把我深处的所有力量都明显耗尽了，
它仍在生吞活剥我。所以这一过度是什么呢？"[②] 我们重复一下
这个问题：这一过度是什么呢？

　　在卡夫卡的小说中，很少有人对《判决》有兴趣[25]：

　　"这个故事，"1912 年 9 月 23 日的日记写道，"是我在 22
日晚上 10 点到 23 日早上 6 点一气呵成的。我久坐得腿都僵
了，好不容易才从桌下把腿抽了出来。我付出了努力，看着

---

① *Journal...*, p.220.
② *Ibid.*, p.184.

故事在我眼前展开，看着自己乘风破浪，同时也体验到了强烈的快乐。在那天夜里，我好几次背负重担。怎么样把所有东西都说明白，怎么样让所有想法浮上心头，一场大火准备好了，把所有最奇怪的想法付诸其中，烧灭和重生……"①

"这部小说，"卡鲁日说道，"讲的是一个年轻人与父亲就一个朋友的生存而争吵，最终因绝望而自杀。关于争吵的描写篇幅很长，但他只用了短短几行向我们说明这个年轻人是怎么自杀的：

> 他冲出门，跨越电车轨道，无法阻挡地冲向水边。他抓着护栏，像饥饿的人扑向食物一样。他以一个老练的体操运动员的方式越过栏杆，他曾经练过这个，为了使父母骄傲。有一瞬间，手上的劲儿弱了，但他仍然保持姿态，伺机等待，在栏杆之间，一辆公交车的经过能轻而易举地盖过他落水的声音，于是他微弱地喊道：'亲爱的父亲母亲，我始终都爱着你们！'然后就掉入了空无之中。
>
> 在那一刻，桥上的车辆来往不绝。"②

---

① *Journal...*, p.173.
② *Op. cit.*, p.27–28.

文学与恶

米歇尔·卡鲁日强调最后一句话的诗意价值，非常有他的道理。卡夫卡本人也向虔诚的马克斯·布罗德（Max Brod）讲过另一层意思："你知道最后一句话的意思吗？我写的时候想到的是一次猛烈的射精。"[①] 这"奇特的声明"会让人隐约瞥见"色情的底色"吗？它是否意味着"在写作的动作中，存在着某种对在父亲面前失败的补偿，对在理想中无法传达生活的失败的补偿"？[②] 我不知道，但是借助这一"声明"，这句重要的话表达了喜悦的主权，[26] 从存在到**无**的主权性滑动，**他者**对于他来说，正是这无。

这一喜悦的主权，其代价就是死亡[③]。在此之前的是焦虑——如同意识到结局的宿命，体会到了谴责的那一刻的陶醉，和死亡带来的眩晕。但是，不幸并不仅仅意味着惩罚[28]。格奥尔格·本德曼的死对于和他极为相似的卡夫卡来说，有着幸福的意义：心甘情愿的谴责使得激起它的过

---

① Carrouges, *op. cit.*, p.103.

② *Ibid.*

③ 我认为应该在此引用另一本书中的一句话："我们只是错误地在根本上关注着存在从一种形式向另一种形式的过渡。我们的衰弱要求我们将他者视为仿佛仅仅存在于**外部**，但他们的**内在性**并不比我们少。如果我们考虑到死亡，它所留下的空无萦绕着我们个人的忧虑，而世界却仅仅由充实构成。但不真实的死亡留下了空无感，它又同时使我们焦虑，并吸引着我们，因为这一空无是在存在的完满之下的。"**无**或者**空无**，又或者**他者**，都以同样的方式与一种普遍的完满相关——**不可知者**。[27]

度延续，但谴责又通过给予父亲无限的爱与尊重而消除了焦虑。没有其他的方式可以同时做到极端地尊敬父亲，又故意缺乏尊敬。主权就是要付出这样的代价，它只能自我赋予死亡的权利：它无法行动，无法要求只有行动才能拥有的权利，而行动从来都不真正拥有主权，因为它固有的卑微只寻求结果，因此总是处于从属地位。在这种死亡与愉快的勾结中，会有什么出人意料的东西吗？[29]但愉快——使人满意，不用算计，也反对任何算计——是主权式存在的特殊性或标志，其必然后果是死亡，但后者也是获得愉快的方式。

就是这样。并不是在色情的时刻才产生火花和喜悦的。如果有色情的存在，那是为了保证混乱。就像模仿面部的抽搐一样，卡夫卡小时候借此来"迫使不幸发生"。只有叠加的不幸，和决然无法捍卫的生活，才带来了斗争的必然性和扼住喉咙的焦虑，没有后者，过度和恩典就不会产生。不幸、罪孽自身就是一种斗争；斗争，其意义本身就难能可贵，不依赖于任何的结果。没有焦虑，斗争就不会是"唯一要做的事"，于是，卡夫卡就处在"充满喜悦……溢出了我的享乐能力或天赋能力的喜悦"的不幸之中——一种极为强烈的喜悦，正是在此——而非在斗争中——他期待着**死亡**。

　　　　　　　　　　　　　　　　　　　文学与恶

孩童幸福的洋溢处在死亡的主权性自由运动中

在名为《中国长城》(*La Muraille de Chine*)的文集中,《童年》(*Enfances*)这个故事[1] 提供了卡夫卡幸福洋溢的悖论性面向。就像他所有时期的叙事作品一样,这里的一切都并未坚实地建立在既定的秩序之上,建立在可以被确认的关系之上。从来都像风中零星的散雾一样,时而缓慢,时而快速;从来都没有清晰可见的目标,不会给如此被动的主权界限的缺席赋予意义。卡夫卡,作为孩童的卡夫卡加入了游戏伙伴们的行列。

他写道:"我们一头扎进暮色里。哪管白天与黑夜。不一会儿,我们的背心纽扣就像牙齿一样互相磕碰;不一会儿,我们保持着相同的距离跑着,像热带动物一样吐着热气。我们仿佛古战场上身穿甲胄的骑兵,高高地坐在马上,蹄声嘚嘚,你追我赶,冲下短短的巷子,就这样跑着冲上了乡村大道。个别人踩进街沟里了,别的人刚一消失在黑暗的斜坡前,就已像陌生人一样,站在田间小路上俯视着……"[2]

这样的对立(由此,太阳是无法穿透的迷雾的对立面,

---

[1]　Trad. De J. Carrive et A. Vialatte, Gallimard, 1950, p.67–71.

[2]　中译参见卡夫卡:《乡村大道上的孩子们》,选自《卡夫卡小说全集(III)》,杨劲译,人民文学出版社 2003 年版,第 4 页。——译者注

但同时也是迷雾被遮蔽的真相）或许可以阐明这部看起来悲伤的作品。[30] 他主权性的冲动，童年时呐喊出的快乐，后来转变为被死亡吞并的运动。只有死亡如此无边无际，可以脱离"追随目标的行动"，可以刺激但同时掩盖卡夫卡狂乱的性情。换而言之，在对死亡的接受中，附属于目标的有效行动的主要权利得到了承认，但也给他规定了死亡的界限：在这界限之内，主权性的态度，也就是在电光火石间不为任何目标也不欲求任何东西的态度，又恢复到了最后的迷失所给予他的完满的状态：当他越过栏杆，那猛地一冲就是他漂浮不定的童年的闪现。主权性的态度是有罪的，同时也是不幸的：这一态度尝试逃离死亡，但在死亡的那一瞬间，无法抗拒地，童年狂热的运动又一次沉湎于无用的自由中。不可还原的生者，拒绝死亡所规定的东西，而只有死亡可以让步于行动充分的权威[31]，却不受其罪。

共产主义者敌意的正当性

我们可以极为严谨地分辨卡夫卡作品中，**社会、家庭**和**性**的面向，最后还有**宗教**的面向。但是这样的区分使我感到烦扰，或许是没有必要的：我想要先介绍一种看待的方式，

文学与恶

以这种方式去看，这些多重面向是融为一体的。弗兰茨·卡夫卡叙事的社会特殊性大概只能通过笼统的表征方式来把握。可以看到《城堡》中"失业者的经历"，或是"被迫害的犹太人的经历"；《审判》中"官僚主义时代下被告人的经历"；将其与鲁塞的《集中营世界》（*L'Univers concentrationnaire*）里那些难以忘怀的叙事做对比，不是完全没有道理的。但这却让卡鲁日去思考共产主义者的敌意，他也确实这样做了。他对我们说："把卡夫卡从反革命的指控中解除是一件容易的事，只要我们愿意承认他仅仅描绘了资本主义的地狱，就像我们愿意承认别人一样。"[1] 他还说："卡夫卡的态度之所以在许多革命者看来这么可憎，不是因为他没有明确质疑资产阶级的官僚和司法制度，他们非常想要取缔这些，而是因为，他质疑所有形式的官僚主义和虚伪的正义。"[2] 卡夫卡是否想要指控尤其是那些我们应该用别的更人道的制度所取代的制度呢？[32] 卡鲁日继续写道："他并不建议反抗吗？他也不鼓吹反抗，他只是察觉到对人的压迫：由读者自己去从中得出结论！那怎么样不去反抗妨碍土地测量员进行工作的可憎权力呢？"相反，我想到，在《城堡》中，反抗的想法本身[33]被抽离了。卡鲁日知道这点，他还在后面写道："人们能对卡夫卡

---

[1] Carrouges, *op. cit.*, p.76.

[2] *Ibid.*, p.77.

提出的唯一的批判……就是对所有的革命行动都抱有怀疑主义态度，因为他提出的问题不是政治的问题，而是人道的问题，永恒的后-革命的问题。"① 仅仅把怀疑主义和卡夫卡的问题放置在政治人道主义行动与言说的层面上 [34] 讨论其意义是不够的。

共产主义者的敌视态度并不出人意料，这与理解卡夫卡的一种基本方式有关。

我将更进一步。卡夫卡在他父亲的权威面前的态度，其意义仅在于，这一一般性权威来自**有效活动**。显然，严格意义上而言，在理性的共产主义系统上建立的有效活动，是解决所有问题的办法，但是这一活动既不能绝对地谴责，也不能在实践中容忍明确的主权性态度，这一态度认为，当下时刻与接下来要发生的事毫无关联。这一困难对于遵守唯一理性的政党来说是很大的，在奢侈、无用的生活和孩子气显露其中的不合理价值内，他们只看到隐藏的特殊利益。[35] 在共产主义的框架内唯一得到承认的主权性态度，就是孩子的态度，但是仅限于**未成年**的形式。[36] 对于没有被严肃培养成人的孩子来说，这一态度是特许的。如果成人赋予孩子气以重要的意义，如果他用一种尝试触及主权价值的态度来从事文学，

①　Carrouges, *op. cit.*, p.77–78.

文学与恶

在共产主义社会里就没有他的位置。在一个资产阶级个人主义被驱逐的世界里，成年的卡夫卡无法解释的、幼稚的性情，是无法被辩护的。共产主义原则上而言是完成的否定性，是卡夫卡意义的反面。

但，卡夫卡自己是同意的

他没有任何能肯定的东西，也无法以任何名义说话：他什么都不是，他只是在有效活动谴责他的情况下，拒绝有效活动。这就是为什么他在否定他的权威前低头屈服，即便他屈服的方式比叫喊出来的肯定要更加激烈；他在爱与死亡中屈服，在以爱与死亡的寂静来对抗无法使他让步的东西的同时屈服，因为即便有爱与死亡也无法让步的**无**，才**主权性地**是其所是。①

---

① 见前文。

热　内 [1]

热内及萨特关于他的研究 [2]

　　"一个弃儿，从很小的年纪开始就表现出恶劣的天性，从收养他的贫苦农民那里偷东西。他受人谴责，但仍死性不改，从他本该被关在里面的儿童教管所逃走，变本加厉地偷盗行窃，而且他还卖淫。他生活在苦难之中，乞讨，偷窃，与所有人睡觉，又背叛所有人，但没有什么能阻止他的热忱：这是他选择献身于恶的时刻；他决定在任何情况下都要干最坏的事，由于他发现最大的罪行不是作恶，而是表达恶，所以他在监狱里写了一些为恶辩护的作品，它们受到了法律的审查。也正因为如此，他要逃离卑劣、苦难和监狱。他的书被印刷出来，供人阅读，一位被授予荣誉勋位勋章的导演在自己的剧院里上演了他的一部煽动谋杀的戏剧；共和国总统赦免了他因最近的犯罪而导致的刑罚，只是因为他在书中夸耀自己所犯的罪行；而且，当有人把他最近的一个受害者介绍

给他时，那位受害者对他说：'我太荣幸了，先生。请您费心继续写下去吧。'" ①

萨特接着写道："你们认为这个故事是虚构的：但这就是发生在热内身上的事。"

没有什么比《小偷日记》(*Journal du voleur*)的作者本人及其作品更让人惊奇的了。让-保罗·萨特，在今天为他撰写了一部长篇巨著，我将毫不犹豫地说，很少有其他作品比这更值得关注。一切都有助于使这本书成为一座里程碑：首先是它的广博，还有作者在其中表现出的过人智慧，主题的新颖和令人震惊的关注点，但也有使人窒息的挑衅以及反复思索所带来的跌宕起伏，有时候让人难以置信。³ 这本书的结尾处给人留下了混乱的灾祸感和普遍的欺世感，但它也揭示了当前人类的处境：拒绝一切、反叛、外在于自身。⁴

萨特确信智识的统治，但施行这一统治，在这一四分五裂和处于等候状态的时代，即便在他的眼中也意义不大，他给了我们《圣热内》(*Saint Genet*)，最终写了这本书来表现他。他的缺陷从未如此明显：他从未在自己的思想上磕磕绊

<hr />

① Jean-Paul Sartre, *Saint Genet, comédien et martyr*, Gallimard, 1952, p.253（*Œuvres complètes de Jean Genet*, t.I）. 萨特用一句话扼要地介绍了这本传记："这是为黑色幽默选集所编撰的故事。"

文学与恶

绊这么久，也从来没有这么沉浸封闭在自己隐蔽的陶醉中，这陶醉被幸运所迁就，穿越并暗自照亮了生活：得意地描绘恐怖的部分，显示了这种心境。[5]反复思索在某种程度上是避开老路的方法所导致的效果。另外，我认为，强行压抑天真的幸福时刻是没有道理的，天真所包裹的幸福的是**醒悟**的反面。在这一意义上，虽然我有时会感到惊讶，即便是在笑的时候，我也不拒绝受悲伤愿求的传染，使心灵脱离休憩的诱惑。总之，在《圣热内》的论述过程中，我最欣赏的就是对于"无意义"（nullité）的狂热，对否定最吸引人的价值的狂热，不断更新的对卑劣的描绘令这一狂热达致至臻的境地。即便是从让·热内的角度去谈其中的乐趣，这类对恶行的描写还是多少有些使人不安，但是从哲学家的角度呢？……在我看来，这里涉及的是——至少部分的确如此——对可能性的漠然和对毫无乐趣的不可能性的敞开。

我不仅把这本长篇巨著看作这一时代最宝贵的书之一，还把它看作萨特的杰作，他没有哪本书写得比这本更为出彩，也没有什么可以如此有力地从平庸思想的淤泥中跳脱出来。让·热内怪诞的书是一个有利的起点：这些书使萨特可以充分利用冲突的效果，和于他而言结果可控的骚乱。通过他的研究对象，他知道如何发挥调动最棘手的力量。不得不这样说，是因为《圣热内》远非一个哲学家的重要作品。萨特以这样的方式谈论这个作品，以至于我们完全有理由搞错。他对我们说，热内"允许公开出版他的全集，并附上传记式和评论的前言，就像法国大作家丛书中帕斯卡尔和伏尔泰的文集一样"①……我将略过萨特把这位作家搬上神坛的意图——他无疑是天赋异禀且独特的，但从人性的角度看，又有点令人不安：在所有人眼中[6]，他远不能与最伟大的作家[7]相提并论。热内也许是迷恋的牺牲者；剥去对文学附庸风雅的光环，只有热内本身更值得关注。我不再强调了。无论如何，把萨特体量庞大的研究看作一个单纯的序言是没有道理的[8]。即便假设他并无更深远的意图，这一文学工作也仍然是一个哲学家对恶的问题所进行的最为自由、最为冒险的研究[9]。

为恶毫无保留的祝圣

　　这首先（但不仅仅）取决于让·热内的经验，这一经验是为恶祝圣的根基。让·热内企图寻求恶，就像其他人企图寻求善一样。这是一种经验，它的荒谬性显而易见。萨特说得很清楚：在我们把恶当作善的情况下，我们就会寻求恶。致命的是，这样的寻求会令人失望，或者变成一场闹剧。但

----

① J.-P. Sartre, *Saint Genet, comédien et martyr*s（以下简称 *S. G.*），p.258。

是，即使它注定要失败，也不会就此变得无趣。

　　这首先是那些被社会排斥之人的反抗形式。让·热内被母亲遗弃、由公共援助机构养大，由于天资聪颖[10]，他更加不可能融入道德社会。他四处偷盗，于是监狱，首先是少管所，成了他的命运。被公道的社会所排斥的这些人，如果他们没有"推翻现有秩序的方式的话……，也就不会构想其他的了"，而他们又无比认可"特权阶级的价值、文化和风尚……：道理很简单，与其在羞愧中带着污迹，他们不如用骄傲来装点"。一位黑人诗人说："肮脏的黑鬼。好吧！是的，我是一个肮脏的黑人，我更喜欢我的黑人气质，而不是你皮肤的白皙。"[①] 萨特在这种第一反应中看到了"反抗的伦理阶段"[②]：这一反应止步于"尊严"。但是这里涉及的**尊严**是与共同的尊严相对立的，让·热内的尊严是"对恶的诉求"。他并不会以萨特那种易怒的率真直言："我们卑劣的社会。"对于他而言，社会并不是**卑劣的**。如果我们把合理的蔑视放在对精确度的关注之上，我们可以这样给社会定性；作为一个极为讲究的人，我心里还是会说："这是一个装满了排泄物的垃圾袋。"如果社会不是虚弱无力的，它就会摒弃它认为卑劣的东西。对于热内来说，卑劣的不是社会，而是他自己：他通

---

①　*S. G.*, p.59–60.

②　*Ibid.*, p.60.

过他**所是**，通过他被动所是者——他甚至引以为傲[11]——来定义卑劣。此外，社会被指控的卑劣不值一提，它是表面堕落的人干出来的事情，他们的行动总是有着"肯定性的内核"。如果这些人能够通过诚实的手段达到同样的目的，他们还是会更倾向于这些手段：热内欲求着卑劣，即使它只带来痛苦，他是为了卑劣而卑劣，超脱于卑劣带来的便利之上。他出于对卑劣的令人眩晕的癖好而欲求它，他沉溺迷失于此，不亚于神秘主义者在狂喜中走向上帝。

恶的主权性和神圣性

这一比较可能会出人意料，但它如此令人信服，以至于萨特在引用让·热内的一句话时嚷道："这难道听起来不像是神秘主义者在枯燥无味时的抱怨吗？"① 这符合热内对神圣性的根本向往，他说，这个词把对丑恶的喜好掺杂到神圣的事物里，它是"法语里最美的词"。这也阐明了萨特给他的书起的题目：《"圣"热内》。对至高无上的恶的偏好事实上是和对至高无上的善的偏好联系在一起的，两者因对方所追求的严密性而相连。但我们不能误解这一严密性的说法，让·热内的

---

① *S. G.*, p.108.

　　　　　　　　　　　　　　　文学与恶

尊严或**神圣性**从来没有其他的含义：卑劣是其唯一的路径。[12]
这种神圣性是属于小丑的神圣性，浓妆艳抹成一个女人，因成为嘲弄的对象而高兴。热内把自己描绘成一个可怜虫，戴着假发，卖淫，周围是和他相似的配角，用假珍珠做的男爵夫人头冠来装点自己。当头冠掉下来，珍珠散落一地的时候，他从嘴巴里拿出一副假牙，把它戴在头上，嘴唇瘪着叫喊道："好啦，女士们！反正我还会是女王！"[①] 这是因为对这种恐怖的神圣性的追求与对一种**可笑的主权性**的癖好相关联。被恶激化的意志，通过揭示神圣的深刻含义展现，这一含义只有在颠覆中才如此重大。[13] 在这种恐怖中，有热内自己所尝试表达的眩晕和禁欲主义："库拉富罗瓦和神女，情趣细腻，总是被迫去爱他们厌恶的事物，这构成了他们神圣性的一部分，因为这是放弃。"[②] 热内关切主权性和主权的存在，对爱主权者，触碰他以及被他浸润的关切使热内着迷。

这种基本的主权性有着不同且具有欺骗性的面向。萨特赋予了它宏大的一面，与热内的羞耻截然不同，后者诚然不过是羞耻的反面，但又的确是羞耻本身。[14] 萨特说："恶的体验，是贵族式的**我思**（cogito），这种我思为意识揭露了它面

---

① 见 *Notre-Dame-des-Fleurs, Œuvres complètes*, t. II. 萨特用很长一段文字分析了这一加冕的方式。

② *Notre-Dame-des-Fleurs*, p.79.

对存在的独特性。我愿成为野兽、风暴，人类的一切对我来说都是陌生的，我僭越人类制定的所有法律，我践踏所有价值准则，没有什么东西可以定义我或限制我；但我存在，我将是消灭所有生命的寒流。"① 听起来有些空洞？或许吧！但这些话却无法与热内赋予主权性最强烈、最肮脏的意味分开[15]："我十六岁……在我心里，没有任何地方可以安放我纯真的感受。我认识到自己是他们眼中的懦夫、叛徒、小偷、基佬……我意识到自己是由这些肮脏的东西组成的，这使我惊愕。我变得卑劣。"② 萨特完全注意到并理解了让·热内的人格中所固有的王室气质。所以他说："他总是将监狱比作宫殿，因为他自认为是深思熟虑且令人畏惧的君王，就像那些古代的君主，无法逾越的高墙、禁忌，以及神圣的双重性，将他们与自己的臣民截然区隔。"③ 这种模糊、随意和嘲讽的对比印证了萨特对于主权性问题的冷漠[16]。④ 但是，将自己与对一切价值的否定捆绑在一起的热内，还是为至高无上的价值，为神圣

---

① *S. G.*, p.221.

② 萨特所引用。*S. G.*, p.79.

③ *S. G.*, p.343.

④ 主权性没有像神圣性那样刺激他，他把神圣性的气味和排泄物联系到一起。他看到其中的双重性，但他把它入了粪便使他产生的恶心里，"无论别人对此怎么说"。他甚至还用无法辩驳的字眼谈论主权性。他说："如果罪犯头脑清醒，他就会想要从始至终都当个恶人。这说明他建立了一个使暴力正当化的系统：但这样暴力会失去其主权性。"（p.223）但是，他并不关心每个人通常要面对的主权性问题（而每个人为了自身，都应该达到它）。

文学与恶

的、主权的和神化的价值所蛊惑。就这一词的一般意义而言，他或许不是真诚的——真诚，他从来都不是，也从来都做不到——但当他说囚车被一种"傲慢的不幸魅力"、被"王室的不幸"装点，当他看到"一辆载着权贵的马车，它载着（他）穿过躬身致以敬意的人群，渐渐消失"[①]时，他为此深深着迷。被嘲讽的宿命——热内所**遭受**的嘲讽远胜于他**想要**的——但这种嘲讽并不妨碍他看到惩罚与主权之间悲剧性的联系：热内只能在恶中成为主权者，主权本身也许就是恶，这一恶因为受到惩罚而更加确定是恶。但偷盗远没有杀人能得到的声望多，坐牢和上断头台相比也是如此。罪的真正王权是属于那些被处决的杀人犯[17]的。热内努力用想象力和看似武断的方式赞颂王权，在监狱里，他不顾关禁闭的惩罚，大声喊叫："我在铁骑上高贵地生活……我进入他人的生活就像一位西班牙的最高贵族进入塞维利亚大教堂一样。"[②]他的虚张声势脆弱但又意味深远。[18]如果处处都充满死亡，如果罪犯造成了死亡又等待着接受死亡，他的忧伤便会让位给他认为是完满的主权性；或许这不过是一场骗局，但在毫无魅力和幸福的**感知**之外，人类世界不全部都是想象和虚构的结果吗？这一结果往往令人惊叹，更多时候令人焦虑。从社会层面上看，哈卡

[①] *Miracle de la rose, O. C.*, II, p.190–191.

[②] *Miracle de la rose*, p.212.

蒙在他牢房里的气势更加微妙，不如路易十六在凡尔赛宫的气势，但它是以同样的方式建立的。热内很少放弃使用华丽的辞藻，但当他说在幽暗囚室中的哈卡蒙像一个"不愿见人的达赖喇嘛"①时，即便庄严，华丽的辞藻也暗淡了下来……谁能抵挡这短短的一句话所带来的不安呢？它刻画了杀人犯死刑时的讽喻场面20："我们为他挂起的黑旗，甚至比国王被谋杀的国家首都还要多。"②

不亚于对神圣性的迷恋，这种对王室尊严的迷恋也是热内作品的一个主题。我再举些例子。关于梅特雷少管所的"少年犯"，热内写道："他只说一个词就可以使他脱离少年犯的身份，且给自己披上华服。这是一个国王。"③他在另一处说："在牛背上吹哨的少年们，在他们的头顶光晕环绕，人

---

① 被庄重掩盖……但依然华丽。19 以下是整段话："正是在这间牢房的深处，我想象他像不愿见人的达赖喇嘛一样无坚不摧，无处不在，在整个中心监狱中传播出那些混杂着忧愁和欢乐的电波。这是一个肩上担负着重任和如此一部杰作的演员，人们都能听到嘎巴嘎巴的声音。纤维在断裂。我出神的心境中掠过一丝轻微的震颤，一种波动起伏，那是我同时交替着出现的畏惧和敬佩。"(*Ibid.*, p.217.)
中译参见让·热内:《玫瑰奇迹》，余中先译，浙江文艺出版社 2006 年版，第 44 页。译文有所增改。——译者注

② *Ibid.*, p.390.

③ *Ibid.*, p.329.

们可以看到一项王冠。"① 关于出卖朋友的小脚宝贝，他写道：
"他遇到的人……不认识他……把一种不连续的、短暂的主权
授予这位陌生人，他身上得到的所有这些主权的碎片将使他
在垂危之日成为一个主权者。"② 史蒂利达诺，有天，一只虱子
爬上了他的脖子，另一人说："我看到一个漂亮虱子爬到了你
身上"，他也是一个王，一个"郊区君王"③。在所有这些人中
间，梅特雷的少年犯梅塔耶，"由于他自己塑造的主权理念，
拥有王室的气派"④。十八岁的梅塔耶，长相丑陋，浑身长满了
红色的脓包，他"对最关注他的人，特别是对我说，他是法
国国王的后代……""没有人，"热内补充说，"研究过儿童身
上的王室思想。然而，我必须说，没有一个孩子在看到拉维
塞或巴耶特的《法国史》时，或在看到任何其他书籍时，不
认为自己是王储或某个王族。路易十七越狱的传说，给了他
的遐想一个借口。梅塔耶避免不了这个事情。"但如果他没被
指控（或许是错误地被指控）泄密了一次越狱计划，梅塔耶
的故事就和罪犯身上的王室风范没有多大关系。"无论真假，"
热内说，"这样一种指控是可怕的。人因被怀疑而受到残酷的

---

① *Notre-Dame-des-Fleurs*, p.143.
② *Ibid.*, p.141.
③ *Journal du voleur*, p.3.
④ *Miracle de la rose*, p.349–350.

惩罚。人们处决他。王子被处决。三十个孩子围着他喊叫，比巴黎公开处决期间坐在断头台旁的妇女对前人的攻击还甚。在总是生成于风暴中的寂静的孔洞之间，我们听到他低声细语：——人们也是这样对基督的。他并没有哭泣，但是他突然以一种庄严的君主姿态端坐着，就好像他听到上帝本人对他说：'你将是国王，但你头顶紧戴之冠将是烧红的铁。'**我看到他了**。① 我爱他。"热内那有点矫揉造作但却真实的激情，把这种喜剧（或是悲剧）的王室风范与把假牙当王冠的神女的王室风范，在同一个真相和同一个谎言中联系了起来。即便是到了警察局，热内也没有不用歪门邪路的神秘主义 21 来装饰这种不祥而又具有主权性的尊严：警局，"魔鬼般 22 的机构，像葬礼仪式和丧葬装饰一样令人作呕，像王室荣耀一样奇异诱人"②。

滑向背叛与污秽的恶

这些**陈旧的**态度（它们是陈旧的，是因为看起来已经灭亡的过去在当下的表面上更为活跃了），我们在《小偷日记》最

---

① 强调为热内所加。
② *Journal du voleur*, p.200–201.

扭曲的部分里发现了它们的关键所在，作者在其中谈及了他和一个便衣警察的暧昧关系。（他说："有一天，他让我给他'找'几个男伴。我照他说的做了，我知道我对他的爱更深了一层。但关于这点，你们不必知道更多。"[①] 在这点上，萨特没有怀疑：热内喜欢背叛，他在背叛中看到了**最好的**和**最坏的**自己。）热内与他的情人贝尔纳迪尼（Bernadini）的一次谈话，揭示了问题的实质。他说："贝尔纳德（Bernard）知道我的生活，他从未因此责备过我。然而，有一次，他在试图为自己的警察身份辩护时，对我谈起了道德。单从美学角度考虑这一行为，我不会听他的。道德家的善意在他们所谓的我的恶念面前崩塌了（这时，热内也许暗示的是他与他的朋友萨特的对话）。如果他们能向我证明一种行为因其作的恶而令人生厌，那么只有我可以通过它在我心中激起的歌声，来裁决它的美和它的优雅；只有我可以拒绝或接受它。我不会被引回正轨。他们顶多可以在艺术上对我进行再教育，不过存在着教育者被我说服和被我拉拢的风险，如果美为**至**善和**至**恶两种品质所证明的话。[②]"

热内毫不犹豫地在权威面前屈从。[23] 但他知道自己是主权者。他所享有的这一主权是无法寻求的（它不是努力的结

---

① *Journal du voleur*, p.207-208.
② 强调为我所加。

果），它和恩典一样，是被启示的。热内在主权所激起的歌声中识别出它。激起歌声的美是对法律的违犯，对禁忌的违犯，这也是主权的本质。[24] 主权就是在对死亡的漠视中，凌驾于维持生命的法律之上的权力。它与神圣性只有外表上的区分，圣人是为死亡所引诱的人，而国王则是引诱它降临于自身之上的人。另外，我们决不能忘记，"圣"（saint）的意思就是"不可触犯的"（sacré），"不可触犯的"指向了禁令，后者是暴力和危险的，只要和它接触就宣告了毁灭：这就是恶。[25] 热内并非不知道他对神圣性的表述是颠倒的[26]，但他知道他的版本比另一个更真实：这就是对立面互相毁坏又互相接合的领域。只有这些毁坏，这些接合，才能给我们带来真理。热内的神圣性是最深刻的，它引入了恶、"不可触犯"、人间的禁忌。他身上主权性的需求，让他屈从于法律之上的神力。在某种像是恩典的状态下，他走上了由他的"心灵与神圣性"指引的崎岖之路。他说："神圣性的道路是狭窄的，也就是说，无法避开，一旦不幸地走上这条路，就很难转身回头。我们是由于某种之为上帝之力的东西而成为圣徒的！"[①] 热内的"道德"在于恶给予他的接触不可触犯之物时触电般的感觉。他活在着魔状态中，活在对从中诞生的废墟的迷恋中；没有

---

① *Miracle de la rose*, p.376.

　　　　　　　　　　　　　　　　　　　　文学与恶

什么能与这种从他自己或别人身上散发出来的主权性或神圣性相提并论。古典道德的原则与存在的**延续**相关，而主权性（或神圣性）的原则则与存在相关，存在之美是由对延续的漠视，甚至是由对死亡的诱惑所造就的。

要找到这一悖论性立场的缺陷是不容易的。

他喜欢死亡，他喜欢惩罚和毁灭……他爱这些主权性的流氓，他委身于他们，又享受他们的怯懦。"阿尔芒的脸虚伪、阴险、恶毒、狡诈、粗暴……他是个十足的野蛮人……他少有笑容，毫不坦诚……在他的体内，在他的宽厚的热肚肠里，在他裹了结实而华美的布料的肢体里，他正筹划着如何实施虚伪、愚蠢、恶毒、冷酷和奴性，把它们强加给自己，让人有目共睹，并且在他自身中取得圆满的最猥亵的成功。"这个可憎的人物比其他任何人都让热内着迷。他说："慢慢地，阿尔芒成为道德方面的全能者（Toute-Puissance）。"[①] 罗贝尔对向老人出卖肉体并偷窃他们钱财的热内说："你管这叫工作吗？……你在攻击那些靠假领子和手杖才能站起来的老人。"但阿尔芒的回击必然会引起"道德方面最激进的革命之一"。阿尔芒说："你怎么想？你听我说，我必要的时候，不会攻击

---

① *Journal du voleur*, p.199.

中译参见让·热内：《小偷日记》，李伟、杨伟译，花城出版社1992年版，第115—116页。译文有所增改。——译者注

老头，而是老太。不会攻击男人，而是女人。我选择最弱的那群人。我需要的是钱。最好的工作，就是成功。当你明白我们不是在骑士制度下干活，你就会深以为然了。"① 在阿尔芒的支持下，让·热内觉得"流氓们特殊的荣誉准则……似乎显得可笑"。有一天，这种"通过阿尔芒的反思和态度从道德中解放出来的意志"，将会在他"考虑警察"的方式中得到实践：他会沉溺在神圣性和主权性中，没有什么卑劣行为甚至背叛不让他陷入眩晕的激动和焦虑的威严 27 之中。

因此就产生了一个误区：阿尔芒以他的方式是非常主权的；他用美来展现他态度的价值。但是阿尔芒的美在于对美的蔑视，对实用的偏好，他的主权是一种深刻的奴性：对利益的严格服从。首先，这与哈卡蒙不那么自相矛盾的神性背道而驰，他的犯罪完全不是出于利益的驱动（第二起，谋杀监狱看守，除了处罚他人带来的眩晕，并没有其他明显的意义）。但是阿尔芒的态度有一种哈卡蒙的谋杀所没有的效果，这一态度是无法饶恕的，没有什么 28 可以清偿他的耻辱。阿尔芒本人会否认他的行为有除了最卑劣的金钱目的之外的任何价值：这也是为什么热内赋予这个人无法比拟的价值和真正的主权。这意味着两种角色——至少是两

---

① *Journal du voleur*, p.198.

文学与恶

种对立的观点。热内要求深化了的恶,从根本上与善相对立,这完美的恶就是完美的美:哈卡蒙相对而言让他失望了 [29];阿尔芒最终疏远了人类的感情,变得更加肮脏,也更加美。阿尔芒只是个工于算计的人,他并不卑鄙,但他诉诸卑鄙,因为它能带来好处。阿尔芒的卑鄙行为是一种隐蔽的美学吗?他对卑鄙的偏好是否是不计利益的?这样他才会在自己面前犯错。只有注视着他的热内可以从美学角度看到他的卑鄙。热内对着他出神,仿佛他是一件令人赞叹的艺术品:然而,一旦他在他身上发现作为艺术品的意识,他就会停止倾慕了。阿尔芒因为否定了任何值得倾慕的可能性而赢得了热内的倾慕:如果他承认自己的美,连热内都会觉得丢脸。

无限僭越的僵局

萨特阐明了一个事实:热内执着地追求恶,使自己陷入了僵局。在这一僵局中,他似乎在**阿尔芒的魅力**下找到了最无法忍受的处境,但很明显,无论如何,他想要的都是不可能性。对热内来说,在他眼中最不主权性的那些情人们显然拥有巨大的主权,这给他带来了某种的不幸;对于这一点,萨特表达得很好：[30]"恶人必须为恶而恶，而且……正是在他对恶的恐惧中，他必然发现罪的吸引力。"[①]（按萨特所说，那些"诚实的人"所编造的最激进的恶的概念就是如此。）但如果恶人"不恐惧恶，如果他是出于激情，那么……恶就会变成一种善。事实上，喜欢血腥和强奸的人，就像汉诺威屠夫[②]一样，是一个犯罪的疯子，但不是一个真正的恶人"。我个人怀疑，如果不是种罪行——原始法律禁止犯罪，将遵守法律的人和无视法律的动物区分开来——那么血对他来说还会有同样的滋味吗？我承认，对于热内而言，他所犯的重罪（forfaits）被随意地断言为"违背他的感性"，而仅仅是为了罪（Peché）的吸引力。这一点不是很容易和其他方面区分清楚，但萨特做到了，热内感受到了禁忌熟悉又原始的眩晕，说实话，这与现代思想是格格不入的：这就是为什么他不得不"从（恶行）在他心里（激起）的恐惧和对善原初的爱中寻找（作恶）的理由"。这不是萨特所说的他的荒谬性：没有必要停留在这种抽象的表述上。[31]我可以从一个公认的事实出发，即对裸露的禁止，它支配了当今的社会生活。即使我们中有一个人不是很在意这种体面，它在大多数情况下仍

---

① S. G., p.148.

② 指连环杀手弗里茨·哈曼（Fritz Haarmann），他在 1918—1924 年间猥亵、谋杀、肢解了至少 24—27 名年轻男性。——译者注

具有善的含义，伴侣的裸露会激发他的性冲动：因此，作为体面的善，就是他作恶的理由：第一次对规则的违犯会通过传染效应煽动他违犯更多规则。这一我们遵守的禁忌——至少是被动遵守的——只是对作小恶的欲求——或许是让他或她裸露——施加了一个小小的障碍而已：因此，作为体面的善，恰恰是（《存在与虚无》的作者认为这荒谬的）我们作恶的理由。这个例子不能作为例外，甚至相反，在我看来，一般来说，善恶问题的争论针对的就是这个基本主题，用萨德给它起的名字来说，就是**不守规则**（irrégularité）。萨德看到，不守规则是性兴奋的基础。法律（规则）是好的，它是善本身（善，是存在确保其延续的手段），但某种价值，即恶，来自违反规则的可能性。打破规则是可怕的——就像死亡；但它却引诱着，仿佛存在只有通过软弱才能延续，仿佛旺盛的生命力反而从规则被打破开始就呼唤着对必然来临的死亡的蔑视。这些原则与人类生活息息相关，它们是恶的基础，是英雄主义或神圣性的基础。但萨特的思想对此一无所知。① 出于另一个原因，这些原则在热内的过度面前倒塌了。它们实际上意味着热内所拒绝的一种限度（一种虚伪）。不守规则的

---

① 我想起来在一次讲座后的讨论中，萨特讽刺地指责我用了宗教意义上的"罪"（peché）这个词：我不是信徒，在他眼中，我对这个词的使用令人难以理解。32

吸引力维持了规则的吸引力。但就阿尔芒诱惑热内的情况而言，热内放弃了这两者：只剩下利益。[33] 萨特的论据在这种重罪的贪婪面前找回了意义。热内的欲求不是那种新人（初次"犯罪"的人）鬼鬼祟祟的欲求，稍微一点点不守规则就可以安抚他：它要求对禁忌的普遍否定，对恶无限制的追寻，直到所有的障碍都被打破，我们到达完全的堕落。从此，热内陷入了无法摆脱的困境之中，萨特看透了这一点：他缺乏任何行动的动机。罪的吸引力是他狂热的意义，但如果他否认禁忌的合法性，如果他没有罪呢？如果他没有罪，那么"恶人就背叛了恶"，且"恶就背叛了恶人"，对虚无无限制的渴望就退化为徒劳的骚动不安。卑鄙之物被歌颂，而恶的投入却成了枉然：自称为恶的东西不过一种善，它的吸引力就在于它毁灭的能力，在完全的毁灭后，任何东西都不复存在。恶意想要"将尽可能多的存在转化为虚无。但由于它的行为是一种**实现**，正是在虚无变形为存在的同时，恶人的主权转变成了奴隶"。[①] 换句话说，恶已经成为一种义务，而这正是善。无限的衰退开始了；它从没有利害关系的犯罪变成了最低级的算计，[34] 变成了背信弃义光明正大的厚颜无耻。没有任何禁忌可以再给他带来禁忌的感觉，当他的神经变得麻木，他便也沉寂下来。如果他不说谎，如果文学的伪装都

---

① *S. G.*, p.221.

不能让他辨认为谎言的东西在他人眼中有价值，他就不剩下什么了。在对于不再受骗的恐惧中，他滑向了最后一根救命稻草——欺骗他人，以便于，如果可能的话，也欺骗自己片刻。[35]

不可能的交流

萨特自己也指出了热内作品根源上的一个奇怪困境。写作的热内，既没有能力也不打算与读者**交流**。他作品的撰写过程有一种否定读者的意义。萨特看到了这一点，却没有由此得出结论：只有在这些条件下，这部作品才不完全是一部作品，而是一个替代品，文学自以为是重要的**交流**路径，但它的作品仅处在其半途。文学就是交流。它从作为主权者的作者出发，跨越了作为孤立个体的读者的束缚，向具有主权性的人类言说。如果是这样的话，作者就否定了自己，他为了作品否定了自身的特殊性，同时，他为了阅读，也否定了读者的特殊性。**文学的**创造——在它具有诗性的情况下，便是如此——就是这样的**主权性**行动，这种行动就像某一凝滞的瞬间，或是瞬间的连续一样继续存在——**交流**，与作品脱离，同时也与阅读脱离。[36] 萨特知道这一点（我不知道为什么，他似乎只将此与马拉美联系起来，关于交流相对于交流者的普遍优先性，马拉美表达得很清楚）[37]。萨特说："在马拉美的作品中，读者和作者同时消失，互相消除，为了最后只有词存在。"[①]我不会说："在马拉美的作品中。"我会说："在任何文学显明的地方。"[38]在任何情况下，即便这样的行动会产生明显的荒谬性，作者的在场就是为了在他的作品中消除自身，并向读者言说，而读者的阅读也是为了消除自身（如果我们愿意的话，可以这么说：通过消除自身孤立的存在，变得具有主权性）。萨特相当专断地谈到了一种神圣的或诗意的交流形式，在这种交流中，参与者或读者"感到自己变成了物"[②]。[40]如果存在交流的话，这一行动所针对的人，部分地，在一瞬间，自己就变成了交流（这一改变不是整个的也不是持续的，但严格来说，**它发生着**，不然的话，就没

---

① *S. G.*, p.509, n.2.

② *Ibid.*, p.508.萨特在这方面给"神圣的／不可侵犯的"（sacré）下了一个很好的定义："主体在客体中并通过客体、通过对客体的破坏表现出来。"[39]事实上，神圣的活动是交流的最高形式，交流必然涉及物，但是是被否定的物，它们作为这样的物被摧毁：神圣之物是主观的。萨特在没有辩证法体系的情况下滑向辩证的表述是错误的，这样他就任意地在每一个时刻停止他所设定的辩证流。这并非不深刻，但却令人失望。是否有可能接近一种像神圣一样滑动的事实，如果我们把它与同时包含着我们的生活和历史的生活在内的缓慢运动联系起来？萨特在即兴创作的能力中失去了他的灵敏所带来的好处。他让人眼花缭乱，但眼花缭乱之后，留下的只是一个有待争论并**慢慢**消化的真相。他的洞察总是有意义的，但这些洞察从来都只是开拓了思路而已。

文学与恶

有交流）；[41] 无论如何，交流是**物**的反面，物是根据它可能达成的孤立来定义的。但事实上，在热内和他的读者之间，通过他的作品并没有产生交流，即便如此，萨特仍然肯定，这部作品是有价值的：他认为这一行动接近于可以被归结为神圣化的行动，接着是诗意的创作。根据萨特所说，热内是要"被他的读者神圣化"。他接着又说："说实话，读者并没有意识到这种神圣。"[①] 这一点让他提出"诗人……要求被他不承认的公众所承认"。没有可以接受的转变：到此，我可以坚定地说，神圣的活动，或诗歌，要么是交流，要么什么都不是。[42] 热内的作品，无论别人说什么来表示它的意义，它都不是直接意义上的神圣[43] 和诗意，因为作者拒绝用作品来交流。

　　交流这一概念在它所指的所有可能范围内，都是很难把握的。在下文中，我会尽量阐明它的丰富内涵，这一内涵通常并没有引起重视，但我首先会强调这一事实：交流这一概念，意味着沟通者的二元性甚至多元性，在沟通的界限之内，它要求他们的平等。不仅热内在写作时没有[44] 意愿交流，而且，在一种交流的讽刺画或**替代品**确立起来的情况下，不管作者的意愿如何，他都拒不承认读者有着他作品的力量所冒

_____

① 　*S. G.*, p.508.

险揭示的根本相似性。萨特写道："他的受众，在他面前俯首称臣，接受认可一种自由，但这种自由，他深知不是自己的。"热内本人，如果不是凌驾于要阅读他作品的人之上的话，也是置身事外的。他先人一步，主动防止了对他可能的蔑视（然而他的读者很少会这样做）："我承认，"他说，"在小偷、叛徒、杀人犯和骗子身上，有一种你们没有的深刻的美——一种无用之美。"①热内不知道任何真诚的规则：他并没有写一些嘲弄读者的话，但实际上，他就是在嘲弄他们。45这并没有使我感到不快，但我隐约地看到了一个不确定的空间，在这一空间中，热内最好的运动松解开来。46这部分是萨特的问题，他把热内的话当真了，我们只能在很少的情况下——在一些令人厌烦的主题上——对他的话信以为真。即便在这种情况下，我们也应该想起来他随性说话，时刻准备着愚弄我们的冷漠。47我们得以抛开所有真诚的规则，而**达达主义**却无法实现，因为**达达主义**的真诚要求任何东西都不能有意义，这一看似严谨的提议很快就失去了迷惑的外表。热内曾和我们谈论过一个"青少年……真诚得让人记得梅特雷是个天堂"②。我们不能否认**真诚**这个词的使用具有感人的性质：梅特雷的少管所是个地狱！"少年犯"之间的暴力让管理的严苛变本加

---

① *Journal du voleur*, p.117.
② *Miracle de la rose*, p.220.

厉。热内本人很"真诚"地宣称这些儿童监狱是他找到地狱般的快乐的地方[48]，因此成了他眼中的天堂。但梅特雷少管所和丰特弗洛勒中心监狱没有太大区别（正是在那里，他重遇了梅特雷的那个"青少年"）：这两处的拥塞不相上下。然而，总是对监狱和经常进监狱的人充满赞扬的热内，最后写道："脱下了它那神圣的点缀之后，我看到的是赤裸裸的监狱，它的赤裸是残酷的。监狱犯们只是一些可怜的小伙子，被坏血症蛀蚀了牙齿，被疾病折磨得弯了腰，吐口水，吐痰，咳嗽。他们趿拉着又笨又响的木头鞋，从宿舍去往工场，一路拖着脚，脚下还踩着呢绒软垫，上面满是窟窿，被汗水和灰尘一搅和，变得十分僵硬。他们的身上发出臭气。面对着狱卒，他们显得软弱无力，而那些狱卒实际上跟他们一样软弱无力。他们只是我二十岁的时候在这里头看到的那些漂亮罪犯的一幅侮辱性讽刺画，而对他们现在变成的样子，我再怎么揭示其缺陷和丑陋，都不会过分。我揭露他们，为的是替我自己复仇，因为他们曾经给我带来过多少的苦难，他们过分的愚蠢给我带来过多少的麻烦。"[1] 问题不在于确认热内的话是否有真凭实据，而在于他的文学作品是否是在文学即诗歌的意义上创作的，或他的作品是否在深层意义上而不是形式

---

① *Miracle de la rose*, p.208.

中译参见余中先译本，第30—31页。译文有所改动。——译者注

上是神圣的。[49] 为此，我觉得应该坚持认为作者的意图并不成型，他从来都只是被一种不确定的运动带着走，至少是被一种起初离散、纷乱，但实际上态度漠然的[50] 运动带着走，无法达到激情的强度，而这种激情会在一瞬间强行要求真诚的完满。

热内自己并不质疑他的弱点。文学作品的创作，在我看来，只能是一种**主权式的行动**：从作品要求作者超越[51] 他贫乏的自身——他和主权时刻的他不在同一层次上——这一意义上看，确实如此。换句话说，作者应该通过他的作品，并在其中寻找否定他自身局限和缺点的东西，且不参与自身深层**奴役状态**的部分。这样他就可以通过一种无懈可击的相互性来否定那些读者，而没有这些读者的想法，他的作品甚至都不会存在，他只能在先否定自身的情况下才能否定他们。这意味着，他一想到这些他**所了解**的优柔寡断的人，被奴性所拖累[52]，他就会对他正在写的作品感到绝望，但通常，这些真实的存在超越了他们自身，让他重回人性，即永不厌倦地当一个人，直到最后也不屈服，且总能战胜以人性为**目的**的这些**手段**[53]。创作文学作品就是背离奴性，背离任何可以想象的衰弱，也就是说，一种主权式的语言，它来自对主权式的人性言说的人的主权部分。文学爱好者隐约地（通常是以一种间接的方式，没有什么具体主张[54]）有着对于这一真相的感觉。热内自己也有这种感觉，他详细说道："文学作品这一想法只会让我想耸肩膀。"① 热内的这一表态与对文学简单幼稚的表述截然不同，后者会被认为是卖弄学问，尽管其特质让人难以理解，但确实普遍有效。55 这并不是说，我们在读到"……我写作是为了挣钱"时应该特别留意。热内的"作家工作"是最值得注意的工作之一。56 热内自己是在意主权的。但他没有看到，主权要求的是内心的冲动和正直，因为它是在交流中被赋予的。热内的生活是失败的，在成功的表面下，他的作品也是如此失败的。他的作品没有奴性，它们居于大部分被认为是文学的那些作品中的上游位置：但这些作品也不是主权的，因为它们脱离了主权性的基本要求：彻底的正直，没有它，主权的大厦就会倒塌。热内的作品是一个容易大惊小怪的人的烦躁不安 57，关于这一点，萨特写道："如果有人把他驳得无言以对，他就会突然大笑，欣然承认他以我们的不快为代价自娱自乐，只不过是为了让我们更加反感：既然他敢用一种神圣的概念把魔鬼般的、矫揉造作的倒错洗礼为圣洁……"②，等等。

---

① *Journal du voleur*, p.115.
② *S. G.*, p.225.

热内的失败

热内对交流的漠不关心源自这一既定事实：他的叙事吸引人，却无法**使人激荡起伏**[58]。从热内饱受称赞的描写哈卡蒙之死的一段[①]看，即便有华丽的辞藻修饰，也没有哪一段比它更加冷漠、更不感人的了。这段的美丽是珠宝首饰的美丽[59]，它太过浓艳，而且有种相当冷淡的庸俗品味。它的华丽让人想起阿拉贡在超现实主义早期卖弄的那种炫目：同样流畅的语言，同样借助于[60]丑闻带来的效果。我不认为这种挑衅有天会失去诱惑力，但诱惑的效果**服从**于外在成功的利益，以及对能最快戳中人的矫饰的偏爱。在受奴役于对成功的追求这点上，作者和读者是一样的。作者和读者都避免了主权性交流的撕裂和毁灭，他们彼此都满足于成功带来的声誉[61]。

不仅如此。想要把热内简化为他善于利用自己的杰出天赋是徒劳的。从根本上看，他有一种绝不服从的欲望，但是这种欲望，无论多么深刻，也不能夺走作家的工作[62]。

最值得注意的是，他所深陷的道德上的孤独感和讽刺感，使他置身于失去的主权性之外，而对这种主权性的欲望又使他陷入了我所谈论过的悖论中[63]。事实上，一方面，被文明[64]

---

① *Miracle de la rose* 结尾部分。

异化的人对主权性的寻求是历史动乱的基础（无论宗教还是政治斗争，根据马克思的说法，都是因为人的"异化"而产生的）；另一方面，主权性是没有人已经把握、没有人可以把握的永远在逃避的东西，因为这一决定性原因，我们不能把它当作一个客体来占有它，我们不得不去追寻它。追求效用的沉重总是使得可能的主权异化（即便是至高神，对于他们可以从所有的奴役中解放的想象，反而服从了效用的目的）[65]。在《精神现象学》中，黑格尔追求这种**主人**（领主、主权者）和**奴隶**（被劳作奴役的人[66]）的辩证法，这也是共产主义阶级斗争理论的起源，带领奴隶取得了胜利，但其表面上的主权只不过是从奴役中解脱的自主意志，对于主权来说，只是失败的王国。[67]

因此，我们不能说热内的主权是失败的，就好像有个真正的主权与之对立，好像有可能展现其完满的形式。人从未停止对主权的向往，但主权一直都不可接近，我们也没有理由想象它会变得触手可及。对于我们来说，趋向于我们谈论的主权是有可能的……因为瞬间的恩典，如果没有一种类似于我们为了继续生存所做的理性的努力来使我们更接近它，我们就不会**是**主权者。但我们要区分两种时刻，一种是机遇引领着我们的时刻，像受到神力般，用交流转瞬即逝的微光照亮我们，还有一种是不幸的时刻，对于主权的思考致使我

热 内

们占有它像占有财产一样。[68]热内在意王室尊严，在意传统意义上的贵族气质和主权性，他的态度是一种注定无力的算计的征兆。我们不免想到那些在我们的时代被授予荣誉勋位的人，他们以家族血统作为他们谋生的选择。与他们相比，热内的优势在于他的做法任性又可悲。但被强加给学究的笨拙，和热内写下这些他在西班牙的流浪时光的篇幅时的笨拙[69]是一样的：

> 不管是海关职员还是市政警察都不能阻止我。在他们眼下经过的，不再是一个人，而是不幸的奇异产物，法律无法施加在他身上。我已经超越了失礼的极限。例如，我可以毫不令人惊讶地接待一位嫡系亲王、西班牙的最高贵族，把他称呼为我的表兄，以最美的语言同他讲话。这一点都不使人意外。
>
> ——接待一位西班牙的贵族。但是在哪座宫殿呢？
>
> 为了让您更好地理解我在多大程度上达到了自我赋予主权的孤独，我使用这种修辞手法，是因为用表达当今世纪之成就的辞藻来表达的某种情景和成功迫使我这样做。词语的亲缘性表现了我的荣耀和贵族荣耀之间的亲缘性。以一种世人所不知的隐秘关系，我是那些亲王和国王的亲戚，这种关系可以让一个牧羊女以"你"来

　　　　　　　　　　　　　　　文学与恶

称呼法国国王。我谈到的宫殿（因为它没有其他的名称），是细致入微的精巧的建筑组合，是我加工对自己孤独的自豪而得到的。①

和其他引用的段落一起，这段话不仅阐明了他对达到人性中的主权部分的首要关注。它强调了这一关注谦卑但又工于算计的特点，它从属于这种表面曾被历史性地信以为真的[70]主权。同时，它还强调了追求肮脏的觊觎王位者和王公贵族[71]表面的成功之间的距离。

非生产性的消费与封建社会

萨特并没有忽视热内的弱点，也就是他缺乏交流的能力。在他的表述中，[72]热内注定要自愿成为一个**存在**，一个为了自身而可被把握的客体，类似于物，而不是意识——意识是主体，它不能把自己看成一个物，否则就会毁灭自身。（在萨特的研究中，他从始至终都没有停止过强调这一点。）在他看来，热内与那个把陈旧的价值观不断强加于人的封建社

---

① *Journal du voleur*, p.184-185.

会有关。但这一弱点，并没有让萨特对作家的真实性产生怀疑，反而为他提供了一种辩护的手段。他并没有照本宣科地说，只有封建社会，即过去以土地所有制和战争为基础的社会，才是有罪的，但在他看来，[73] 热内之于这一古老的社会是正当的，这个社会需要他，需要他的劣行和不幸来满足其浪费倾向（以实现消灭财富、消费的目的）。热内唯一的错误在于，他在道德上是这个社会的产物，这一社会并没有灭亡，但是注定要灭亡（它只是在消亡的路上）。无论如何，这是旧社会相对于新社会的过错，后者试图在政治上占上风。萨特大体上说明了两种社会的对立，一种是令人谴责的社会，也就是"消费社会"（société de consommation），另一种是值得称赞的社会，也就是他所期望的"生产社会"（société de productivité），对应着苏联所做的努力。① 可以说，恶和善是与有害和有用相关的。当然，多消费有用多于有害，但它不是纯粹的消费，而是生产性消费，这与萨特所谴责的为消费

---

① 关于这一对立，另见 *S. G.*，p.112-116，以及尤其是 p.186-193。尽管这些观点和我在《被诅咒的部分，耗费》（*La Part maudite. La Consumation*［Minuit，1949］）中的表达相似，但它们本质上是不同的（我强调浪费的必要性，尤其是把生产力作为目标的无意义）。我必须指出，虽然生产社会的优点是价值能被认可，而消费社会则被认为无法忍受[74]，但这并不代表萨特的判断是如此必要和明确的，以至于他在书中后面一百五十页（p.344）两次使用"蚂蚁社会"这个词，这显然是在指代他视为最高理想的"生产社会"。萨特的思想有时候比看起来的更加流动多变。[75]

欲望而消费的封建精神恰恰相反。[76] 萨特援引了马克·布洛赫提到的"在利穆赞的一个'大宫廷'里,曾经举行过的一场奇特的浪费竞赛。一位骑士用银币播种了一块先前耕种过的土地,另一位骑士烧大蜡烛做饭,第三位骑士'因为吹牛',下令活活烧死他的所有马匹"[①]。面对这些事实,萨特的反应并不令人惊讶:这是对一般情况下没有正当用途的一切消费的公愤,它只在必要时才有所缓和。[78] 萨特不明白的是,无用的消费与生产的对立,就像君主与臣属的对立,就像自由与奴役的对立。他毫不犹豫地谴责了属于主权性的行为,而我自己也已经承认这种特质"从根本上"就是应受谴责的。而自由呢?[79]

自由与恶

在自由中得以揭示的恶,与传统的、墨守成规的思维方式截然相反,这种思维方式是如此普遍,以至于挑战它是无法想象的。萨特是第一个否认[80]自由必然是恶的人。但他在认识到"生产社会"的相对性之前,就赋予了它价值[81]:然而,这种价值是相对于消费而言的,本质上甚至是相对于非

---

① *La Société féodale.* 转引自 *S. G.*, p.186-187。萨特还能给出关于这一冲动的其他例子,我也在《被诅咒的部分》中论证了其普遍性。[77]

生产性消费，也就是破坏而言的。如果我们寻找这些表述的连贯性，很快就会发现，即便保留了与善的可能关系，自由仍如布莱克在谈到弥尔顿时所说的那样，"站在魔鬼那边却不自知"。善的一方是屈服和顺从。自由总是向反抗敞开，而善则与规则的封闭性相联系。萨特自己也能从自由的角度谈论恶，在谈到热内的"恶的体验"时，他说①："没有什么**东西**可以定义我或限制我；但我存在，我将是消灭所有生命的寒流。因此，我**凌驾于**本质之上：我做我想做的事，我让自己成为我想成为的人……"无论如何，没有人能够像萨特明显想做的那样，从自由走向符合有用性的善的传统概念②。

从拒绝奴役到自由地限定主权式的情绪，只有一条路可走：而萨特忽略了这条路[83]，也就是**交流**。只有当**自由、对禁忌的僭越**和**主权式的消费**以它们实际上被赋予的形式得到考虑时，某种道德基础才能被揭示出来，这一道德适用于那些

---

① *S. G.*, p.221. 强调为萨特所加。

② 萨特在哲学研究中遇到的最大困难，无疑是从自由的道德转向在义务体系中将个体联合在一起的共同道德的不可能。只有建立在交流基础上的交流的道德和正直的道德，才能超越功利性道德。但对萨特来说，交流并不是基础；如果说他看到了交流的可能性，那也是通过存在与其他存在之间的不透明性这一原初观点（对他来说，孤立的存在才是根本，而不是**交流**中存在的多重性）。因此，他让我们期待一部战后出版的关于道德的著作。只有《圣热内》的真诚与广博才能让我们了解这一工作的进展。《圣热内》的内容丰富得令人吃惊，却远非圆满之作。[82]

不完全屈服于必然性、不想放弃他们所隐约瞥见的丰盈的人。

真正的交流，所有"是其所是者"的不可穿透性与主权性

让·热内作品的趣味不在于其诗意的力量，而在于从其弱点中得到的教训。（正如萨特文章的价值不在于完美的阐释，而在于寻找黑暗统治之处的顽强。）

热内的文字有一种脆弱、冰冷和易碎的东西，它不一定会让人停止欣赏，但会让人悬置认同。如果是出于某种无法辩解的谬误，我们想认同热内，热内本人也会拒绝。当文学游戏引发这一交流的需求时，交流可能会躲避，留下伪装的感觉，如果这种缺失的感觉能让我们重新意识到转瞬即逝才是真正的交流，那它就无关紧要了。在这些不充分的往来所造成的压抑中，一道透明的隔板将我们——读者与作者——分开，我有这样的确信：人类不是由孤立的存在组成的，而是由他们之间的交流组成的；在与他者的交流网络之外，我们从未被给予过，即使是给予我们自己：我们沉浸在交流中，我们被还原为不断的交流，即使在孤独的深处，我们也感受着它的缺席，就像多重可能性的暗示，就像等待着它化为别人能听到的一声呼喊的时刻。因为人类的存在就在我们身上，

在其将自己与嘶喊的语言、残酷的痉挛、疯狂的笑声周而复始地扭结在一起的那些点上，在这里，我们自身与世界的不可穿透性所分享的意识①，终于达成了一致。

我所谓的交流，事实上从来都没有比那种微弱意义上的交流时刻——也就是世俗的语言（或者像萨特说的，散文的语言，它让我们和世界都变得明显是可穿透的）被证明是徒劳的时刻，就像夜的等同物——更加强烈。我们用各种方式来说服别人，寻找认同②。我们希望确立谦卑的真相，使我们的态度和活动与同胞的态度和活动相一致。如果我们不是**首先**因本身就不可穿透的**共同主体性**的感觉而相连——对它而言，由不同客体构成的世界也是不可穿透的——那么这种为了将自己清晰明确地定位在世界中的不懈努力显然是不可能的。我们必须不惜一切代价把握两种交流之间的对立，但这一区分是困难的：只要不强调强烈的[84]交流，它们就会相互混淆。萨特本人在这方面也留下了困惑：他清楚地看到（他在《恶心》中强调了这一点）客体的不可穿透性：客体在任何情况下都不会与我们交流。但他并没有准确界定客体与主体之间的对立。对他来说，主体性是明确的，它就是明确的

---

① 分享至少是可能的。在此，我必须把交流的最深刻方面放在一边，它与眼泪的悖论性意味相关。但我要指出的是，眼泪无疑代表着沟通情感与交流的顶峰，而热内的冷淡则是这一极端时刻的对立面。

② 参见 *S. G.*, p.509。

东西！一方面，在我看来，他倾向于淡化客体可理解性的重要性，而这种可理解性体现在我们赋予客体的目的以及客体对这些目的的使用上。另一方面，他并没有充分地注意到主体性的时刻，这些时刻**总是在其他的主体性的意识中被直接给予我们**，在其中，主体性本身相对于日常对象的可理解性，更普遍地说，相对于客观世界[85]的可理解性而言，显得不可理解。当然，他不能无视这种表象，但在我们也为之恶心的时候，他却避而远之，因为，在不可理解性出现在我们面前的时刻，它反过来又呈现出一种难以克服的特性，一种丑闻的特性。归根结底，对我们来说，这就是丑闻，存在的意识就是意识的丑闻，我们不能，事实上也不应该，对此感到震惊。[86]但我们不能说空话：丑闻与意识是一回事，没有丑闻的意识是一种异化的意识，正如经验所表明的那样，是一种对清晰明确的对象、对可理解的或被认为可理解的对象的意识。[87]从可理解的到不可理解的，到不再可知的、对我们而言突然变得不再可容忍的东西的转变，就是导致丑闻感的源头，但重点并不是层次的不同，而是存在的主要交流所给出的体验的不同。丑闻是**瞬间的**事实，即一个意识是另一个意识的意识，是另一道目光的目光（它以这种亲密的一闪而过的方式，远离了[88]通常将意识绑定在客体持久而使人平静的可理解性之上的东西）。

如果跟着我的思路，就会发现，**微弱的交流**与**强烈的交流**之间存在着根本的对立，前者是世俗社会（即活动社会——在这个意义上，活动与生产力被混为一谈）的基础，而后者则将相互映照的意识交付于作为其"最后归宿"的不可穿透性。[89] 同时我们也看到，强烈的交流是首要的，它是简单的既定事实，存在最高的表象，它在意识的多重性和它们的交流性中向我们揭露自身。[90] 存在的习惯性活动——那个我们叫作"我们的日常事务"的东西——将它们与强烈的交流的特殊时刻分离开来，而这些时刻是由感官性和节庆的情绪组成的，是由戏剧、爱情、分离和死亡组成的。这些时刻本身并不相等：我们常常为了它们本身而追求它们（而它们只在瞬间中才有意义，讨论它们的回归是矛盾的）；我们可以用拙劣的手段实现这一点。但这并不重要：我们不能少了这样一个瞬间的重现（无论多么痛苦，无论多么令人心碎[91]），在这一瞬间，它们的不可穿透性被揭示给意识，而意识以一种无限的方式相互结合、相互穿透。我们为了不被彻底或过于残酷地撕裂而情愿弄虚作假：我们与不惜一切代价想要煽动的丑闻维持着某种持久不灭的联系，而又试图从中逃离——在宗教和艺术（艺术继承了宗教的部分力量）的领域，尽可能减少这一联系的痛苦。**交流**的问题总是在文学表达中被提出：事实上，它要么是诗意的表达，要么一无是

处（只是对特定的认同的追求，或是萨特在谈到散文时所指 ①
的次级真理的教导 92）。

被背叛的主权

　　这样的强烈交流与我所说的主权之间没有区别。交流假定
了交流者们瞬间中的主权，反之亦然，主权也假定了交流；主
权的目的就是可交流，否则它就不是主权的。我们必须强调，
主权始终是交流，而交流在强烈的意义上也始终是主权。如果
我们从这个角度出发，热内的经历就具有典型的意义。
　　要为这段经历赋予意义，这不仅是一个作家的经历，还
是一个僭越了社会的所有法律、所有作为社会根基的禁忌
的男人的经历，我必须从主权和交流的人性角度去谈。人性
不同于动物性的地方在于，人性源自对禁忌的遵守，其中
一些禁忌是普遍的，例如禁止乱伦、触碰经血、淫秽、93 杀
人、吃人肉的原则；首要的是，尸体是因时因地而异的规定
对象，任何人都不得违反这些规定。交流或主权是在由共同
禁忌（不同的地方还有许多其他禁忌）所决定的生活框架内

---

① 　*S. G.*, p.509.

赋予的。这些不同的限制无疑违背了主权的完整性，尽管程度各异。我们并不会惊讶于对主权的追求与违犯一项或多项禁忌相关。我举一个例子，在埃及，主权者可以不受乱伦禁令的约束。同样，献祭的主权式行为是一种犯罪；杀死祭品的行为违背了在其他情况下正当的规定。更通俗地说，在节庆的"主权时间"中，对"世俗时间"的法律的违反行为是被允许或被命令的。因此，创造一个主权的（或神圣的）元素——一个体制的要人或一个供人消费的牺牲品——的道路是对那些禁忌之一的否定，对这些禁忌的普遍遵守使我们成为人，而不是动物。这意味着，只要人类努力争取主权，我们就必须将自己置于构成主权的"本质之上"[94]。这也意味着，主要的交流只能在一个条件下进行，那就是我们必须诉诸恶，即违犯禁忌①。

---

① 我曾多次谈及"禁忌"和"僭越"的基本主题。僭越理论原则上应归于马塞尔·莫斯，他的论文目前主导着社会学的发展。马塞尔·莫斯不愿意给自己的思想一个确定的形式，而只限于在他的课上穿插着表达出来，但僭越理论却是他的一个学生在主讲课上做的主题报告。见 Roger Caillois, *L'Homme et le Sacré* (Gallimard, 1950)。[95] 该书的增订版有三篇附录，分别论述了性、游戏和战争与神圣的关系。遗憾的是，Caillois 的著作没有获得应有的威望，尤其是在国外。在本书中，我已经说明，僭越与禁忌的对立主导着现代社会，其程度并不亚于原始社会。我们很快就会发现，人类的生活，无论何时，无论以何种形式，虽然建立在与动物生活相对立的禁忌之上，但在工作领域之外，注定会有僭越行为，这决定了从动物到人的转变。（参见我在《批评》中关于这一假说的报告，1956，n°111-112，8-9/1956，p.752-764。[96]）

热内的例子与传统的态度完全吻合，他在恶中寻求主权，而恶事实上给了他那些令人眩晕的时刻，在这些时刻，我们身上的存在似乎是不连贯的，尽管它存续着，却脱离了限制它的本质。但热内拒绝交流。

正是因为他拒绝交流，热内并没有达到主权性的时刻，那是他不再把一切都归结于他对孤立之存在的忧虑的时刻，或是像萨特所说的，对仅仅如此的"存在"的忧虑的时刻；他正是由于**无限度地**沉湎于恶中，才会远离交流。在这一点上，一切都清晰起来了：使热内陷入禁锢着他的[97]自我封闭的孤独——在此，依靠他者而继续存在的东西是模糊的、漠然的——中的，简而言之，是他让孤独的自己从恶中**获益**，借助这恶，他才得以主权式地生存。主权所要求的恶必然是有限的：主权本身就限制了恶。正因为主权是交流，它才与奴役自己的东西相对立。它通过表达道德神圣性的主权运动来与之对立。

我承认热内想要变得**神圣**。我承认他对恶的**嗜好**超越了对利益的关注，他希望恶具有精神价值，毫不动摇地进行他的体验。没有任何庸俗的理由可以解释他的失败，但就像被困在一个比真正的监狱更封闭的监狱里一样，不详的命运把他封闭在自身之中，封闭在了他的怀疑深处[98]。他从不毫无保留地屈服于不合理的运动，这些运动因巨大的混乱而使存在相一致，而其条件是，一道可疑的目光并不监视着，不死死地盯着自身与他者之间的差异 [99]。萨特曾经很好地谈论过把热内扭结起来的阴暗的悲伤。

萨特在文学层面的赞赏有些过头了，但这并不妨碍他，反而使他能够对热内做出常常是严格的、被深切同情所缓和的评判。萨特坚持这一点：热内在追求"不可能的无意义"[①]的同时，被注定走向最坏的意志的矛盾煽动，最终还是要为他的生存争取**存在**。他想要**把握**自己的生存，他要让它最终达到**存在**，他要让它赋予自己**物**的**存在**……这种生存"能够存在而无须扮演其存在：**自在地**（en soi）"[②]。热内想要让自己"整个实体化"，如果他所追求的这点，确实如萨特所说，像布勒东在这一程式中所定义的，是实现主权性的最佳途径之一，那么"从此，生与死、真实与想象、过去与未来、可交流的与不可交流的、高与低不再被矛盾地感知……"。如果没有根本性的改变，这就不可能实现。事实上，萨特补充道："……布勒东希望，就算不能'看到'超现实，最起码可以在幻象和存在融为一体的模糊中与它混同……"但"热内的神

---

① 这是热内自己的表达，为萨特所引用（*S. G.*, p.226）。对于我来说，对"不可能的无意义"的追求是热内追求主权的一种形式 [100]。

② *S. G.*, p.226. 强调为萨特所加。

文学与恶

圣性"，就是"布勒东所理解的超现实——生存不可企及的和**实体性的**反面……"①，就是他**被没收的**、已死的主权，其对主权孤独的渴望，就是对主权的背叛。[101]

① *S. G.*, p.229–230. 强调为我所加。

编者注

　　《文学与恶》，伽利玛出版社，1957 年版（7 月 30 日印刷），231 页。在这一文集之外，同时，让-雅克·波维尔出版社发行了《天空之蓝》(*Le Bleu du ciel*)，午夜出版社出版了《色情》(*L'Érotisme*)。值此之际，三家出版社共同出版了一本宣传册，由巴塔耶自己撰写生平注释（cf. *O. C.*, t. VII, p.459），并重新附上了三本书的封底文字。

　　《文学与恶》的章节首先以文章的形式发表于《批评》杂志。为了修订文章，我们以四个文本为依据：

　　Ms. 1：文章手稿。

　　Crit.：发表在《批评》杂志上的文章（或是序言，关于米什莱的一章首先作为《女巫》再版的序言发表）。

　　Corr.：有许多修改手稿的文章文本。

　　Ms. 2：《文学与恶》的手稿。

　　我们在此提供印在本书封底的内容：

　　人与动物的不同之处在于，他们遵守禁忌，但这些禁忌是模糊的。他们遵守禁忌，但也要违反禁忌。僭越禁忌并非出自无知：它需要果断的勇气。僭越所需要的勇气是人类的一项成就。尤其是文学的成就，其优先选择的运动是一种挑衅。真正的文学是普罗米修斯式的。真正的作家敢于做违背活动社会基本规律的事。文学牵扯到基本的规律性和审慎性原则。

作家知道自己是有罪的。他可以承认他的过错。他可以要求狂热的享乐，这是被选中的标志。

罪和谴责处于顶点。

在本书所研究的八位作家（艾米莉·勃朗特、波德莱尔、米什莱、威廉·布莱克、萨德、普鲁斯特、卡夫卡、让·热内）的创作道路上，我们感受到了这种对有罪的自由的危险向往，但从人性角度看，这一向往是决定性的。

前　言

1. *Ms. 2*：骚动（单数）

2. *Ms. 2*：我生活持续不断的骚动

3. *Ms. 2*：现在是逃离它所统治的那些仍然混乱的看法的时候了，是时候该去做了。

4. *Ms. 2*：时间对我们而言很紧迫……催促着我们。

5. *Ms. 2*：不正是

6. 在 *Ms. 2* 中，在"一行空白"的提示之后，我们读到了这样一句话：我希望从研究中产生一种信念，我个人认为这些研究使我达到了**觉醒的顶峰**。

随后的注释提到了这些话：对于其中的两项，关于波德莱尔和热内的研究——我是从萨特的书开始的，而我不得不采取与他思想相反的观点。在他对诗歌的疏远，对精神**交流**中根本真理的疏远中，我看到的恰恰是萨特不愿看到的东西。

艾米莉·勃朗特

1. 本文首次发表于《批评》（第 117 期，1957 年 2 月），标题为《艾米莉·勃朗特与恶》（*Emily Brontë et le Mal*），而雅克·布隆代尔的著作《艾米莉·布朗特——灵性体验与诗歌创作》（*Emily Brontë—Expérience Spituelle et Création Poétique*），Presses Universitaires, 1955, In-8°, 452 p. (*Publications de la Faculté des Lettres de l'Université de Clermont-Ferrand, deuxième série, fascicule 3*) 自第 115 期（1956 年 12 月）起就

已发表。

2. 在 *Crit.* 和 *Ms. 2* 中，善和恶这两个词在整章中没有大写。

3. *Ms. 2*（被划掉）：奇怪

4. *Ms. 2*：即使大概

5. 接下来的提示没有在 *Crit.* 中出现。

6. *Ms. 2*：基本的声明

7. *Ms. 2*：繁衍包含了

8. 括号中的内容没有在 *Ms. 2* 中出现。

9. 以最为致命的、最为神性的方式表达了这点。

10. *Ms. 2*（被划掉）：建设性的

11. *Ms. 2* 和 *Crit.*：是根本的

12. 在 *Crit.* 中，注释后继续写道：我想在这里毫不迟疑地谈谈我对雅克·布隆代尔这本书的看法。这是对艾米莉·勃朗特的生平和作品所引发的所有问题的一次非常彻底的系统性研究。这是一部耐心细致、处处深刻的著作，它似乎穷尽了传统分析的可能性。我认为唯一的遗憾是，有时密集的表述给人一种混乱的感觉，而且研究的系统性过于明显直接。

13. *Ms. 2*：富有、温柔

14. *Crit.* 和 *Ms. 2*：一个受奴役的世界

15. *Crit.* 和 *Ms. 2*：凝滞的

16. *Ms. 2*：是何等悲剧性

17. *Ms. 2*：地狱般的意志

18. *Ms. 2*：要么是不可能性，要么是死亡！

19. *Ms. 2*：冲动活动

20. *Ms. 2*：如果说他愤怒地与之斗争，那也是因为这对于他来说就是善与理性。

21. *Crit.* 和 *Ms. 2*：他还体现了一个基本立场

22. *Crit.* 和 *Ms. 2*：绝对道德的

23. *Ms. 2*（被划掉）：魔鬼般地

24. *Ms. 2*：这一可憎的梦想

25. 这个句子在 *Crit.* 中没有出现。

26. *Ms. 2*：或者确切地说

27. *Crit.* 和 *Ms. 2*：以一种根本的方式

28. *Ms. 2*：自称"成熟"的人

29. *Ms. 2*：重新找回童年的王国，它要求

30. *Ms. 2*：暴力；被禁忌所排除的东西是神圣的，但禁忌本身作为神圣之物，可能在表面上与理性有关，而理性总是排除暴力（在实践中，

31. *Ms. 2*：对赎罪的悲剧性恐惧

32. *Ms. 2*：精确地预示了人性

编者注

213

33. *Ms. 2*：基本真相

34. *Crit.* 和 *Ms. 2*：根本的方式

35. *Ms. 2*：变得狭隘的

36. 对布勒东文本的引述不完整："一切迹象都表明，存在着某个精神的聚点，使得生与死、真实与想象、过去与未来、可交流的与不可交流的、高与低不再被矛盾地感知。"

37. 在 *Crit.* 和 *Ms. 2* 中，这两个词没有引号。

38. *Crit.* 和 *Ms. 2*：唯一的路

39. 此注释既不在 *Crit.* 中，也不在 *Ms. 2* 中。

波德莱尔

1. 本文在作为《文学与恶》的一章发表前，有四个文本：

Ms. 1：79 页的原始手稿，由巴塔耶编排页码（Boîte 13C, ff^{os} 1-43, Boîte 13B, ff^{os} 50-85）。原始标题为：《波德莱尔还是萨特？/ 萨特把诗歌交付审判》（*Baudelaire ou Sartre? / Sartre instruit le procès de la poésie*），经部分涂改，它变成了：《"赤裸的"波德莱尔 / 萨特的控诉和诗歌的本质》（*Baudelaire «mis a nu» / la réquisitoire de Sartre et l'essence de la poésie*)。

Crit. : 发表于《批评》第 8—9 期，1948 年 1—2 月的文章，第 3—27 页。标题是《"赤裸的"波德莱尔 / 萨特的分析和诗歌的本质》(*Baudelaire «mis a nu» / l'analyse de Sartre et l'essence de la poésie*)。我们会看到，这篇文章在《文学与恶》中的重写伴随着一些深刻的改动（见下文）。

Corr. : 不完整的修改文章（9 页，Boîte 13B, 2，未编页码）。

Ms. 2 :《文学与恶》的最终手稿。本章部分是打字稿。它可能是 *Ms. 1* 和 *Crit.* 之间的中间文本，在此基础上，巴塔耶删除了几页，并插入了另外手写的几页。该章的第 1 页与打字稿的第 5 页相对应。这一状态的文本从第 1—24 页由巴塔耶编排页码，从打字稿中抽取了 19 页，在其中插入了 4 页手写内容，标题为《波德莱尔》，还有一个被划掉的副标题（"就萨特关于他的论文而作"）。这一版本首次出现了章节标题。

最后，我们应该提及有 2 页未被纳入关于波德莱尔的章节的内容，具体如下：

［7—7（1）页］

在下文中，萨特仔细地对一种思维方式做了否定性的描述，这种思维方式对我来说似乎是根本性的，它不是我所特有的，而是我在我所有的著作中阐发出来的。

对我来说，人是由他对所服从的禁忌的立场所定义的，但他也会僭越禁忌。相对新近的裸体禁忌，就是一个例子。在服装中，我们发现了萨特不愿意看到的东西，一种达到裸体的手段。在禁忌中，我们发现了达到僭越的方式。

萨特从根本上否定了这一真相，他谴责波德莱尔的道德立场中属于人类行动准则的态度，后者将人类行动与动物行动对立起来，禁忌和作为禁忌后果的僭越对他来说是不相关的。（**此处不完整的注释可能指的是《色情》。**）

［10—10（1）页］

萨特以为他谴责了波德莱尔，并最终证明了后者的态度是幼稚的。

然而，他只是发现了人类逃避给予自己的禁忌的条件，而我的整体写作旨在凸显这一点。他的判断来自一个自由哲学家，是对误解的误解。在他看到诗歌的苦难时，他定义了诗歌与僭越、僭越与童年之间的基本一致。他不知道成年人逻辑清晰的态度禁止了我们自身通往不可言明的自由的道路。

最后的话指向这一注释：

这篇关于波德莱尔的研究发表于 1947 年 1—2 月，刊登在《批评》杂志的第 8/9 期，第 3—27 页。当时，我对于后来成为系统观念的东西只有模糊的想法。我正在寻找，而萨特的误解对我有所帮助。但我还不能清楚地表达我的立场。直到现在（1956 年 7 月），我才能将它与整体的表达相联系，这个观念尤其在《色情》一书中得到了表述。

在下文空白处之后，有这些话：在这本书中，它得到了重写。

2. 在 *Ms. 1* 和 *Crit.* 中，本章之前有 4 页纸（没有出现小标题），删除这 4 页是因为它们针对萨特的论战语气（可以看标题的演变），要么已不合时宜，要么不符合本书的目的。值得注意的是，在这篇文章和这本书的出版之间，萨特的文章——最初只是为波德莱尔的《私密写作》一书所作的简单序言——已成为一篇独立的论文。这篇序言受黎明出版社委托，被勒内·贝尔特勒编入"影响"(«Incidences»)文集，巴塔耶将在其中介绍司汤达（亨利·贝尔）。

《批评》上的文章是这样开始的：

"赤裸的"波德莱尔

——萨特的分析和诗歌的本质

《波德莱尔》
《私密写作》
《火箭》—《我心赤裸》⎱ Éd. du Point du Jour,
《日志》—《通信集》⎰ 1946, in-8°, CLXV-279 p.
导言　（«Incidences», Collection
让-保罗·萨特作 ① dirigée par René Bertelé.）

　　感性世界的激情对于萨特而言绝对是陌生的：很少有人能像他一样如此强迫性地对诗歌的入侵视而不见。他为《火箭》和《我心赤裸》所写的导言，篇幅相当于

---

① 迄今为止，这部印数仅2000册的作品的导言并未引起大多数公众的注意。萨特在《现代》(Les Temps mordernes, n°8, mai 1946, p.1345-1377) 上发表了《波德莱尔肖像片段》，约占其四分之一的内容。整部作品无疑将收录在伽利玛出版社的评论文集中，以《意义》(Significations)* 为标题。书信的选择由萨特与编辑勒内·贝尔特勒共同协商。只有两封信未出版，其中一封是1845年6月30日写给安塞勒的，波德莱尔向他宣告了自杀的打算。

* 正是借《意义》这一标题，萨特首次宣布了之后的"情境"(Situations)丛书，《波德莱尔》将不在这套丛书中出现，而是作为独立的一卷出版。关于巴塔耶和萨特关系的档案，让我们再补充《现代》中巴塔耶关于尼采的一篇文章的通告（1947年4、5、6月刊，也就是在关于波德莱尔的文章在《批评》发表后），但最终这篇文章并没有发表。

一本书，但他的目的与其说是让我们多了解一点波德莱尔的世界，不如说是为了排斥波德莱尔而向我们谈论这位诗人。他出版的这部长篇大作与其说是一部批评家的作品，不如说是一部道德评判者的作品，对他来说，重要的是知道并确认波德莱尔应受谴责。

"人为了自己所做的自由选择与我们所说的命运是绝对一致的。"160 页的评判书就此结束。夏尔·波德莱尔不幸的一生以无与伦比的光辉诠释了这一真理。诗人的惩罚是对他过错的报应：他拥有的命运是他应得的"诅咒"。

萨特与几乎所有公众的品味背道而驰，他选择了一种至少是非常难对付的态度，其决心和挑衅的力量令人赞叹不已。我不知道这是否是一种具有**道德**价值的行动，但这种鲜明的态度自有其可取之处。在渴望受到道德谴责的波德莱尔身上，我们怎能不看到某种运动呢？——这种运动是盲目的、资产阶级对他的谴责所无法实现的，只有残酷的、不带偏见的清醒才能实现。在我看来，在每一件重要的事情上，我们都应该坚持到底，永不止步。然而，一旦这一运动完成，波德莱尔被猛烈"赤裸"地暴露，我们就必须重新考虑一些事情，不能止步于萨特的评判。

很少有比这更能激怒读者的作品了。它以一种无法否认的僵硬，且有些变态的方式，表现了这个"僵硬、变态和不满的整体，而这个整体不是别的，正是波德莱尔本人"。在我们身上——在我们所有人身上，而不仅仅是在波德莱尔身上——存在着一种神圣的幽暗，它使我们在聆听刑事审判的声音时无法不后退（p.CLXIV）："他选择为自己而**生存**，就像他曾为他人而**生存**一样；他希望他的自由在他看来是一种'天性'，而别人在他身上发现的'天性'在他们看来正是他的自由的流露。从这一点出发，一切都变得清晰了：在我们看来即将付诸东流的悲惨生活，现在，我们明白了这其实是他精心编织的。是他从一开始就给自己带来了如此多的累赘：女佣、债务、梅毒、家庭委员会，这些都会阻碍他走到最后，迫使他向着未来倒退到底；是他创造了这些美丽而平静的女人，她们将贯穿他的无聊岁月，玛丽·多布伦（Marie Daubrun），女统领。是他精心划定了自己的生存地理，决心将自己的苦难拽入大城市，拒绝一切真正的颠沛流离，只为在自己的房间中追求想象的游移；是他用搬家代替了旅行，通过不断变换居所来仿拟他自身要面对的逃离；是他受了致命的伤害，除非去另一个与巴黎相似的城市，他才愿意离开巴黎；亦是他希望自己在文学上几近失败，在文坛里辉煌而又寒酸地孤立无援。在如此封闭、如此紧绷的生活中，似乎一次意外、一次偶然的介入，就能提供喘息的空间，就能给**自我折磨的人**（héautontimorouménos）① 一个喘息的机会。但我们想寻找一个他不负有完全责任的环境，这不过是徒劳之举。"

但必须做出选择，在他那里，陈词滥调的辩护远远不能保留只有沉默才能真正保留的东西。因此，最后的要求只有一个，那就是真实性，必须非常严格地做到，如果我们放弃了辩护的原则的话。但是，以小错误或不恰当的评判为借口，试图剥夺萨特的正直带来的好处是徒劳的。很难想象还有比这更有洞察力的努力，比这更真诚的固执，尤其是，我们也很难知道如何比这更有效地揭示最深远的东西。对波德莱尔的**诗意行为**——其**意义**和**精神性**的分析——来自一个从不声称自己有诗歌潜能的人，但这一分析却是对精确认识**诗意行为**的重要贡献。推动萨特研究的不可否认的激情并不意味着袒护。即便波德莱尔在他身上激发了一些同情，这也不是他偏袒的理由。（众所周知，萨特对这个人并无尊敬，而他献

---

① L'héautontimorouménos 是波德莱尔《恶之花》中《忧郁与理想》部分的一首诗。希腊文标题的字面意思是自我折磨的人（ἑαυτὸν τιμωρούμενος, heautòn timōroúmenos），取自拉丁剧作家特伦斯的一部戏剧的标题。——译者注

给诗人让·热内的作品则远离了这种狭隘的想法。）^①事实上，萨特分析的清晰和才智水平不容置疑，他的雄心壮志从一开始就使他超越了那些不值一提的讨论。

萨特心中的波德莱尔形象建立在他母亲第二次婚姻的后果之上。

他说（p.II, ss）："父亲去世时，波德莱尔六岁，生活在对母亲的爱慕中；他着迷，被照顾和关爱包围着，他还不知道自己是作为一个人而存在的，但他感受到自己通过一种原始而神秘的参与与母亲的身心结合在一起。[……]

"1828 年 11 月，他心爱的这个女人与一名士兵再婚，波德莱尔被送进了寄宿学校。他著名的《裂痕》就是在这一时期创作的。[……]

"这突如其来的分离和由此产生的悲痛将他毫无过渡地抛入了个人的生存。就在不久前，他还沉浸在与母亲组成的夫妻一致而虔诚的生活中。这种生活如潮水般退去，让他孤独而干涸，他失去了正当理由，他羞愧地发现自己孑然一身，他的存在毫无意义。他对被抛弃的愤

---

① 在 *Ms. 1* 中，这段插入语的内容更加简略：（萨特本人对他几乎没什么好感，这点也是足够明晰的。）

文学与恶

懑与极度颓败的感觉交织在一起。在《我心赤裸》中，他写道：'一种**孤独**感，从我的童年就开始了。尽管我有家人——以及，尤其是在朋友中间——一种注定要永远孤独的感觉。'他已经把这种孤独当成了一种**命运**。这意味着他不仅是被动地忍受它，希望它只是暂时的：相反，他狂热地投入其中，并把自己封闭于此，既然他已注定如此，他至少希望这种注定是决定性的。在这里，我们触及了波德莱尔给自己做的最初选择，即我们每个人在特定情境下决定自己将所是和自己之所是的绝对践约。"

在我看来，纠结于这一阐释在事实的真实性方面所引发的困难是毫无意义的。在孩子的心中究竟发生了什么或决定了什么，并不是那么容易知道的。我们只能做一些猜测。关于波德莱尔最初的童年——它具有决定性价值——我们一无所知，也终将一无所知。存在选择自身的时刻这一观点也是萨特自己的一个观点，它没有强迫别人偏好它而非其他看待方式的特权。（这并不重要，而且我现在也不打算从总体上考察萨特的哲学，因为我们知道选择的观点对萨特的哲学至关重要。）但是，如果它不创造确定性，那么《私密写作》导言中给出的波德莱尔形象就是合情合理的，而且以不同于萨特的方式来看待它——以一种难以捉摸的可能性——并不能消除它

编者注

的趣味。此外，我们也不必担心它是毫无根据的：它充其量只是被歪曲了（这并不是全部的真相，毫无疑问，我们不知道它在多大程度上使我们无法掌控）。但这并不重要：这一形象是合情合理的，并与**诗意行为**相关。如果我们谈论的是《恶之花》的作者，那么我们就可以超越对精确的历史性真相的关注，尝试阐释与他相关的诗歌本质的问题。萨特本人通过模糊的表述，激励我们将兴趣转向这个方向。在开篇几页，他将波德莱尔与所有其他人进行了对比。他说（p.VIII）："波德莱尔与这个世界的距离并非如我们的一样。"但再往后（p.CXLVI）："**每个**（强调为我所加）诗人都在以自己的方式追求我们认为不可能的生存与存在的综合。"然而，波德莱尔看待世界的特殊方式与**我们的**相反，这一开始就暗示了对这种不可能的综合的追寻。我们的方式？是萨特的方式，以及那些与萨特一样拒绝以**诗意的**方式睁开眼睛看世界的人的方式。导言第一部分所描绘的形象，实际上可能与萨特归因于一个孩子不幸的决定的缺陷只有一个次要的关联，甚至是错误的关联：但它至少提供了对事物的诗意视野准确的、总体的范式。以否定的视角看，正如萨特所希望看到展现的波德莱尔的形象那样，这是一个病态的诗人形象，但仅仅是把否定的陈词滥调变为肯定，

　　　　　　　　　　　　　　　　　　文学与恶

这是一个"主权式的诗人"形象，他的视野缩短了他人、世界与他自己之间的距离。

3. 成年的和未成年的两个词在 *Ms. 1* 和 *Crit.* 中都没有被强调。

4. 在 *Ms. 1* 和 *Crit.* 中，这段是这样开始的：这没有这么简单。从某一点上看

5. 在 *Ms. 1* 和 *Crit.* 中，我们发现这句话接着的句子，在 *Ms. 2* 中被划去：伪装确实表明了诗人未成年的态度。但萨特

6. 在 *Ms. 1* 和 *Crit.* 中：但不能消除它

7. *Ms. 1* 和 *Crit.*：在他沉浸于反叛的意义上

8. *Ms. 1* 和 *Crit.*：（这种奴性的自由传统上是狡猾的诗人的作风）

9. *Ms. 1* 和 *Crit.*：是与这些不同的可能性相关的。（这个词被强调。）

10. *Ms. 1*，*Crit.*，在 *Ms. 2* 中被划掉，这句话接下来是这样的：一种特权式的痛苦，它承认，并向秩序让步，否则它本身就会成为秩序，它不可能是一种退让，因为它是将无法坚持的立场坚持到底的唯一手段。我将在之后讨论诗歌这一"诅咒"的普遍意义——经济的和历史的——然后再尝试跟随萨特的长篇分析，他帮助我们在洞察诗人的独特性的同时，也洞察**诗意行为**的本质。（在 *Ms. 1* 和 *Crit.* 中，直接跟随夏尔

的引用，以及 p.193 对"如果人类不封闭……"的展开）。

11. 在 *Ms. 1*，*Ms. 2* 和 *Crit.* 中：箭头的方向，我忘记了自身，如果我考虑到箭头，我自身便被取消

12. 在 *Ms. 1* 和 *Crit.* 中，以下注释可供参阅：因此，推理思维必然缺乏诗性。它只有指示道路的箭头，指示城市的道路，指示街道、房屋、房间等的城市。它委托给自己的每一个术语都是由未来决定的；"参与"也是如此……只要（非诗意的）话语还在持续，它就什么都不指示；如果它说了当下"瞬间"，那它就不是这个瞬间，而是另一个或其他一些通常会在以后出现的瞬间。非诗意地说话，我便消除了除相关的决断以外的任何在场，这些决断来自对未来的预期。我指向远处田野上的一匹马：这样做，我指定了一系列可能性，比如当我走近时看到马的细节的可能性。因此，随之而来的沉默，归根结底是话语的唯一可能性，它的辩词就是，如果没有话语，沉默也不会存在。

13. *Ms. 1*，*Crit.*，在 *Ms. 2* 中被划掉：徒劳的努力吗？努力越有成效，不安、辛酸和失败的感觉不就越强烈吗？很难

14. *Ms. 1*，*Crit.*：无法被满足的，不满的激怒。在 *Ms. 2* 中：它令人激怒。

15. 这个词组在 *Ms. 1* 和 *Crit.* 中被强调。

16. *Ms. 1*，*Crit.*，在 *Ms. 2* 中被划掉：它以毁灭，以易逝

的东西为目标

17. *Ms. 1*，*Crit.*，在 *Ms. 2* 中被划掉：一首黑色诗歌无声的自淫

18. 在 *Ms. 1*，*Crit.* 和 *Ms. 2* 中，接着这句话：即使没有被说服，我也认为这个判断是站得住脚的。

19. *Ms. 1*：剧情的源头。工人这一职业的选择，至少是由这首歌决定的。

20. *Ms. 1*，*Crit.*：塞壬（至少对我而言这地方之前有一处空白）

21. *Ms. 1*，*Crit.*，在 *Ms. 2* 中被划掉，该段承接了这句话：我认为萨特总体上是对的。

22. *Ms. 1*，*Crit.*，*Ms. 2*：被限制的过去不再令人迷惑，可能的无限打开了令人眩晕的吸引力，如果说自由是对限制的拒绝，一经拔除，自由就会焕发出一种光彩，如同星星闪烁时散发的主权式的光辉，令人难以捕捉。

23. *Ms. 1*，*Crit.*，*Ms. 2*：波德莱尔不顾逻辑的不可能性，把锯木工

24. *Ms. 1*，*Crit.*，在 *Ms. 2* 中被划掉：剧本写作计划，这是最极端的时刻。

25. 在 *Ms. 1*，*Crit.*，以及（修改过的）*Ms. 2* 中，我们发现替代这最后两句的是：但如果我们知道他把它交给了剧

院经理，以及他还欠了债，我们就可以承认，在波德莱尔之前，公众有可能阻止了这本书的完成。我们怎能不联想到那些画家只为了自己而自由创作的草图，因为他们确信找不到买主？

26. 解释性一词在 *Ms. 1* 中被强调。

27. *Ms. 1*，*Crit.*：从未来的角度来看——尽管抽象——它的目标

28. *Ms. 1*，*Crit.*，在 *Ms. 2* 中被划掉，对波德莱尔的研究在一行空白后接着写道：

在此，必须指出的是，萨特将感性存在对经济决断的回应（以交流和诗意的传染形式发生）转换为个人选择和自由形式的概念，这一原则具有使回应进入**非存在**的效果。这是因为，让-保罗·萨特的选择和总体立场是从形而上学领域的两个角度出发的：首先，它们逃脱了感性的主观材料和活动的客观材料，其次，它们回答了或者声称回答了让精神误入歧途的问题。有人很快会说，思想必然源自形而上学的公设，无法不按照它们的模式去考量：因为，同样地，按照这种模式考量它们也是徒劳无功的！活动的生活（本质上就是经济活动和反映经济活动的科学）和感性的生活（宗教、色情及其在

艺术形式上的延伸）都是可能的，而不依赖于授权它们的不同的形而上学公设。它们不仅在形而上学公设所宣称的不可能性的基础上是可能的，而且它们也反对形而上学思辨的本质对活动或感性的生活设置的阻碍。人类总是倾向于将个体被限制的部分视为整体，在形而上学的源头，我们很容易想象出一种与感性或活动相对立的禁锢，以及对生活的抗拒。在我看来，在这方面，萨特对于局限于自由选择的生活的兴趣，使他在这个现实世界里就像一个自愿的流放者。他对于自由的悖论的大胆阐述不过徒劳，活动的世界对他空洞的思辨关上了大门。萨特的政治态度比他想象的更令人失望：它局限于对共产主义立场的智性批判。他似乎希望共产主义——真正的行动——能够为萨特式的自由留出空间。但这一原则在世界上的地位将由萨特的**行动**赋予。事实上，似乎萨特从外部预设了行动的必要性，却并没能投入行动，甚至没有投入的兴趣。这倒也未必令人遗憾。但是，不行动，且远离感性生活的行动欲望又有什么意义呢？

难道我们不能在此提及一些简单的原则，而不考虑形而上学的预设吗？我们既不**认识**上帝，也不**认识**魔鬼，如果它具有一种形而上学的意义，那么自由的概念就会把我们引入歧途，但我们必须不断地做出选择：工作和享乐、生产活动和非生产性耗费、对明日的忧虑的回应和对感性的直接要求，每时每刻都在为我们提供相反的方向。我们可以踌躇，扮演布里丹之驴，但我们无法避免从这两个方向中选择其一来回答。我们无法消除行动的必要性，行动也不会降低感性存在的要求。行动面前有一个需要改变的世界，而它想要改变这个世界，最终就必须将其还原为自己的原则。行动希望有一个工作的世界，除了工作之外，没有其他的方向和法则：它为所有人的自由划定了生产必需品的界限。它似乎甚至希望个人从属于生产的目的。但这只是表面上的情况。从工作的必要性中解放出来（这不再是一个形而上学的自由问题）的感性存在不能被还原。当下的利益不能被明日的利益所取消。在工作的世界里，每个人都有同样的义务去应对明日的忧虑，这并没有使人类远离纯粹感性的、浪费性的存在，而是更加靠近，诗歌则正是这种存在最充分的形式。任何人都不能要求别人参与资源的生产——或参与事前的政治活动——却不严格地执行这一要求。但是，对诗歌之纯粹浪费的**错误**的表面反对，将诗歌与着眼于明日的共同事业联系起来的欲望，绝对不可能还原不可还原之物，使当下的主权权力屈从于明日的首要地位。如果它们可以引导诗歌不再满足于弄虚作假，不再让诗人撒谎的倾向被模糊不清的生活形式所利用，就是把这些问题置于人类从未提出过的最充分的要求面前：事实上，在人类追求将工作作为活动的唯一**目的**来实现的情况下，这一要求就会显现。此外，必须指出的是，在我们所处的这个时代，诗歌呼吁针对其自身进行这种极端的争论，这种争论有时来自外部，有时来自内部。如果我们考虑到现代的诗歌活动，这个争论甚至可能会瞬间脱离诗歌。以至于在萨特的分析中，诗歌的可能性在某种意义上被质疑，没有与**诗歌的焦虑**背道而驰，而是与之相辅相成。不同之处在于，萨特从一个不属于他自己的角度进行指责：谈到诗歌，我们只能质疑他研究根基的有效性来作为回应。我认为，这些根基必然导致视角的狭隘：因此，有必要引入诗歌的不同视角，以作为一种辩护的方式。但是，与其说诗歌抗拒这些观点，不如说它呼吁哲学家和行动者对它进行一致的谴责。诗歌具有一种对抗的力量，只是因为它能够不断地将人性还原为诗歌所揭示的东西，而政治和思想仅是人性的仆从。

米什莱

1. 该文本在收录于《文学与恶》之前的唯一版本是巴塔耶为 1946 年将要出版的《女巫》一书所写的序言（以下简称 *Préf.*）（因此，它是该文集中最老的文本）：

Jules Michelet, *La Sorcière*，完整版，附带 Ad. Van Bever 所作前言，乔治·巴塔耶所作序言。Éditions des Quatre Vents, 1, Rue Gozlin, Paris（VI）.

2. *Préf.*：很少有人比米什莱更天真地相信

3. 在 *Préf.* 中，这个词被强调，但是没有大写。

4. 在 *Préf.* 里没有小标题。

5. *Préf.*：我们可悲的欲望

6. *Préf.*：是不可动摇的

7. *Préf.*：令人信服的好处

8. *Préf.*：沉重因素

9. *Préf.*：尝试迈出了最为疯狂的一步

10. *Préf.*：从谨慎的一面解放出来的魔法

11. *Préf.*：至高的微芒

12. *Préf.*：它被真相和颤抖所刺激

13. *Préf.*：与恶的原则的关联，离少数群体或个人"最远"，也就是说，离人"最远"。

威廉·布莱克

1. 本文在作为《文学与恶》的一章发表前，有三个文本：

Ms. 1：原始手稿，其章节与 *Crit.* 分两次发表的文章一致。

Crit.：文章分两次发表于《批评》，第 28 期，1948 年 9 月，第 771—777 页，和第 30 期，1948 年 11 月，第 976—985 页。题为《威廉·布莱克或恶的真理》（*William Blake ou la vérité du Mal*），在 W. P. Witcutt, *Blake / Psychological Study*, Londres, Hollis and Carter, 1946, in-16, 127 p. 出版之际发表。

Ms. 2：这一章的手稿（Boîte 3, XIII, 1-29, ff^{os} 55-86）。

除了这些先前的稿件之外，还有：

（1）四张散页（Boîte 14K, ff^{os} 93-95），构成了文章的第一次草稿，现转写如下：

a

　　布莱克、福特、艾米莉·勃朗特的位置

b

　　这一位置的意义：

　　　　恶的问题

　　恶不仅仅意味着

　　今天，恶的问题困扰着我们

这意味着我们的关注

始于爆发（边注：自由问题）

c

布莱克传记。

他的作品。神话与诗歌。

d

即使是萨德，也没有以思考的形式

提出恶的问题，而

这一问题是以神话人物和神话作品的形式被提出来的。

这是一个宗教问题，正是

在宗教生活中……但这

意味着宗教生活延伸到了

文学中。（并非所有文学作品都是如此。）

对实际秩序的关切给文学

带来的深刻转变。

古典主义和浪漫主义的游戏。司汤达。

但这是一个普遍的难题：

普遍真相总是隐藏在特殊谎言的

谜面之下

因此，真相就是

我们走出个人孤立——内倾性——的道路

简而言之，谎言是一种

没有向完全的外倾性开放的真相。

从这个意义上说，布莱克的基本原则

甚至代表了外倾性的最大努力。

它们让我们从（相对）内倾性的谎言中

走出来。

e

布莱克所说的可能性。

所有人的诗性天赋都是一样的。

f

根本困难：文学不是

宗教。没有文学神话。但

这仅仅意味着其失去了受众，而非

宗教功能。因此，不再是谈论

严格意义上的宗教。它是另一种东西：

既不是文学，也不是宗教。这可以被视为

宗教在文学中的存续。

但它实际上是一个分裂的问题，而这

正是布莱克神话的主题（威卡特的观点）。试图

重新整合（我们之后将看到，

这种尝试是徒劳的，并且这也是宗教

变得不可能的原因，但随后就会发生

觉醒……）

g

威卡特的陈述

h

威卡特的错误（边注：认为一切**都已解决**）

没有强调婚姻：

能量。天堂与地狱的婚姻的

不可能性和必然性

神话的爆发

    引证尤里森

基督教的综合，不。永恒的福音

仍然只是一个噩梦般的愿景。

后面接着注释：

p.18   布莱克没有疯

    他没有被无意识的符号所淹没 [①]

---

① 此句为英语。——译者注

而荷尔德林和尼采则是如此

基督徒对神话的使用
深刻地歪曲了神话的意义。

作家处在他们还未放弃的行动
与疯癫之间的半途
令人失望，因为他们缺乏行动的［美德］①
令人失望，因为他们没疯
而疯子他们自己

p.14　布莱克的邪恶

（2）*Crit.*（第 34 期，1949 年 3 月，第 275—278 页）中有两篇评论，总标题为《威廉·布莱克的神学与疯癫》（*La Théologie et la folie de William Blake*），一篇是 J. G. 戴维斯的《威廉·布莱克的神学》（*The Theology of William Blake*, Oxford, Clarendon Press, 1948, in-8°, 168 p.）；另一篇是莫娜·威尔逊的《威廉·布莱克的生活》（*The Life of William Blake*, Londres, Rupert Hart-Davis, 1948, 2ᵉ éd., in-8°, 425 p., 插图版）。第二篇评论的内容将在本章注释中得到讨论（cf. p.60）；至于第

———————

① 此处文字存疑。

一篇，我们将其作为《布莱克档案》(*Dossier Blake*) 的附录出版。

2. *Ms. 1* 和 *Crit.*：如果我们必须给出英国文学中最具震撼意义的名字——或者比震撼更胜一筹的——对我们来说最有力的名字

3. *Ms. 1* 和 *Crit.*：这种排列没有什么意义（或者甚至有着令人不快的意义），但这些名字合在一起却有着叠加的力量。

4. *Ms. 1* 和 *Crit.*：福特的失落之爱——犯罪之爱——带来了

5. *Ms. 1* 和 *Crit.*：布莱克用荒谬的简单语词

6. *Ms. 1* 和 *Crit.*：摆脱了通常约束着生活的义务

7. 该注释几乎全文重复了巴塔耶在《批评》(1949 年 3 月) 上发表的对莫娜·威尔逊《威廉·布莱克的生活》(见上文) 一书的评论，该评论以这段话结束：

然而，1875 年，《康希尔杂志》上的一篇文章还是提到了布莱克在疯人院度过的三十年 (p.388)，这立即引起了塞缪尔·帕尔默 (Samuel Palmer) 的愤怒反应："抛开他的著作不谈，毫无疑问，在我的记忆中，威廉·布莱克的日常生活平静有序，他是我所认识的人中最健康的之一，甚至是最健全的人。"(p.301)

注释的另一个版本结尾如下：

说到这里，值得注意的是布莱克对疯癫的反应。他在一篇笔记中写道（1819 年左右，在 Spurzheim, *Observation the Damaged Manifestations of the Mind or Insanity* 一书第 154 页的空白处）："古柏（这位伟大的英国诗人）来找我，说：我想永远精神失常。我将永无宁日。你能不能让我成为一个真正的疯子？我将永无宁日，直到我成为疯子。哦，我愿意把自己藏在上帝的怀抱里。你保持着健康，却和我们中的任何人一样疯狂——比我们任何人都疯狂——疯狂是为了躲避无信仰，躲避培根、牛顿和洛克。"（*Prose and Poetry*, p.817.）

8. *Ms. 1* 和 *Crit.*：诗歌将被肢解，像牛一样。

9. *Ms. 1* 和 *Crit.*：但他只能否认她身上的惯习

10. 在 *Ms. 1* 和 *Crit.* 中，有这样的注释：威卡特认可了这点（p.27）。布莱克说："如果不是因为诗歌和预言的特性……"威卡特在括号中评论了最后这两个词，他写道：见"内倾性"。

11. *Ms. 1* 和 *Crit.*：被还原为对**外部**巨大的遗忘，还原为**内部**贫困的一道褶皱。*Ms. 2*：或者在**内部**贫困的褶皱中窒息

12. 在 *Ms. 1* 和 *Crit.* 中，同样地，最后一句话不同：同样，很明显，诗歌是一个诱饵，但凡我们能够享受它，它就是可憎的。更确切地说，诗歌的能力就是诗歌的无能。

13. *Ms. 1* 和 *Crit.*：这些材料都被研究者的情感所严格地

修改。

14. *Ms. 1* 和 *Crit.*：阅读布莱克开启了一种希望——或一种焦虑

15. *Ms. 2*：**布莱克的真理是投射在恶之上的光明**

16. 在 *Ms. 1* 和 *Crit.* 中，这个句子不一样：这不是宇宙秩序中早已预料到的、符合这一秩序并将其表现出来的反应的结果，而是在黑夜中**觉醒**，却不可能做出回应的结果，这不令人惊讶吗？

17. 在 *Ms. 1* 和 *Crit.* 中，后面有括号：（从这点看，人们会倾向于想象**内倾者**更感性，他们逃避进入讲究效率的人的算计的抽象性。）

18. 此段（从"我们必须注意"开始）不在 *Ms. 1* 和 *Crit.* 中，而是直接紧跟对布莱克的引用。

19. 这句话是 *Ms. 2* 的添加，整个段落相比较 *Crit.* 而言有改动。

20. *Ms. 1* 和 *Crit.*：在感官享受所包含的恐怖之外，它无法与恶行分离

21. *Ms. 1* 和 *Crit.*：起义

22. 这句话是 *Ms. 2* 的添加。

23. 换行，在 *Ms. 1* 和 *Crit.* 中：这些句子消除了歧义，或更好地给予了它所应有的位置。

24. 在 *Ms. 1* 和 *Crit.* 中，括号里更简短：(但是在布莱克的精神里，上帝不过是一个**觉醒**的人)

25. *Ms. 1* 和 *Crit.*：时候，因为在眼睛和"残酷的太阳"之间，它插入了

26. 在 *Ms. 1* 和 *Crit.* 中，这个注释是文本的一部分，此处插入了这些词：当然，瓦尔的评论绝不是为了将布莱克的真相替换为性格学或精神分析的真相。他关注的是不增加任何东西。

27. 在 *Ms. 1* 和 *Crit.* 中，这段话的开头这样写道：从这种谋杀的眩晕和与之相关的焦虑呼声中，我们无法得出任何语言、言辞能恰当表达的东西。这是诗歌或者**幻象**的好处，这两者相互矛盾，却具有不屈服于普通还原的效力。此外，

28. *Ms. 1* 和 *Crit.*：特征。但他以这种方式排除了采取一致态度的可能性，并预示了当今反叛者的伟大与苦难。下面的句子和段落没有出现在 *Ms. 1* 中，也没有出现在 *Crit.* 中，在一处空白后继续：布莱克的主要特点是那种不合时宜的、挑衅的和自信的天真，这种独一无二的天真，以其暴力的对立，将他与所有时代的人联系在一起。在一个雄辩的世界中

29. *Ms. 1* 和 *Crit.*：无能所判处的不合时宜的天真

萨德

1. 本文在作为《文学与恶》的一章发表前，有三个文本：

Crit.：名为《萨德的秘密》（*Le Secret de Sade*）的文章，发表于《批评》，第 15/16 期（1947 年 8/9 月，第 147—160 页），以及第 17 期（1947 年 10 月，第 304—312 页），其时正值这三本书出版：

——萨德侯爵：《美德的不幸》，由莫里斯·埃纳作注，罗贝尔·瓦伦卡伊编辑参考目录，让·包兰作序，Éd. du Point du Jour, 1946, in-8°, XLIII-245 p.（«Incidences» 文集）。

——萨德侯爵：《索多姆的一百二十天》，Bruxelles, 1947, in-16, t. l, 96 p.（宣布出版 4 卷本）。

——皮埃尔·克洛索夫斯基：《萨德，我的同类》，Éd. du Seuil, 1947, in-8°, 208 p.（«Pierres vives» 文集，Essais）。

Corr.：塔耶对这篇文章的修改（Env. 167，编页 1—14，15—23）。

Ms.：本章的部分手稿，第 1—10 页，巴塔耶提示，见 *Corr.*。

2. 最后两句是 *Corr.* 中添加的。

3. 小标题是 *Corr.* 中添加的，在 *Ms.* 中没有。

4. 在 *Crit.* 中，这个词要参阅这条注释：即安德烈·布勒东谈到的**客观偶然性、巧合**。

5. *Crit.*：是时候了，在某种意义上，分辨它们甚至是必需的。

6. *Crit.*（被划掉）：但也可以说，正是误会的部分让历史充满了盲目与偶然的（*Corr.*：简单的）成分

7. *Crit.*（被划掉）：**足够任性**，足够丰富，才能够填满被激化的欲望。这与夸张的贫困不无关系。

8. *Crit.*（被划掉）：**转移走**。体面和历史法则要求将有论据支撑的意义还原为**无意义**的谨慎。（以及被划掉的这个注释：）我认为，有时，历史人物与梦境中的人物相似。

9. *Crit.*（被划掉）：当然还有 7 月 14 日

10. *Crit.*（被划掉）：埃纳将其再版，但多了一些印刷错误，有人说，这是由于印刷厂急于处理这种质量的样书

11. *Crit.*：更拙劣

12. 在 *Crit.* 中，该词的引用为：诅咒它

13. *Crit.*（被划掉）：完全的唯物主义者

14. *Crit.*（被划掉）：喊叫——没有联合他，而是背叛了他——证明

15. 原文为：如果你们想要成为共和主义者

16. *Crit.*：在这一比我们想象的意义更加沉重的问题上

（事实上，这首先是个人利益的表达）

17. *Crit.*：可憎的特点

18. 在 *Crit.* 中被强调。

19. *Crit.*（被划掉）：不过是错综复杂的系统的一环所投射的影子

20. *Crit.*（被划掉）：奇特学说

21. *Crit.*（被划掉）：显然，我不能同意克洛索夫斯基，对此持保留意见。

22. *Crit.*（被划掉）：得到想要的激怒

23. *Crit.*（被划掉）：也就是，完完全全毁坏他

24. *Crit.*（被划掉）：根本不同

25. *Crit.*（被划掉）：萨德作品明显的单调，以及所谓的夸张，这源于

26.（首批发行的《批评》在这一结尾处还有一长段话，其中包括对包兰研究的一段重要引用，以及接着的几行评论，《文学与恶》的这一章并没有采用：）这样一片景观的伟大：让·包兰的评价可以佐证这点。

包兰写道[①]："但萨德，他的冰川、深渊和可怕的城堡，他对上帝、对人类自身进行的无休止的审判，他的坚持、重复

---

① Introduction, p.IX–XI.

和骇人听闻的庸俗乏味，他系统性的精神和不着边际的歪理，他对耸人听闻的行动和详尽的分析的顽固追求。他每时每刻都在关注身体的各个部位（没有一个部位是没用的），关注头脑中的所有想法（萨德读过的书和马克思读过的书一样多）。他对文学矫揉造作的表达不屑一顾，但又每时每刻都在追求真理。他的步伐仿佛在说他不会停止移动，也不会停止做本能有时会做的那种不确定的梦。他挥霍力量，耗费生命，令人想起可怕的原始庆典——或者是其他类型的庆典，谁知道呢，比如那些大型战争——萨德对宇宙的这些巨大的攫取——或者更确切地说，他是第一个对人进行这种简单的攫取（我们必须把它命名为——不玩任何文字游戏——抽取血液）的人——他只是做了分析和选择，刻画和增添了几笔戏剧效果，考究或是夸张而已。他既不辨识也不区分。他重复自身，并一再反复。他让人想起伟大宗教的圣书。他继续前进，在某些箴言中勉强停留片刻：

当身体被道德错误引燃，就危险了……

熟悉死亡的最好方法莫过于将它与放荡的思想相结合。

人们对激情大加讨伐，却没有想到，哲学正是在激情的火炬下点燃了自身……

编者注

245

（这是什么样的箴言啊！）这种时而从文学中发出的宏大而纠缠的低语，也许能够证明其正当性：阿米埃尔、蒙田、卡勒瓦拉、罗摩衍那。如果有人提出反对意见，说这至少是一本没有自己的宗教或信徒的圣书，我首先会说这非常幸福，我们应该为此高兴（而且从这一点来看，我们得以更自由地评价它本身，而不是基于它的影响）。经过深思熟虑，我还会补充说，我并不那么确定：因为这种宗教，就其本质而言，注定是隐秘的，即便隐秘会导致怨言；波德莱尔的三句诗：

> 谁在长衫下藏着鞭子，
>
> 遁入黑暗的树林和孤寂的夜晚
>
> 快乐的泡沫混着痛苦的眼泪。

约瑟夫·德·迈斯特伯爵的玩笑话：

废除酷刑的国家会有祸降临……[1]

斯文伯恩的用词：

---

[1] 包兰在注释中把这句话和萨德的一句话作对比（*La Nouvelle Justine*, IV）："人民的屈从只是由于暴力和酷刑的程度……"但萨德对刑罚持敌视的态度。

殉道的侯爵……

洛特雷阿蒙的呐喊：

残忍的乐事！并非短暂的乐事……

普希金的思考：

我们在一切与死亡接近之物中获取的快乐……

甚至还有：我对夏多布里昂——还有其他那些人——那些他爱过的女人、捍卫的政权和坚信的宗教的没落所带来的有些混乱的快乐心存怀疑。萨德常常被称为神圣侯爵，这并非没有道理。"①

的确，他否定人性到了神性的程度，以至于在这世上，只有一种事业具有一些价值：那就是列举毁灭人类的一切方式，直到穷尽所有可能。不是像毁灭牛羊那样，只需杀死它们。萨德暴怒地、义务地重复去做的，是对人类身上人性部

① 包兰补充道："不过，我们也不确定他是否曾是侯爵。"他确实是伯爵，但亲近他的人称他为侯爵，他也如此自称——直到大革命的爆发。

分的毁灭，是对我们在极度痛苦和恐惧的哀号中，被剥夺的可操作的尊严的毁灭。只要回想一下基督徒将自己的神性建立在侮辱性的酷刑之上的必要性，就能体会到这种暴怒的**义务**感，并且衡量它所带来的可能性有多大。然而，他们在关键时刻仍然给自己的人格尊严存留一丝与受造物和上帝的结合相比拟的特征。他们"在其面前感受到灵魂的意识"的神性，虽然源于一个人受辱刑而死，却可以重新找到可以使我们不断建立尊严的所有运作形式。"神圣地解放"了的人，从束缚的形式中解脱出来后所在的那片完全的虚空，那片**荒漠**，要求在一切层面对既定的属性限制进行无休止的严格毁灭，这些属性让人类这一蜉蝣封闭在自身逻辑的孤独中，与宇宙相对立。为此，孤立的、转瞬即逝的迹象，无论多么可怕，都是不够的。只有无休止的、乏味的列举，在暴怒的驱使下达到可能性的极致，才有可能拓展这片**荒漠**，而只有"捐弃一切希望"[①]（首先是文学消遣带来的希望）[②]，才能进入这片**荒漠**，就像进入地狱一样。

27. *Crit.*：萨德作品的单调乏味，或许会让我们产生一

---

① 参见但丁：《神曲·地狱篇》第三歌："你们走进这里的，把一切希望捐弃吧。"朱维基译，上海译文出版社 2011 年版。——译者注

② 这里需要提到，萨德最大的敌人就是他那个时代的淫秽作家米拉波（他的亲戚），以及雷蒂夫·德·拉·布勒托纳。

种无聊：然而，如果不从对立面来看待这种无聊，我们就无法领悟其中的含义。相反，有趣的书籍能让我们从无聊中解脱出来，而且与无聊和谐共处：它们之所以让我们得到乐趣，正是因为我们的无聊，当事物的本质让我们感到恐惧，而我们又惊恐地把自己局限在无关痛痒的可能性中时。**他那无止境的小说**

28. 在 *Crit.* 中，该词需要查阅这条注释：请特别参阅发表在 *Le Surréalisme au service de la Révolution*, n°2，p.3 的一封写给他仆人的信。我引述了这段话："F……你如此这般博学多才，从哪里弄来这么多好东西？……这些杀死恺撒的大象，这个偷牛的布鲁图斯，这个海格力斯，这个瓦利乌斯！……哦，这一切多么美好。一天晚上，你送你的女主人去她朋友家吃晚餐，回来的时候，你把这些东西都偷了出来：你把这些东西都放在她的裙子里，就像那些吃樱桃的人一样放，于是，可怜的侯爵夫人那天晚上就在裙子里装着大象、大力神和牛回了家……"

29. *Crit.*：一种无限的张力突然占了上风：它的要求是无止境的，我们从第一句话开始就远离了共同的尺度，就像在喜马拉雅山的高处一样。那些缓和的，**什么都没有留下**：没有任何令人愉快的、和蔼可亲的或灵巧的东西，总之，没有任何可以给生活留下可能的（*Corr.* 中被划掉）希望的东西。

在无法平息

30. *Crit.*：萨德本人非但没有缓和作品的不可接受性，反而提醒人们注意他作品的这点。

31. *Crit.*：懦夫，他们不可避免地让我们厌恶，从来没有诱惑我们，只会让我们感到恐惧。

32. *Crit.*：则是激情的放纵的化身

33. 在 *Crit.* 中，巴塔耶重申：我不明白这种优越感有什么正当性：难道不是对法利赛教义的让步吗？

34. 在 *Crit.* 中，最后一行更加简短，但是内容一样。

35. *Crit.*：割离开来，也不认为它们毫无意义。他没有像往常一样否认这种激情，就好像这是种习惯，而是敢于追随它，并问自己

36. *Crit.*：人的本质从未停止过对沉闷的要求的回应，但它

37. *Crit.*：深刻的运动

38. *Crit.*：社会结构——以及人自身

39. *Crit.*：条理分明的形象消散

40. *Crit.*：有些东西遗失、从我们身边溜走，在其中，我们可以识别出不安和空虚的感受，没有这种感受，也就不是感官欲望了。年轻人

41. *Crit.*：把性功能还原为机械结构和田园牧诗。逢迎下

流话的笑声带来了变化，但笑声的隐晦反应恰恰与观看的意志相反。（在 *Crit.* 中，本段以这几句话结束。）

42. *Crit.*：沉闷无聊

43. *Crit.*：造就了一种神圣的恶心，使得事物分解。

44. *Crit.*：如同极致的痛苦，给人一种震撼的感觉，麻痹人——以及，扼杀人。

45. *Crit.*：但，除此之外，他进入了一个难以生存的地带，在那里，赤裸的、毫无希望的存在将独自应对光明。事实上

46. *Crit.*：在所谓的感官享受的迷乱

47. *Crit.*（换行）：这就是萨德作品中所暗含的根本真理。

48. *Crit.*：只有一个办法可以摆脱我们的限制：毁灭一个有限的存在（也就是否认一个有限存在的限制：我们确实无法毁灭事物本身：它会改变，但不会消失；我们只能毁灭如此构建它的限制，我们只能玷污，我们只能杀死）。

49. *Crit.*：对放纵的畏惧和退缩

50. *Crit.*：通过献祭，一种沉重感让我们的注意力停留在一个超越我们限制的点上，将其转向不可捉摸的解释

51. *Crit.*：完全的反面。某种献祭被动地建立在掩盖我们（让我们像是不在场）的畏惧之上，而只有**欲望**可以主动让我们在场。因此，尽管专注的迟钝不是由感官享受给予的，就

在我们成为有限客体的其他事物时，认识被拒绝了。

52. *Crit.*：餍足，以及向越来越沉重的可能性的转变。

53.（从这里开始，文本与《批评》中发表的版本有很大不同。为避免过多的注释，我们将文章末尾部分转写如下：）但从意识的角度看，《一百二十天》的"史学家"本身只是通往这本书自身的道路的一个阶段，在那里，在单人囚室的孤独中，诞生了清醒明确的意识，这种意识被无限激活，构成了感官享受的基础。这不可能由一个**外部的**不敏感的学者完成，他不会被欲望干扰（我们想到克拉夫特-埃宾，以及更合适的，他的继承者莫尔）：这是因为认识的条件和问题的根本在于，研究的平静和激情的运动在这里是重合的。因此，监狱的墙壁对于光明的诞生来说是必要的。它以自身的方式弥补了我们的条件，其所欲求的是，它在其中迷失的运动逃离了意识，于是也就逃离了认识：因此，它忽视了自身所缺乏的，以及感官享受所要求的东西，那就是对构成它的限制的毁灭。因此，我们总是暴怒地看向反面，但却无能为力：当反面出现时，我们的目光就会震动。因此，这不过是人类的意志在如此执着地追求（想想我们所有的恶习和神圣的仪式），但我们需要监狱这种无力的条件来让我们冷酷地接近它。

然而，在巴士底狱中，酒精冲昏了我们的头脑，但没有白白浪费，而是为我们指明了沉醉的力量。(此外，新生的真理怎么会缺少诗意的光辉呢？没有这一光辉，就没有人类的全体性。)神话的虚构自发地与最终揭示了所有神话本质的东西是相关的。我们不能忽视的是，需要一场革命——在巴士底狱大门被攻破的嘈杂声中——在混乱的偶然中，来向我们传递萨德的秘密：遭遇的不幸使他梦想成真(对此的执念正是哲学的灵魂)：主体与客体的统一。布朗肖对萨德的评价是正确的，他说他"知道如何让他的监狱变为宇宙之孤独的图像"，但这座监狱，这个世界并没有拘束他，因为他"将所有创造物都驱逐和排除在外"。萨德在其中写作的巴士底狱是一座熔炉，在那里，存在的限制被因无能而激化的激情之火毁灭。

　　但萨德在消耗他人的同时，也在消耗自身。没有什么比包兰在《美德的不幸》的导言结尾提出的看法更真实、更沉重了。萨德的秘密在于他是一个受虐狂。包兰写道："瑞斯汀娜"，无数放荡者的无辜受害者，"就是他"。可以肯定的是，虽然他经常施虐，但艾克斯审判 [①] 的证据表明，他追求相反的

[①]　指 1778 年普罗旺斯地区艾克斯会议对萨德的审判。当时萨德还没有写出任何作品。他因为性行为被判刑：与年轻女工让娜·特斯塔尔（Jeanne Testard）进行鞭挞和渎神行为；鸡奸罪；和马赛的妓女企图下毒；与青少年淫乱……这些指控直接将萨德送进了文森城堡的监牢，然后又送进了巴士底狱。——译者注

恶行。事实上，我们无法想象一种恶行会离开另一种。基于观察，精神分析也承认这一点。如果**主体**出于拟真，不反过来攻击自己，那么摧毁**客体**就毫无意义。这是一个一致和统一的问题：在这个像熔炉一样的世界中，在爱神的密室里，一切都必须叫喊出来，都必须在哭喊中释放出来。生命只有在它逃离限制的地方才会出现。无论我们转向何方，**是其所是者**都只出现**在自身之外**。但这一真理只有在我们相互交融时才会呈现。在事物的**反面**，也就是事物的根基处，有太多的恐怖和沉重，我们只有在被鞭打——各种意义上的（在 *Corr.* 中被划掉）——的情况下，才能触及它。这就是萨德被诅咒的秘密，他在狱中才完全发现这个秘密。在此，我们可以说，他因此而狂热：他不把事物推向极点决不罢休（如果萨德的作品是一座建筑的话，再加一块石头都是画蛇添足）；但同时他又因此感到恐惧：他除了难以忍受的和**不可能的**东西之外，不会表现其他（他笔下的主角令人厌恶）。包兰说："瑞斯汀娜，就是他。"换句话说："意识，就是他。"意识，在此指神志清醒。萨德之后，我们**能够**知道自己之所是。有一个真理，也许我们还没有认识到，但它主宰着我们：**激情将我们与存在消亡的神性时刻相连**。但是，如果没有他的遗嘱作为他最后忠诚的证明的话，这一真理就只被他说出来了一半：绝对的沉默的真理——没有人比他更完美地（*Corr.*：完全地）献身于此。

文学与恶

普鲁斯特

1. 本文在作为《文学与恶》的一章发表前，有三个文本：

Corr.：在《批评》中出现的一则注释（第 62 期，1952 年
7 月，第 641—647 页，"概览"，标题为《真相与
正义》(*La Vérité et la justice*)，写于《让·桑德伊》
发表之际，这一注释之后［第 647—648 页］是对
普鲁斯特这部遗著的书评，现转载如下）。

Ms.：《文学与恶》的手稿（Boîte 3, XIII, ff^{os} 100–119，巴
塔耶编页 1—19）。

这是书评的文本：

马塞尔·普鲁斯特：《让·桑德伊》，安德烈·莫洛亚作
序，Gallimard, 1952, 3 vol, in-16。

当圆桌出版社首次出版《让·桑德伊》中摘取的章节时，
我们很难不对这些非常粗制滥造的草稿感到失望，在这些草
稿中，我们发现了《追忆》的许多形式元素，但没有任何实
效性的东西，没有可以开启无限多变视角的东西，一言以蔽
之，没有任何东西能够建立起"交流"。从《追忆》到读者那
儿，有一种转瞬即逝、亲密温和的流动，两者形成了共谋关
系。《让·桑德伊》有时候会告诉我们同样的事实，但是并不
行动：我们现在看到的这些事实是一个冷淡而**性急**的作家所

描述的，它们从未触动我们，我们只是从中得到了作者无能的痛苦证据。这头几页所披露的内容足以证明有些人疑问的反应很有道理："有必要出版这部显然注定要被毁掉的、被遗弃的作品吗？"

在我看来，在没有书面说明的情况下，拒绝将该书公之于众的决定有些没有道理。在死亡中，有一种彻底的放弃，在此之上，一种偶然性会将持存于私人领域的东西转入公共领域：不必提及万能的继承者的任性，在作者缺席时，可能的读者的好奇心才拥有决定权，所有的东西都任由他们处置。对卡夫卡最终意图的轻微怀疑导致了《审判》和《城堡》的出版。和其他人一样，我也能想象到作者对一部失败作品的愤怒，这部作品无论如何都是未完成的，且会沦为笑柄。但是，如果他没有明确、正式地表达这种感受，任何人都无权妄加评论。作家作为公众人物，自己都无法使得私人事务免受大众的好奇心，而这些东西都将归于大众。**人类整体**，在死亡时，会重获其生前所放弃的监督权，但这只是暂时的，而且不要忘了，所有人性的东西，就算是私人的，也属于这一整体的管辖范围。如果公众愿意，他们会让《让·桑德伊》付诸东流，但出版商可以自由地根据相反的预测做出他们的决定。一切都表明他们是对的。

圆桌出版社的这些摘录虽然令人失望，但还是引起了兴

文学与恶

趣，当然，它们无法给出《让·桑德伊》的全貌，从整体上看，我们必须从其本身所是来看待它：这是一部在很多方面都值得钦佩的书。

此外，这些草稿似乎并不适合再进行下去。很可能整个叙事的开端并不顺利，普鲁斯特在一个僵化的框架中无法找到无与伦比的自在感，而这一自在感则开启了《追忆》的微妙交流。被观察到的东西还没有被真正**淹没在观察中**，它们还是有别于观察者，没有和他融为一体。我们必须在事后做些工作：我们必须让这些从叙事中提取出的形象淹没，还原它们因作者的生疏笨拙而失去了的生命。这并不容易，但是对《追忆》的熟知可以帮助我们，而且如果作者本人没有首先放弃从传统中获得的为平庸形式所僵化的文本，他是否会做到这点也值得怀疑。

甚至，整个《让·桑德伊》都是如此。但是随着叙事的发展，这样的情况逐渐减少。在这本书中，我们可以看到《追忆》整个开头的雏形，这也是这本书最有意思的地方：它一点点地向我们展示了这一方法——就像是客体在被言说的主体说出时、在主体的**解脱**中的消亡。以最生硬的风格开始的这段话（III, p.298："雷维庸公爵让让代他去见著名作家、法兰西学院院士西尔万·巴斯戴尔先生。"）可能最准确地给出了这一方法的诞生，那就是"追忆"。"在他眼中，责任越来越意味着全身心投入那些在某些日子里蜂拥而入他脑中的想法的义务。或者，不能确切地说这些是想法，而是他在自己身上发现的某种魅力，某种他想要保持而不是加深的魅力。保持着，直到有一天，当他坐在一个没有人可以打扰他的房间里时，他不得不发觉这种想法，而这种想法在他的脑海中只是一个模糊的形象，要么是一个温暖的下午，在公园里，鸢尾花从树荫下的水池里冒出来，要么是一场冷雨落在城市里，要么是……"然而，在短短的几行字中，我只是想要开始，给出一些对于这部作品最模糊的概述，它从死亡中、从储藏室遗弃的箱子中姗姗涌现。

2. 除了最后一个小标题是校对时加上的，其他都是 *Ms.* 所加。

3. *Crit.* 和 *Ms.*：感受到一种奇怪的感情。

4. *Crit.*：我在一本最值得关注的书中读到

5. *Crit.*：德雷福斯事件的东西。今天，我们看到事情并没有十分清晰。我们也许拥有同样的激情，但我们只是很明白，要强调它所需要的东西，我们就得唤起复杂的感情。然而，如果认为这些常常令我们束手无策的困难是新的，那就太天真了。

6. *Crit.*：那些牵扯到政治的问题在普鲁斯特心里有着重要性，最起码在年轻的普鲁斯特心里

7. *Crit.*：在政治上，天真……从那些老练、狡猾的政治家那里，我们无法得到如此令人震撼的东西。最终，普鲁斯特陷入某种**冷漠**之中。

8. *Crit.*：但回到这些对立还鲜活的时代，悲痛万分的让的声音，无法让步于他对朋友的爱，它以一种天真的方式总结了事情的进展在今天所强调的东西

9. 在 *Crit.* 中，这一段这样开始：但可以十分肯定的是，我们不能让自己完全责备这些感情，嘲笑自己和他人，说只有真理和正义才是最重要的。我们知道这将是一出喜剧：我们会惊讶地发现，在下一卷中，普鲁斯特更加真诚地保证

10. *Crit.*：厚颜无耻得可憎。*Ms.*：厚颜无耻得令人难以忍受。

11. *Crit.*：即便我们有所顾虑，正直无私，我们也必须是主权性的：甚至可以说，如果我不是在说一个有些疯狂的故事，我的解释就是平庸蹩脚的……

12. *Crit.*：面临威胁，即使有犹豫，也是谨慎小心的犹豫，它被不容置疑的软弱深深腐蚀了。

13. 在 *Crit.* 中，这一段的结尾不同：法律的理念必须被遵守，并通过迷信性质的恐惧来维持，这种理念实际上从道德真相中获得了它的力量——道德真相必须是自愿的，而不是被接受的。甚至，在相反的意义上，色情必须热爱它所违

犯的规则。假使我爱真理，假使我厌恶谎言，我就必须在说谎中体验这一爱的力量，如果我有那么一次超越了难以克服的对说谎的恐惧，没有战战兢兢。

14. 这一节来自《批评》中的另一篇文章（《马塞尔·普鲁斯特和被亵渎的母亲》[«Maral Proust et la mère profanée»]，第 7 期，1946 年 12 月），这篇文章专门讨论了后面几页中引用的安德烈·费雷泰（André Fretet）博士的研究。

15. *Ms.*：粗野的运动

16. *Ms.*：普鲁斯特，想要越来越多地享乐

17. *Ms.*：善，还有幸福

18. 在 *Ms.* 中，这个词需要参阅这个被划掉的注释：在这部作品的框架内，我无法将色情的不守规则的恶与可以称之为恶本身的恶分开考虑。但我想暂时强调，恶本身被色情所最好地体现。如果涉及的是利己主义的恶，那么只要没有夹杂着**反常**（最终，它总会呈现出来的），这种恶就无关紧要。

19. *Ms.*：一切其所是都不是对等的

20. *Ms.*：恶的根源。但是这一原理值得注意：吝啬的道德

21. 这一段和 *Crit.* 中的不同，我们转写如下：道德的可悲之处在于它不断受到软弱的危害：事实上，不是轻率、混

乱或过度造成的软弱，而是谨慎、病态的秩序或吝啬造成的软弱。有一种吝啬的道德——传统的道德、资产阶级的道德——它是司法和治安和谐的基础。正义会节制它所使用的粗暴。正义的悖论在于它与吝啬的惩罚紧密相连，而它首要的运动则由慷慨的正直所赋予，也就是那些只想得到本就属于自己的东西，并赶到不正义的受害者身边的人。如果没有这种深刻的慷慨

22. *Crit.* 和 *Ms.*：它还会完全是其所是

23. 这第二段也在 *Crit.* 的基础上修改过，*Crit.* 的版本如下：如果真理不慷慨地与谎言的怯懦划清界限，如果真理不应当与谎言相对立，换言之，不应当与所有其他人的软弱相对立，那么真理就是我所说的软弱。此外，我相信，对真理和正义的巨大激情往往远离那些立场，他们的危险呐喊是政治乌合之众的呐喊。当我们知道一切都在压迫它，联合起来削弱它的时候，难道正义不应该首先归于我们自己身上那不可还原的一部分吗？我们为之哭泣，在其中感受到了泪水暴力的狂喜。如果人的内心深处没有这种可怕的伟大，没有这种**神圣**，我们为什么要为他担忧，为别人对他造成的伤害担忧，而不是关心一只兔子或一条狗。不就是为了肮脏的利益——在一个由智能机器人组成的世界里，正义和真理都无从谈起。

24. *Crit.*：可怕的描写

25. *Crit.*：真理，和正义一样，如果它要求平静，就**赤裸地**把自身交付给暴力。

26. *Ms.*：如果这迷途的（和狭隘的）地狱和无垠的天空不能最终相遇，我们如何

27. *Crit.* 中的结尾不同：把那些警察杀了……"，但是，由于激情是在政治世界拐弯抹角的框架中进行的（而不是像在其他地方一样，追求一种可能性的极限尺度），他不得不立即看到一切都变得迟钝，明白一场斗争的规则就是否认敌人的人性，在某种程度上，这总是对斗争的理由的嘲讽。这就是为什么他补充道："……不曾想，这些警察之所以令她厌恶，是因为他们更加强大，他们理应对自己的攻击发笑，在那些他们也变得脆弱的时刻——面对他们女儿的死，或小偷插在他们胸口的刀。"老太太说的话，或许……但归根结底，智者不就是在最简单的存在之精神中感到舒服自在的人吗？

卡夫卡

1. 我们要知道，这篇关于卡夫卡的研究可能是在 1956 年，巴塔耶从《主权性》（*La Souveraineté*）手稿中抽取出来的

（参见 *O. C.*, VIII, Notes, p.593 et 621）。在《文学与恶》出版前，这篇文章一共有三个版本：

Crit. : 题为《弗兰茨·卡夫卡面对共产主义的批判》（«Franz Kafka devant la critique communiste»）的文章，发表于《批评》第 41 期（1950 年，第 22—36 页），此时正值这两本书出版：

— 米歇尔·卡鲁日：《弗兰茨·卡夫卡》（*Franz Kafka*），Labergerie, 1949, in-16, 164p., 附图（«Contacts» 文集）。

— 弗兰茨·卡夫卡：《中国长城及其他小说》（*La Muraille de Chine et autre récits*），J. Carrive, A. Vialatte 译，Gallimard, 1950, in-16. 281 p.（«Du Monde entier» 文集）。

Corr. : 巴塔耶修改的样稿（Env.166，编页 22—36）。

Ms. :《主权性》手稿的残篇（Boîte 3, XIII, ff ^{os} 120-124, 3 页的编码分别为 276, 290, 291）；在空白页上，巴塔耶留下了一则参阅 *Corr.* 的注释："卡夫卡研究中缺的那部分"。

除了这些文本，还需要补充 10 页没有归档的文本（Env. 42, ff ^{os} 1-10），以下是收集的初次草稿的笔记：

约瑟夫·K 和测量员都是主权式的存在，无法禁止自己主权式的态度。他们不中断任何东西，也不禁止任何东西。他们的主权带来了不可避免的侵犯，这让他们感到痛苦。我们不应该写"负罪感"：这种感觉是痛苦的，后者和罪犯的感觉差别不大，它虽然与负罪感接近，但还是有所不同。它本身不是一种挑战，但其中**不可避免的**挑战部分让它区别于负罪感。或许

　　一部简短的

　　　　传记

—尤其是面对父亲时的孩子气的丑闻

—想洗清罪名是徒劳的（Carrouge, p.76, 77）

想要逃走或者告辞的尝试（p.85）

直接性的首要地位　因为有挑战，最终

—主权性。《私密日记》（*JI*），p.184，页面下方。

—拒绝与父亲战斗，和

孩子预设了父亲的工作　获取自己的地位，因为获取自己的地

位就是失去孩子气（Cf. p.85）

相对于上帝而言，心灵上的未成年。
KI, p.132.

有的是对父亲的死亡回归，而不是继承。不然的话就是**疯癫**。

Cf. 尼采的快乐

——孩子气特征中具有欺骗性的是悲伤。实际上，存在的是欢乐。*JI*, p.203, 220. Cf. Carrouges, p.109，还有《判决》的问题，p.100–103。

被限制的阅读？

——但是——卡夫卡的共产主义。Cf. p.57.

那些阅读卡夫卡作品并沉浸其中的人这些作品所诱惑的人注定要遭受约瑟夫·K 的命运

青春期的样貌

因此，童年的主题在文学作品中仍在延续，但有必要说得更具体一些。作为文学家，卡夫卡坚持童年的态度，这点不仅在于他声称自己只能从事文学创作，而对他积极工作的父亲来说，文学创作是孩子气的，这还在于他文学的主题：（a）延续了孩子，和人们不允许其沉迷于徒劳**无益**的活动的年轻人的故事，所以（b）这些主题本身就是孩子气的，它们之间本来就没有连贯的意义。如果我们说卡夫卡的文学是荒诞的……

最重要的，任性，这是唯一
主权式的，反对工作、效率，但正如
布朗肖所写，即便是绝对的艺术，
也无权反对行动

没有人能比卡夫卡更加清楚地表现
主权者的无能。他的怀旧
指向这样一个世界，主权来自外部，
不容置疑、毫无争议且强大有力。

关于摩西那一节的问题：转向事业
从父系领域中逃离
这是对孩子气的维持
在才智的世界中，有

孩子气的东西，有难以忍受的东西。
可能是这些构成了人类。
行动决定了孩子气
戏谑的，笑声。

狂喜　　　卡夫卡把孩子气变成了
一种重要的讯问，他也
表现出了孩子气
行动之外所有人性的东西。
但是行动假定了可能性
正是在可能性的限制中
它不是**不可能性**。孩子
预设了父亲的工作。

从父系领域中逃离

这一直都是行动

值得注意的是，卡夫卡最后
死了。因为反对行动的人知道他犯错
了，他将被打败。他废除了自身，回
归虚无，但并非没有过挣扎。

编者注

那么问题来了
卡夫卡的作品是否具有
预言意义？

当然，从共产主义的观点看，
他的作品是不好的。既然
焚毁他的作品不恰当，最起码
可以减少阅读。但最终
它有这样的意义：那些阅读它的人
被它诱惑的人，不能被化约为
共产主义者的人，难道不是注定要遭受
约瑟夫·K的命运吗？

　　放弃普遍性
　　卡夫卡的思想表现为一种
对其对象的拆解，而同时
作为拆解对象的机器，它拆解自身。
他的思想卸下自身，它是话语的反面，
话语的连贯性本身就是它的原初
对象。
它就像一群人，其中的每一个都狂热

　　　　　　　　　　　　　　　　　文学与恶

地攀附在另一个的肩膀上，

没有尽头，显然不是为了筑起某座美

丽的金字塔，而是在逃离的运动中，

仿佛要尽快到达无意义的基座失去平

衡、轰然崩塌的那一刻。

在非常精确（有限）的意义上，

格奥尔格·本德曼临终前

对行动世界的非具体个人

所说的话，是

原初攻击性（主权性）的对象。

　　在此之前，*JI* 的前言

　　在此之前，关于摩西的文章

　　对禁忌理解的原则，

　　是一种终极的无能感（在尼采看

来，这与权力意志本身相对立）。

　　主权性："从某一点开始，再也没

有退路。要到达的正是这一点。"*JI*,

p.248，论点 5。

"尝试从父系领域中逃离。"

"所以，我把自身托付给死亡。信仰的剩余。回归父亲。伟大的和解之日。" *JI*, p.184.

主权性：*JI*, p.184 下方。

不是尼采解释了卡夫卡，而是相反。

判决，也是一样的，但

相对于父亲而言。

欢乐，cf. 尼采　　　　　　　　快乐

然而，有这样一种逻辑：主权性就是特殊性，特殊性就是负罪感（自传）。特殊性是拥有力量并为此放弃主权的义务。但没有力量，就必须放弃特殊性。这就是个人的死亡和死亡本身。

2. *Crit.*：主题离奇

3. *Crit.*：异常滑稽（*Corr.*：挑衅）

4. *Crit.*：并没有对此有所预料且给它赋予更清楚的含义

5. *Crit.*：如米歇尔·卡鲁日所说（p.7）

6. *Crit.*：天才之一"……我那个时候并没有回答（通常，回答一项调查在我看来是需要时间的，也许要花上好几年……

尤其是当它很离奇，尤其是当它让人极其感兴趣时）。但不得不说的是，作者本人在听到这项调查时也会感到惊讶，因为在那些从未想要焚毁他的书的人中，他是最狂热的一个。但他也并非毫不犹豫。这是不言而喻的：**首先，这些书是他写的**。

7. *Crit.*：我今天谈论这些是因为，从长远来看，我认为共产主义者焚毁卡夫卡的想法——哪怕是一种空想、一个玩笑——也是合乎逻辑的，甚至非常合乎逻辑。

8. 除了第一个小标题在 *Ms.* 的某一页出现过，其他都是 *Corr.* 添加的。

9. *Crit.*：但当他想要的东西，也就是文学，拒绝给予他所期待的满足时，没有人能说他安顿了下来。

10. 这句话来自 *Corr.*；在 *Crit.* 的这个位置，我们可以读到：卡夫卡好像一具没有任何希望的尸体。

11. *Crit.*：鱼在水中，只是宇宙空间中的一个点（事实上，从来都是为了**人的生命**才会有目标）。

12. *Crit.*：激进地补充道，令他感到沮丧的唯一原因

13. *Crit.*：完全与共产主义的态度（它与一般的政治关切相反，但在这方面却与激进的立场相对立），即在革命发生之前，一切都不重要的态度背道而驰——我们必须加以考虑。

14. *Crit.*：去睡觉。"从中我们可以很容易地提取出一个较好的对文学的定义……卡夫卡继续说

15. *Crit.*：与其存在的原则（*Corr.*：本质和特殊性）

16. *Crit.*：卡夫卡，自发但稚气地活着

17. *Crit.*：肮脏卑劣的活动

18. *Crit.*：如果不能独自，他想要至少在原则上，停留在稚气中。

19. *Crit.*：在他看来，如果不是一上来就取代父亲的位置，至少

20. *Crit.*：可能的实际上本不可能的存在

21. *Crit.*：和他所斗争的人相似：以**应许之地**为目的的行动（无论是建立家庭还是延续家庭），以这种行动为目的的限制。

22. *Crit.*：我所说的任性的主权与卡夫卡世界令人怜悯、无所抵偿的理念是相对立的。原则上，卡夫卡并没有谈及过一种任性的生活，而是一种在最任性的时刻麻痹甚至悲惨的生活。

23. *Crit.*：因此而死。无论如何，他都没有把快乐的理念与斗争的结果联系在一起：他对斗争给自己带来的喜悦并没有任何期待。

24. *Corr.* 中的句子；在 *Crit.* 中：或许，在无聊、昏暗和沉闷的背景下，闪电会格外耀眼。

25. *Crit.*：很少有哪一部有《判决》的效用

26. *Crit.*：快乐的主权。这是隐匿的自杀，将人从平庸之

中拽起，并且让这繁忙的循环彻底疯狂。这是一道闪电，它的虚空让头脑眩晕，打开一个死亡、颠倒的世界，迎来狂喜的残酷。

27. 注释是 *Corr.* 的添加。

28. *Crit.*：惩罚，这是找到快乐的方式。

29. *Crit.*：没有什么比愉快与死亡的勾结更悖论的了，但愉快

30. *Crit.*：或许有阐明一部原则上阴暗晦涩的作品的揭露能力。

31. *Crit.*：不可还原的生者不得不拒绝垂死者所接受的东西，而只有后者才能在不自我羞辱的情况下，接受行动充分的权威

32. *Crit.*：虚伪的正义。"这可能有点站不住脚：难道卡夫卡真的想挑战任何既定的制度吗？这一点并不确定，最重要的是，他从根本上回避了作为制度基础的责任和忧虑，即使他这样做了，也不会影响到这一现实，不管它是不是资产阶级的现实，只要它是建立在现实利益之上的。我们可以看到，在严格意义上而言，他控告过上帝，首要的原因……然而他还是在我所明确指出的界限内这样做的。

33. *Crit.*：卡鲁日嘲讽道，如何避免看到反抗的想法本身

34. *Crit.*：在人类共同、主动、充满生机，每个人为了自

身，为了自己的**应许之地**而躁动不安的层面上

35. *Crit.*：是很大的，并且从原则上而言，在传统价值观中，奢侈、无用的生活有时被断言为孩子气——或是对特殊利益的掩饰。

36. 文章的结尾曾被修改过，我们转写如下：因此，直到新的秩序建立之前，共产主义承认孩子的**主权式态度**是一种未成年的形式，这在成人身上显然是无法容忍的，因为在成人身上，这种态度只是可鄙的资产阶级特殊性的残存，除此之外没有其他意义。

在社会主义的世界里，必须消除这种特殊性。因此，卡夫卡作为成人作家，在幼稚的和无法辩护的性情中，建立了他的特殊性，有必要定义这种性情与共产主义理性最终的不兼容。可以毫不犹豫地断言：与卡夫卡不同，共产主义本质上是一种完成了的否定。

但是（无论如何，这一愚蠢的"但是"不能不被考虑），卡夫卡本人赞同这种否定，他**就是**这种否定。共产主义者重新接手卡夫卡本人的计划并非偶然，是卡夫卡自己首先说要焚毁他的作品。如果人们能正确理解我的意思，就会发现我的断言中除了最滑稽的讽刺之外，还有别的东西。从我引入的角度来看，共产主义者是对是错并不重要，但如果现在不提出卡夫卡和共产主义这两个完全对立的概念，我们就无法

提出主权性的问题——对应许之地的挑战，为了更彻底地否定它，承认它是错误的——以及否定使一切都屈从于它的征服的严格意志。

此外，这些主张并不像它们看起来的那么自相矛盾：我们最终会看到，总体上，宗教的问题会和主权时刻的问题交汇，并且它们源于此。尽管如此，如果我们想像卡鲁日尝试的那样，将卡夫卡置于宗教的层面上，那么将他归结到通常以宗教为名的远见之下是徒劳的，也是非常勉强的。原则上，卡鲁日的努力无法避免。卡鲁日还会继续如此，他也会被追随。谁会否认卡夫卡作品本质上的宗教性呢？但是，在将问题转换为全新的概念的条件下，一切都是不可能的。

热　内

1. 本文在作为《文学与恶》的一章发表前，有三个文本：
Crit.：题为《让-保罗·萨特和让·热内不可能的反抗》
(«Jean-Paul Sartre et l'impossible révolte de
Jean Genet») 的文章，分两部分在《批评》第 65
期（1952 年 10 月，第 819—832 页）和第 66 期
（1952 年 10 月，第 946—961 页）发表，此时正值

这两本书出版：

　　—让-保罗·萨特:《圣热内，戏子与殉道者》（ *Saint Genet, comédien et martyr* ）, Gallimard, 1952, in-8°, 579 p., «Œuvres complètes de Jean Genet», t. I。

　　—让·热内:《全集 II: 鲜花圣母 / 死囚 / 玫瑰奇迹 / 情歌恋曲》（ *Œuvres complètes II: Notre-Dame-des-Fleurs / Le Condamné à mort / Miracle de la rose / Un Chant d'amour* ）, Gallimard, 1951, In-8°, 405p.。

　　—让·热内:《小偷日记》（ *Journal du voleur* ）, Gallimard, 1951, in-16, 297 p.。

Corr.: 巴塔耶修改过的样稿。

Ms.:《文学与恶》章节不完整的手稿（Boîte 3, XIII, ff^{os} 125-137，巴塔耶编页 17—22, 35—41），部分为打印稿。关于缺失的几页，巴塔耶留下了参阅 *Corr.* 的注释。*Ms.* 在"无限僭越的僵局"这一节的前几行开始。

2. 除了没有出现的小标题，其他都是 *Corr.* 添加的。

3. *Crit.*: 但也有挑衅的否定性，反复思索所强调的急迫运动，它让明确的坚定显得更加痛苦。

4. 在 *Crit.* 中，这一注释在页面底部（在 *Corr.* 中被划掉）：从这一意义上说，它完善了加缪在《反抗者》中描绘的图景。两本书都探讨了现代人在现代社会的道德奴役下幸存的努力。但《反抗者》并没有《圣热内》那样鲜明的姿态。

5. *Crit.*：显示了这种特征。

6. *Crit.*：在所有人眼中，这位令人敬佩的作家远不能

7. 在 *Crit.* 中，该词需要参阅页面底部的注释（在 *Corr.* 中被划掉）：那些我愿意听从他们判断的朋友们和我有一样的反应并非偶然。萨特认为，弗朗索瓦·莫里亚克带有敌意地谈论热内，是因为热内是一个伟大的作家，而莫里亚克则不是。这只能说明，有时候萨特是出于攻击的需要，而不是为了观察。如果说莫里亚克反对热内，这是因为热内的意义本身就与莫里亚克的反对相关。如果莫里亚克只是简单地保持沉默，那么热内就不会成功让他说出和抗议出他本来就想隐约表达的东西了。文学品味并非关键问题。那些我提到的朋友和莫里亚克做出负面评价的理由并不相同。

8. *Crit.*：不合理的

9. *Crit.*：最有远见、最开放的研究

10. *Crit.*：由于天性敏感聪慧

11. *Crit.*：引以为傲（骄傲败坏了卑劣的纯粹）

12. *Crit.*：除了卑劣之外没有其他意义。

13. *Crit.*：展示出某种神性的混乱。

14. *Crit.*：但是萨特并没有被热内独特的羞耻心所束缚，后者通常会避免辞藻华丽，或是用喜剧来掩饰这点。

15. *Crit.*：与热内最肮脏的断言分开

16. *Crit.*：表达了萨特相对的冷漠

17. *Crit.*：被判死刑的杀人犯

18. 一样。"这样的虚张声势是脆弱的，它过于紧绷，是一种快乐却无能的暴怒。

19. *Crit.*：掩盖……但一直都是巴洛克式的，还有些甜美。

20. *Crit.*：……我们不能否认导致对罪犯执行死刑进行寓言式表征的运动

21. *Crit.*：爱和神秘主义

22. *Crit.*：警局，在他眼里，甚至就是强盗组织，它是"魔鬼般的

23. *Crit.*：当然，热内并不追求权威。

24. *Crit.*：在热内的理解中，禁忌和违犯同样都是主权性和神圣性的原则。

25. *Crit.*：毁灭：这就是原始意义上的恶的领域。

26. *Crit.*：表述是悖论的、颠倒的

27. *Crit.*：更恐慌的威严

28. *Crit.*：完全没有什么

　　　　　　　　　　　　　　　　文学与恶

29. *Crit.*：哈卡蒙注定会消失在低劣的文学中

30. *Crit.*：在这一僵局中，在我看来，他似乎找到了阿尔芒这种人身上最毁灭性的体验，但这无论如何都凸显出，他寻找的是不可能性，而萨特一直在强调这一点。我会说明热内认可阿尔芒的"道德观"所带来的彻底的痛苦，但首先，我必须表述萨特所认为的在寻找恶的过程中遇到的普遍困难。

31. 以下段落在 *Crit.* 中更加简短：抽象的表述上。我们可以接受如其所是的裸露禁忌——我们甚至可以坚守它，并畏惧不体面，但这并不总是与我们想要通过裸露来作恶的意愿相冲突。因此，作为体面的善，恰恰是——萨特认为这是荒谬的——我们作恶的理由，只有在不体面的情况下作小恶，我们才会快乐。这个例子不能

32. 这一"关于罪的讨论"已在《全集》第六卷发表，我们可以在 p.343 找到巴塔耶所指的萨特的发言。

33. *Crit.*：（一种虚伪）。他们只留给了不守规矩次要的位置，而热内他想要所有位置。萨特的论据

34. *Crit.*：开始了，没有任何新的卑劣行为可以让他解救这一神秘主义罪犯：从此，他从毫无理由的重罪走向了算计的重罪，变成了

35. 在一个星号后，《批评》第一个分册的结尾如下：奴性并没有比虚弱更不具人性的这一事实，削弱了这一评价的

效应，但这并不会妨碍我们看到，这种从谎言中诞生的文学并非萨特和他的朋友们所看到的那样：我们看到的是没有真理和力量的虚弱，被矫揉造作的诗歌或绝望的挑衅游戏所掩盖。但三十年来，我们已经习惯了令人失望的蛮横无理……热内的兴趣在别处，它更深刻，更可怕，它足够宏大，以至于我们需要努力不被它吸引。萨特的部分本身就很沉重，它过于生硬地介入，以至于很难在流畅性之外跟随他的思路。

36. *Crit.*：与作品脱离，也与说话的人和听的人脱离。

37. *Crit.*：（然而，他本可以将之明确地与马拉美区分开来，意识到交流相对于交流者的普遍优先性）

38. 这句话是 *Ms.* 中添加的。

39. 在 *Crit.* 中，这则注释更简短：表现出来。"我只能认同这一说法，尽管我在后面的话中，只看到一种毫无根据的对照。

40. *Crit.*：物"。我不知道这句在我看来武断的话是什么意思，如果

41. *Crit.*：变成了交流。否则就没有交流。无论如何

42. *Crit.*：可能的转变：如果没有讨论的余地，就必须坚定地说出来，神圣的活动或诗歌要么是交流，要么什么都不是。

43. *Crit.*：都不是神圣的

44. *Crit.*：完全没有

45. *Crit.*：但如果他想，他也可以嘲弄他们。

46. *Crit.*：这并不令人震惊，因为我们可以说，他会自嘲；但恰恰是通过这点，我们瞥见了热内最精彩的运动松解后的模糊、不确定和不成形。

47. *Crit.*：以毫不确定的淡漠方式说话，和那种愚弄我们的冷漠。

48. *Crit.*：快乐的王国

49. *Crit.*：而在于从文学具有诗歌和神圣的性质这一角度来说，他是否有文学上的创造。

50. *Crit.*：但实际上软弱的运动

51. *Crit.*：作者消灭

52. *Crit.*：陷入奴性愚蠢的圈套

53. *Crit.*：必将战胜以人性为目的的奴性的运动

54. *Crit.*：拐弯抹角的方式，带着一种有些可笑的、令人尴尬的意图

55. *Crit.*：截然不同，没有人会评价它沉重，但它有着一种原则上普遍行得通的庸俗。

56. *Crit.*：热内的"作家工作"并没有比其他东西更具奴性，热内

57. *Crit.*：让·热内的作品是一个笨拙又容易大惊小怪的

人被激怒后夸张的手舞足蹈

58. *Crit.*：却从不令人激动

59. *Crit.*：假珠宝的美丽

60. *Crit.*：玩笑般地借助于

61. *Crit.*：平庸声誉

62. *Crit.*：也只能微弱地影响工作

63. *Crit.*：而欲望又煽动他做出了最不幸的大胆行为

64. *Crit.*：一方面，被文明——本质是驯化——**异化**

65. *Crit.*：追寻它。事实上，我们的方式总是带有人类的沉重，为了自己的**利益**而严重远离了自己设定的目标（他甚至让他的神灵们，他的至高神服从效用的目的）

66. *Crit.*：被劳作奴役，像役畜一样，被驯化的人

67. *Crit.*：归根结底，这对于主权者来说（黑格尔主义可以反对这点），只是失败的王国。

68. *Crit.*：主权者。然而，这并不能消除以下两种时刻之间的区别：一种是机遇引领着我们的时刻，像受到神力般，用交流转瞬即逝而又具有主权性的微光为我们照亮了存在，还有一种沉重的耻辱的时刻，在那时，主权的思想只有一种意义，那就是让我们可以抓住将我们与它分开的东西。从这点上看，当然，**热内在意**

69. *Crit.*：因贵族的名号而失控的学究的笨拙和这位写

下……的渴望微妙丑闻的可怜人的笨拙

70. *Crit.*：表面被认作记载历史的真相的主权

71. *Crit.*：令人深深敬畏的法国国王或西班牙贵族

72. *Crit.*：交流的能力，另一方面，他强调这些羁绊，在我看来，它们是不可交流性（也就是他痛苦的封闭）的许多面向。他知道，**热内**

73. *Crit.*：但他的书的意义是明确的。**热内之于**

74. 无法忍受又可憎

75. 在这里，生产力是理想的目的，与浪费相对立，但更进一步说，通过时间构想的生产性社会会戏剧性地"嗅到一种隐晦的危险"。萨特认为这是一个"蚂蚁社会"。

76. *Crit.*：萨特所见的……萨特无疑正确地指出了消费的真相所揭示的毁灭倾向。他援引了马克·布洛赫

77. 这一注释是 *Corr.* 添加的。

78. *Crit.*：只在没有精心算计的情况下才有所缓和。

79. 就像自由与奴役的对立。因此，主权的东西是应受谴责的。萨特对此也无言反驳。但自由的东西呢？

80. *Crit.*：无法想象的。然而，我不能同意这种思维方式，因为不以生产力为动机的消费，就其传统上应受谴责的特征而言，似乎本身就是"奴性"的。谴责只是将人类的可能性完全限制在一个无尽的枷锁中的手段，没有任何主权可

以从中产生。萨特显然会否认

81. *Crit.*：还没有认识到……一种极端的价值

82. 这一注释是 *Ms.* 添加的。

83. *Crit.*：萨特忽略了这条怪异、丰富、充满陷阱和资源的路

84. *Crit.*：强烈的，亦即首要的交流

85. *Crit.*：活动的客观世界

86. *Crit.*：震惊；在这点上，震惊和丑闻之间并没有什么区别……但我们

87. *Crit.*：意识——不然，就是一种沉睡的意识，一种在它停止成为意识的时刻的意识。

88. *Crit.*：一闪而过的方式，撕裂并剥除了

89. *Crit.*：后者则简单而突然地将相互映照的意识释放到了除这一不可穿透的不可理解性之外的其他沉思中。

90. *Crit.*：和它们即时内容的可交流性中，超越于个人特殊的、总是容易避开的内容之上。很显然，

91. *Crit.*：心碎，根据对它的要求而成为其所是

92. *Crit.*：谈到散文时为了说服所做的努力

93. *Crit.*：淫秽、在公众场合排泄、杀人

94. *Crit.*："本质之上"（我们在上文已经看到了，恶的经验，犯罪行为赋予了热内"凌驾于本质之上"的独特地位）

95. *Ms.*：这本重要的杰作专门阐述了这一理论（尤其是第四章《僭越的神圣：节庆的理论》）。参见我在

96. 在《批评》中，这一篇文章名为《什么是普遍的历史？》。

97. *Crit.*：使热内陷入冷漠的东西——通过这一冷漠，我们从他那里一无所获，只有我们对于猥亵的、充斥着肉欲与轻蔑的怪怖的趣味——是他让

98. *Crit.*：他的怀疑的深渊底处

99. *Crit.*：盯着自己的利益，以及自身的反面

100. *Crit.*：形式，也就是说，对于必要性和法律的反抗

101. *Crit.*：变成了对主权的背叛，一种凝固的反抗，这种反抗只是为了把反抗当作对象来凝视它，甚至最终不再有能力承认自己是反抗。

译后记
巴塔耶：精神分析与"恶"的解构

柏颖婷

　　巴塔耶不仅是精神分析理论的阅读者，更是精神分析临床实践的体验者和超越者。他与精神分析之间的联姻不仅仅通过他第一任妻子西尔维亚·巴塔耶和拉康的关系达成；经由他自身的虚构写作，他在拉康提出"圣状"[①]概念的几十年之前——法国精神病界仍是弗洛伊德的时代——就创造了前-拉康意义上的文学增补，使自身获得在文学界命名的主权性。我在阅读和翻译《文学与恶》的过程中回溯性地看到，阉割（la castration）[②]作为一道卡夫卡意义上的"法门"，隔绝出了

---

① 圣状（sinthome）是症状（symptôme）的一种古老的书写方式，拉康在1975—1976年的研讨班上使用这一术语来指写作对于作家詹姆斯·乔伊斯的特殊作用。弗洛伊德曾认为症状也是一种痊愈的尝试（tentative de guérison），而对于拉康派精神分析而言，这一概念现在指主体用来站稳脚跟、串联三界（想象界、符号界、实在界）的特殊方式，或是主体与语言的特殊关系。
② 在拉康看来，阉割指的是儿童放弃与母亲的融合状态，从想象性关系过渡到符号性关系（学会语词化他者的缺席、进入社会联系）的过程。

无意识领域和意识领域、童年的王国和成人的活动世界。萨德和萨德式的倒错幻想在这本书中被搬上舞台，而在无意识的机制中，这不过是儿童多态情欲 ① 的夸张隐现。

国家图书馆的借阅记录 ② 便可佐证他作为弗洛伊德阅读者的身份，早在 1920 年，他就看了《精神分析入门》。1927 年，他阅读了《图腾与禁忌》：在这本书中，弗洛伊德提出的假设是，在神经症那里被压抑的机制（乱伦的欲望，或者是对"正确"生殖的无视）在"原始人"那里则是于光天化日发生的，巴塔耶讨论的对禁忌的僭越无疑是在回归这种原始性或动物性；而弗洛伊德对"神圣""禁忌"等概念的双重性的挖掘在巴塔耶那里也可以瞥见。③ 巴塔耶很有可能也看过《群众心理学和自我的分析》，这篇文章明确提及过"无意识"④ 这一术语，意识自我的审查和排除机制帮助他构思了《法西斯主义的心理学结构》（1933）的写作。

除此之外，弗洛伊德关于性欲、驱力和梦的学说等对于巴塔耶来说也不陌生。在巴塔耶曾待过的超现实主义团体

---

① 当谈及儿童性欲时，弗洛伊德认为儿童因其探索身体时驱力的局部性，具有多样态性倒错的倾向。

② Georges Bataille, *Œuvres Complètes,* tome XII, Paris, Gallimard, 1988, p.554 et 565.

③ 罗杰·凯洛瓦在《人与神圣》(*L'Homme et le sacré*) 中也几次提到人面对神圣之物时的矛盾情感：神圣之物既是有益的又是邪恶的，既会激发欲望又会激发恐惧。

④ Georges Bataille, *Œuvres Complètes,* tome I, Paris, Gallimard, 1970, p.344.

Contre-Attaque 里，弗洛伊德的影子也随处可见："教皇"布勒东作为曾经受训的年轻精神病住院医生，一直潜心研究弗洛伊德，他也见过弗洛伊德本人，比起临床的诊断目的，他更在意自动主义（automatisme）在文学写作上的运用。然而，无论弗洛伊德的影响能不能被准确追踪，都无法遮蔽巴塔耶原创性的光芒。在《天空之蓝》中，我们可以看到无意识最重要的素材——梦境的显化：关于俄国革命的墙画被他描述为庞贝的死尸，闹事者像被掩埋了一样悬置在房间中。这一场景的描写无疑是在影射欲望的压抑（refoulement），尤其是当我们联想到弗洛伊德关于詹森《格拉迪瓦》的评述，即浮雕和压抑机制的美学类比（analogie）时：浮雕上的少女格拉迪瓦，在主角汉诺德的幻想中被庞贝城倾斜下的火山灰掩埋；而汉诺德童年时期的欲望则也像这样遭到掩埋。

巴塔耶体验精神分析临床的经历也值得展开来讲。在巴塔耶出生的时候，他的父亲 Joseph-Aristide 已经感染了梅毒，接近失明、四肢瘫痪。在《眼睛的故事》中，他写道："我那得了神经性梅毒的父亲在怀上我的时候就已经失明了，在我出生后不久，他就因恶疾而被禁锢在扶手椅上。"[①]1915 年，他早已失智的父亲去世。巴塔耶确信他父亲曾乱伦式地抚摸

---

① Georges Bataille, *Histoire de l'œil, Œuvres Complètes,* tome I, *op.cit.,* p.75. 巴塔耶把"怀孕"这一词赋予了父亲，而并不在意父亲的实际生理功能。

过他，甚至强迫过他进行性行为，但这段历史并未得到确凿的证实。或许在巴塔耶的眼中，对父亲的感情总是混杂着这种淫秽的爱恨交织。这些个人史或许并不足以让我们推断出"父之名"的脱落（forclusion du Nom-du-Père），因为这样显得有些仓促和冒进，但这一历史的难以过活（invivable）确实足以让一个人进入精神分析——不只是谈论他的痛苦遭遇，更是谈论他的享乐。

1925 年，巴塔耶通过朋友认识了曾在圣-安娜工作过的精神病医生 Adrien Borel。有意思的是，Borel 的名字与巴塔耶光顾的"妓院"和他生活的"烂摊子"（这两个词在法语里都是"bordel"）只差了一个字母 d，而这个字母的发音正是 dé，法语中表示去除、剥除的前缀。也正是 Borel 在这一年给他展示了最著名的中国被凌迟的犯人照片，之后，在《内在体验》（1943）中，他描述了受酷刑折磨之人传递给观看者的共融（communion）式狂喜（extase）："头发竖起，面目狰狞，面容憔悴，血迹斑斑，像妖女一样美丽。"[①] 在最后一本书《爱神之泪》（1961）中，他也重新展现了这些相片和对这一享乐的沉迷："我从未停止对这种痛苦形象的痴迷，既心醉神迷又难

---

① Georges Bataille, *L'Expérience intérieure, Œuvres Complètes,* tome V, Paris, Gallimard, 1973, p.139.

以忍受。"① 通过精神分析，巴塔耶串联起了他这一痴迷的连续性，他联想到自己沉浸在患梅毒和性无能的父亲的痛苦和死亡中的快感②。从这一意义上而言，Borel 的介入促成了巴塔耶写作的开始，又扣上了他写作的结尾。

1926 年夏天到 1927 年，他与 Adrien Borel 正式进入简短又具有决定性意义的精神分析。在和 Madeleine Chapsal 的访谈中，他这样总结他的这段体验：

> 我做过一段时间的精神分析，可能不是很正统，因为只持续了一年。虽然时间有点短，但最终它让我从一个完全病态的人变成了一个相对可以生存的人［……］我的第一本书是在分析之后才写出来的，是的，从精神分析中走出来之后。我想我可以说，只有当我以这种方式获得解放时，我才能够写作。③

从"难以过活"到"可以生存"（vivable），并不是说物理

---

① Georges Bataille, *Les Larmes d'Eros, Œuvres Complètes,* tome X, Paris, Gallimard, 1987, p.627.

② Michel Bousseyroux, «La psychanalyse de Georges Bataille», dans *L'Inconscio letterario,* n°6, décembre 2018, p.324.

③ «Entretien avec Madeleine Chapsal», dans *L'Express,* n°510, le 23 mars 1961, p.35. 巴塔耶在精神分析结束的后一年，也就是 1928 年，用笔名 Lord Auch 写了《眼睛的故事》。

现实中的创伤被清算干净，而是说，在心理现实中，驱力以另一种方式激活。它不再只憧憬自己实在的机能性死亡，而是把死亡以符号的方式演绎在虚构之中，把死亡视为黑格尔主奴辩证法的赌注，并引入他者，由此，生与死的二元悖论得以在矛盾中延续。Borel 的治疗方式并非如弗洛伊德派那样，找到创伤的源头并给予解释，而是和巴塔耶交流如何以其他的方式配置享乐——这种交流甚至是非-语词的、直击感官的，在这个意义上，Borel 的操作是前-拉康式的，其治疗的目的不是让症状消失，而是让症状潜能地成为创造的线索，让主体找到一个位置，站稳在世界中。

这些精神分析的理论和体验材料，都将成为巴塔耶创作的养料，因此，在当下，我们重新引入这一角度再去看《文学与恶》，更是再塑造了一种把他的生命历程纳入虚构中的解构式阅读。雅克·德里达在其 1975—1976 年的研讨班《生死》中提出了这样一种解构弗洛伊德《超越快乐原则》的方式：他把 biographique（传记性的）一词拆分成 bio-graphique①（生命-图示），而死亡又混杂在生命中，因此又可以写作 bio-thanato-graphique（生命-死亡-图示）。他认为，弗洛伊德的自传（autobiographie）和书写场景如影随形，弗洛

---

① Bio（s）这一前缀源自古希腊语 βίος，表示生命。而 graphique 源于 γραφικός，表示书写的动作。

伊德对其外孙 Ernst 著名的 Fort/Da 场景（也就是线圈游戏）的描述嵌套了他对自身死于重病的恐惧和对他者（étéro）——女儿之死的哀悼，这其实也是他自身哀悼式、谋杀式和嫉妒式的认同（identification）网络[①]："（历史的）遗产和嫉妒不仅构建了 Fort/Da，而且将 Fort/Da 构建为自我-生命-死亡-他异图示的书写场景。"精神分析的理论作品、弗洛伊德的生死传记和精神分析史上死亡驱力概念的演变就这样通过"类比"，几重嵌套在了一起。

书写场景是否是遮蔽死亡之焦虑的面具呢？当我们借助德里达的这一思路，从巴塔耶的自我-生命-死亡-他异图示出发，便可以揭开他书写场景的种种嵌套，穿越《文学与恶》的幻象。但我们不妨从证明这一解读巴塔耶角度的必要性开始。《眼睛的故事》的书写场景中，巴塔耶戴上了 Lord Auch 的面具，而他父亲的形象被掩盖得只剩下了失明的、只有眼白的眼睛，沦为放荡者的玩具。巴塔耶的传记作者 Michel Surya 写道："在面具下，只有眼睛是可见的。但在面具下，一张盲人的脸还能看到什么呢？除了两只死了的眼睛荒诞地

[①] Jacques Derrida, *La vie la mort. Séminaire* (1975-1976), Pascale-Anne Brault et Peggy Kamuf (éds.), Paris, Seuil, 2019, p.139. «Et le legs et la jalousie ne construisent pas seulement le fort/da mais le fort/da comme scène d'écriture auto-bio-thanato-étéro-graphique».

出现在为它们张开的缝隙里，什么也看不见。巴塔耶为自己的名字和父亲的面孔戴上了假名的面具，从中可见的只是死物。在这种情况下，面具产生了一种悖论的效果，即遮盖了活物，而裸露了死物。"①而我想补充的是，巴塔耶用虚构的活人的名字置换了死人，并不代表他彻底遗弃了死物，他异性死物的不可名状推动了虚构的生产，并一直存在于他的自我-生命-死亡-他异书写图示当中，使得碎片式的写作可以成为一种未达成死亡状态、没有上帝律法而弥散扩张的生命。

现在，我们可以正当地提出《文学与恶》书写中的三重类比关系，观看巴塔耶如何把死亡、动物性和恶蒙上面纱而展露其赤裸，如何把自我-他者-生死置换成文学史上永远鲜活的人物和人性：（1）巴塔耶自身的 Éros 和 Thanatos 与文学人物的情欲生死的类比；（2）童年和原始社会心理的类比；（3）无意识之恶、意识之善与耗费之恶、劳作之善的类比。当然，这三重类比并非毫无交集的并行关系，而是环套镶嵌在文学之恶的书写场景中。

首先，巴塔耶在书写，巴塔耶在书写卡夫卡、波德莱尔、萨德……的书写。如果说，卡夫卡的父亲"代表着权威，只关心有效行动的价值"，且我们已知巴塔耶真实的生父（le

---

① Michel Surya, *Georges Bataille. La Mort à l'œuvre*, Paris, Gallimard, 1992/2012, p.113.

père réel）的一些信息，那么巴塔耶所认为的符号性父亲（le père symbolique）是什么呢？行动的世界、介入的世界、功用性的世界。巴塔耶在《卡夫卡》这一章中，选择了共产主义立场来扮演这一符号性父亲，因为"它是典型的行动，它是改变世界的行动"，这一行动显然需要主体担负起责任。面对父亲，卡夫卡"让自己仍然是那个不负责任的孩子"，而巴塔耶在和杜拉斯的访谈中，则承认："我缺乏那些觉得要对世界负责的人所有的使命感。从某种程度上说，在政治上，我要求拥有作为疯子的免责权……我不是那么疯，但从任何意义上讲，我都不会对这个世界负责。"[1] 怎么能要求一个如此焦虑，离完全的疯癫就差一步之遥的人负责呢？然而，当巴塔耶选择为《文学与恶》中一系列文章署名，而非像在其他虚构作品中一样戴着笔名的面具出场时，便悖论性地选择了承担责任，承担作家的责任。如果说行动让文学处于从属地位，抗争的出路便是拥有以自我赐死为代价的主权：不为有用、效率、目的而写作，也不为规范化的责任感而写作，相反，是为反道德而写作，为耗费而写作，为无目的的恶而写作。

因此，在评述波德莱尔时，巴塔耶也认为："在他身上占据上风的是拒绝工作，从而拒绝满足；他维持在他之上的义

---

[1] Georges Bataille, «Entretien avec Marguerite Duras», dans *France-observateur*, le 12 décembre 1957.

务超越性，只是为了强调拒绝的价值，以及更有力地体验到不满的生活的焦虑吸引力。"这一取向便是在对未来的关注（与有用性和道德并置）和对当下的关注（与消耗和感官享受并置）之间做选择。主体在做选择时，总会获得和失去一些东西。选择工作，意味着可以累积生存的需要，满足生命的存续，但同时必须要承担"成人"关注未来之首要性的责任；而拒绝承担责任，就如同巴塔耶在他生命中想拥有疯子的免责权一样，得经受无法满足的持续性焦虑，走向存续的反面——毁灭性的死亡驱力。但把死亡置于主权式的选择之中，便可以取消生命在等待死亡的过程中所等待的利益，因此得以摆脱诗歌、文学对作家的外在要求，遵从内心的私密要求。上帝或各种意义上的"父亲"的死允许了巴塔耶不期待"父"所许诺的效用性利益，使他成为自身的主权者，成为自身唯一的责任人。必须经由这样的否定性操作，接受死亡的内嵌、"死刑判决"①的立刻到来、死亡在当下享乐时的悬置，巴塔耶才能悖论性地完成书写文学之恶的责任。

从这一意义出发，巴塔耶、威廉·布莱克和詹姆斯·乔伊斯在"无名老爹"（Nobodaddy）这一新造词上汇合了。这一词由无名之辈（nobody）和爹地（daddy）组合而成。而

---

① 《死刑判决》为莫里斯·布朗肖的作品，其法语标题 *L'Arrêt de mort* 又可以被译为"死亡的暂停"。

Nobodaddy 取自布莱克阅读的《圣经》中一个人物名字的变形：Abaddon，该词在希伯来语中指的是毁灭，通过倒置和变形，这个词又可以变成 Nobadad。因此，Nobodaddy 在布莱克的语境中，代表着不受经典意义上的上帝眷顾的，杂乱无章、幽暗模糊、具有毁灭性力量的原型形象，同时，又是看不见、摸不着，躲在云里享受原乐的嫉妒之父。巴塔耶在借用布莱克的这一词时，涉及的形象更像是上帝所代表的律法消失后的"无头人"（acéphale）。上帝死后，更糟糕的是欲望的消失，主体以前欲望着上帝的欲望，善引导着欲望，而后，主体要去欲望超出上帝欲望之外的东西，便要承担巨大的焦虑，因为上帝不再为任何人想要摆脱外在要求的欲望负责。巴塔耶和他评论的这些文学人物进行这样的主权式跨越时，不会有任何律法为他们的行动背书，不再有僭越这一欲望存在的合理性。在悲剧性的死亡之上，又叠加了一层喜剧性的欢笑，仿佛孩子在没有父母的房间里玩耍时面对破坏性烂摊子的无用（inutile）欢笑。"无名老爹"代表的正是这种荒唐的不司其职和上帝的抛弃，在《文学与恶》中，巴塔耶引用了"幻视者"布莱克的诗歌来表达这样"不合时宜的自由"：

当克洛普施托克向英格兰发起挑战时，
威廉·布莱克骄傲地站立起来；

因为那上面的无名老爹

放屁、打嗝、咳嗽；

然后，他大声地咒骂，震动了大地，

疾呼英国人布莱克。

布莱克在兰贝斯的白杨树下

正在解手。

然后他从位置上站起来

自转三次，转了三圈。

看到这一幕，月亮面色绯红，

星星扔下酒杯，撒腿就跑[①]……

　　巴塔耶的世界便是这样无父无头的世界，更是一个没有
父法兜底的自由世界，这样的自由永远有着悖论性，它携
带着摸不着边界的恐慌，因为主体僭越上帝的欲望后，便要
承担无章法世界的来临，类似末世论的死亡恐惧，正如詹姆
斯·乔伊斯在《尤利西斯》中写道："至于这些是罪恶还是美
德，无名老爹会在末日降临时告诉我们。"这意味着由"父"
承担的价值判断的失灵。这三个人对这一词的使用并非偶
然，亚历山大·科耶夫写道："所有的神秘主义都在这个词

---

① «Poèmes mélangés», dans William Blake, *Poetry and Prose*, p.103.

里：Nobodaddy。"[1] 毫无疑问，这里对应着拉康所说的"父之名的排除"（forclusion du Nom-du-Père）——这一概念指的是，没有一块地方，可以使得主体在其中找到**象征性**的定位，来回答和命名"父"的显现，因此，"父"在无意义的**实在**界回归，以妄想、幻觉等形式出现。

这样的法外之地在现实中的对应物无疑是童年和原始社会。在《图腾与禁忌》中，弗洛伊德试图勾勒出无意识机制和社会文明组织形式之间的联系，以及野蛮人、原始人的心理和人类心理发展阶段的联系。简单来说，他提出了个人与集体之间的类比，将主体的驱力与文明的发展相提并论。他假设这些活在所有机制和组织之外的前-原始人展现了文明发展的第一阶段，即所有的性驱力都毫无约束、不以繁殖为目标的阶段，与之平行的，是儿童性驱力的倒错特征——只追求部分性的快乐满足。弗洛伊德在他的立论过程中插入了父姓"图腾"来解释，即便是原始人也遵守着乱伦禁忌，而巴塔耶则彻底来到"父姓"之前的时代，也就是他在描述《呼啸山庄》时所说的"童年的王国"。他着重描写这一被成人的算计所禁止的世界，也就是神圣的领域。在巴塔耶的笔下，它是天真、无邪和对当下享受的关注，是走向善的对立面，

---

[1]　引自 Michel Surya, *Georges Bataille. La Mort à l'œuvre, op.cit.*, p.350。

"童年的'冲动活动'类似于神性的迷醉，它完全处在当下。在儿童教育中，对当下瞬间的偏爱定义了普遍的恶"。凯瑟琳和希斯克利夫共同违犯了这个世界的理性规则，回归童年时共谋的日子和野性的冲动，拥有律法之外的野性幸福，因此他们最终要接受彼此的献祭。这种主权式的选择始终和巴塔耶成为"文学家"的选择是同构的。

　　热内作为生性顽劣的少年犯，不也一直固着在"童年的王国"里吗？不也演绎了"成为作家"（devenir-écrivain）"从无到有"的过程吗？首先，我们将建立热内的生性顽劣与巴塔耶的关键概念"耗费"之间的关系。回到《超越快乐原则》的线圈游戏场景中，观察者弗洛伊德作为"父"在场，他先入为主地认为，小孩子玩线轴应该是把线轴像车一样拖来拖去，而他却拽着线绳跑，把线轴扔了出去。也就是说，精神分析之父认为，小孩子玩汽车、火车才是真正的游戏，而非摔东西、扔玩具。然而，事实上，孩子会毫不留情地在大人眼皮底下摔坏他们的玩具，会把玩具赠送给公园里刚认识的玩伴，会要求得到和哥哥或妹妹一样的玩具，并在得到它的当下立刻把它扔到储物柜深处。这便是孩童的玩乐——它像夸富宴（potlatch）一样，具有奢侈、赠送和浪费的性质①，

---

① Marcel Mauss, «Essai sur le don. Forme et raison de l'échange dans les sociétés archaëques», dans *Sociologie et anthropologie*, Paris, PUF, 1950, p.239.

是资本主义规则难以想象的场面。而孩子这样做，是为了对抗大他者这一大人世界的符号秩序。在公园中当着其他家长的面因为抗议父母而大叫，为的就是"失去"（perdre），失去"父"强调的秩序，失去效率，同时让大他者也失去脸面。孩童正是在这一肆意玩闹的空间中获得了主权。热内和他笔下的人物便是这样的"野孩子"。在他眼里，为了利益而偷盗，满足生活的需求，这样的恶是积累而非耗费，而因谋杀被判死刑，则走向了耗费的最高程度：自我毁灭。巴塔耶这样评论：

> 热内只能在恶中成为主权者，主权本身也许就是恶，这一恶因为受到惩罚而更加确定是恶。但偷盗远没有杀人能得到的声望多，坐牢和上断头台相比也是如此。罪的真正王权是属于那些被处决的杀人犯的。热内努力用想象力和看似武断的方式赞颂王权，在监狱里，他不顾关禁闭的惩罚，大声喊叫："我在铁骑上高贵地生活……我进入他人的生活就像一位西班牙的最高贵族进入塞维利亚大教堂一样。"他的虚张声势脆弱但又意味深远。如果处处都充满死亡，如果罪犯造成了死亡又等待着接受死亡，他的忧伤便会让位给他认为是完满的主权性。

对律法和禁忌的僭越让无名之辈一跃成为王室后代，拥有贵族的荣耀，过街老鼠成为目光的焦点，如同"名流"一样以盛名存世。这样的"成名"以自身的死亡为代价，它蔑视了生命存在的有限性，因为它像安提戈涅的行动一样，打破了成文"父法"的界限，通过埋葬兄弟的举动，在尚未死去的时候就被父法的世界除名，来到神圣律法的地域。毁灭自身的存续，但在此基础上，犯罪主角的非人性让她发出刺眼的光芒，使她独异的主体性能够被创造出来，并延续下去，这便是热内给少年犯戴上璀璨皇冠的真正意味。如同巴塔耶评价的那样，这种存在之美"是由对延续的漠视，甚至是由对死亡的诱惑所造就的"，可以补充的是，对延续的漠视其实是对人法时间局限的漠视，而通过耗费之恶、毁灭之恶，热内和巴塔耶完成了主体被抛在没有符号秩序的荒漠之后，无中生有的创造。正如拉康在《研讨班七：精神分析的伦理学》中所说："毁灭的意志。重新开始的意志。他异之物的意志，只要一切都可以在能指功能的基础上提出质疑。[……] 在这一点上，弗洛伊德思想的要求其实是合理的，因为它要求相关的东西被表述为破坏驱力，这是由于它怀疑所有的存在之物。但它也是一种从无到有的意志，一种重新开始的意志。"①不要忘记，拉康正是从本书的主人公之一萨德那里学来的毁

---

① Jacques Lacan, *Le Séminaire. Livre VII, L'éthique de la psychanalyse*, Paris, Seuil, 1986, p.152.

文学与恶

灭冲动——真正的犯罪不仅是杀死身体，更是对自然交换秩序的毁坏。巴塔耶和莫里斯·布朗肖则看到，在巴士底狱中，萨德把一切存在者的局限性、所有的创造物都驱逐出去，达到了彻底的毁灭。宇宙的孤寂和想象的浩瀚存在于四壁空无一物的牢房中，感官的满足无法通过肉身实现，于是欲望无尽的创造、萨德式的理性思辨都得以自由滋长。

当我们回顾《文学与恶》中那些"成为作家"的道路时，会发现在"文学何为？"这一问题上，巴塔耶的立场和萨特的介入式写作分道扬镳。在这本书中，巴塔耶提到萨特谴责这样的消费社会，而期待以苏联为范式的生产社会。巴塔耶承认耗费本就该被谴责，然后呢？他追求丑闻式的写作，及其能传递的交流：一旦这样的恶喷射向读者，读者立刻就沾染了神圣之物（即不可触碰的禁忌之物）的肮脏，无论他的反应如何，都证明了这一传染方式的命定性，即人们无处可逃。布朗肖评价巴塔耶《爱华妲夫人》的这句话很好地总结了这点："这本书正是以这种方式抓住了我们，因为它不可能让我们毫发无损，这是一本真正丑闻性的书，如果丑闻的本质就是人们无法抵御它，而且人们越是抵御丑闻，就越会将自己暴露在丑闻中。"[1]

———————

[1]　Maurice Blanchot, *Le Livre à venir*, Paris, Folio Essais, 1986, p.262.

我们最终会来到普鲁斯特，以及他通过书写承载起的东西——同巴塔耶所做的一样——不是别的，正是死亡本身。书写欲望（Vouloir-Écrire）和书写之间的关系正如（死亡）驱力与（写作）活动的关系一样不言自明。罗兰·巴特这样评论马塞尔的"成为作家"之路："对于普鲁斯特而言，写作也意味着死亡可以用于某事，书写书写欲望（écrire le Vouloir-Écrire）说明了这点，即可以利用死亡，即书写欲望和书写可以用来拯救、征服死亡；不是他自己的死亡，即便他在与之抗争，而是那些他曾爱过之人的死亡，通过写作、通过使他们永存、通过将他们从非-记忆中树立起来，他为他们做见证。"[①] 正是由于死亡的黑暗造就出的对比，生之幸福才令人渴望，因此，巴塔耶说普鲁斯特比萨德更加狡猾，"他让恶习保留了其令人憎恨的色彩，和德性的谴责"。保留恶的可谴责性，我们也偷偷为自己保留了幸福的可被欲求性。

2023 年 12 月，于巴黎

[①] Roland Barthes, *La Préparation du roman. Cours au Collège de France（1978–1979 et 1979–1980）*, Paris, Seuil, 2015, p.37.

图书在版编目(CIP)数据

文学与恶/(法)乔治·巴塔耶
(Georges Bataille)著;柏颖婷译. —上海:上海人
民出版社,2024
ISBN 978 - 7 - 208 - 18700 - 9

Ⅰ.①文… Ⅱ.①乔… ②柏… Ⅲ.①世界文学-文
学研究 Ⅳ.①I106

中国国家版本馆 CIP 数据核字(2024)第 002959 号

责任编辑 赵 伟
封扉设计 朱鑫意

文学与恶

[法]乔治·巴塔耶 著

柏颖婷 译 陶昕蝉 校

出　　版　上海人民出版社
　　　　　(201101　上海市闵行区号景路 159 弄 C 座)
发　　行　上海人民出版社发行中心
印　　刷　上海盛通时代印刷有限公司
开　　本　850×1168　1/32
印　　张　9.75
插　　页　5
字　　数　167,000
版　　次　2024 年 3 月第 1 版
印　　次　2024 年 3 月第 1 次印刷
ISBN 978 - 7 - 208 - 18700 - 9/I · 2131
定　　价　58.00 元